택시기사의 애환

택시기사의 애환

초판 1쇄 인쇄 | 2013.08.05
초판 1쇄 발행 | 2013.08.15
지은이 | 송희성
발행인 | 황인욱
발행처 | 도서출판 오래

주소 | 서울특별시 용산구 한강로 2가 156-13
이메일 | orebook@naver.com
전화 | (02)797-8786~7, 070-4109-9966
팩스 | (02)797-9911
홈페이지 | www.orebook.com
출판신고번호 | 제302-2010-000029호

ISBN 978-89-94707-86-0 (03800)

「송희성박사의 수필집」

택시기사의
애환

송희성 지음

圖書出版 오 래

CONTENTS

목차

Ⅳ 유쾌한 운전기사

유쾌하지 못했던 경우

결 어

택시 영업과 관련되어 있는 법

I

서두의 말

　　　　　　　　　　　　위험하고, 고되며, 보수가 낮은 직업
에 종사하는 전국의 운전기사들에게 심심한 위로의 말씀을 드린다. 내
가 여기서 여러분께 지면으로 몇 말씀드리는 것에 대하여 참으로 외람
된 일이라는 생각도 든다. 내가 직접 장기간 운전을 하면서 고난을 겪
은 사람은 아니기 때문이다.

　그러나 나는 운전을 못하기 때문에 50년 이상을 「택시 승객」으로서
운전기사들의 제반고충을 간접체험하지 않았나 하는 생각도 가지고
있다. 오늘날 「신체의 자유」, 「거주이전의 자유」, 「직업의 자유」가 보
장되고 있고, 그 자유들의 내용내지 수단의 중요한 하나가 「교통」이
다. 너무 거창하게 말하는지 모르나 법을 공부한 나로서는 얼마나 안
전하고, 안락한 교통수단이 인정되느냐는 그 나라의 복지국가로서의
수준을 가늠한 척도가 된다고 본다.

우리나라에서 교통수단으로는 배(船舶), 비행기도 있으나, 그것이 차지하는 비율은 매우 낮고, 버스, 기차, 전철, 자가용, 택시가 큰 비중을 차지하고 있음은 누구나 아는 사실일 것입니다. 이들을 포괄하여 「교통문화」라고 한다면 그 내용과 수준은 곧 「문화수준」일 것입니다.

최근 나는 1호선 전철을 승차하였다가 깜짝 놀랐습니다. 1호선하면 오래되어 낡은 전동차들이 운행되고 있는 것으로 인식되고 있는데, 세계 어디를 가도 보기 어려운 전동차에 승차하였기 때문입니다. 그 전동차는 경기도에서 운영하는 것으로, 안타본 분도 있을 것이나, 참으로 깨끗하고, 컴퓨터 · 행정민원실까지 갖추고 있는 것이었습니다.

택시로 말하면 최근의 택시는 「에어컨」이 없는 차는 없고, 요금을 카드로 결제할 수 있게 되어있으니, 놀라울 정도로 편하게 되었습니다. CCTV 설치는 택시강도, 폭행 · 상해의 예방은 물론, 못된 행동을 하는 승객도 예방하는 기능을 하니 한국의 「교통문화」 수준을 한 단계 높이고 있다고 생각됩니다. 이와 같이 택시 등은 날로 개선되는데 운전직업에 종사하는 분들 특히 「택시기사」의 대우는 우리나라 경제수준, 문화수준을 밑도는 것 같아 안타까울 뿐입니다. 택시가 「교통문화」의 중요한 일익을 담당하고 있는 것이 현실인데, 어째서 「택시운전기사」는 하루살이(?) 직업이라는 관념하에 있는지 알 수 없습니다.

물론 당국은 개선에 노력하고 있으나, 다른 직업에 비하여 열악한 상황을 근본적으로 개선되어야겠습니다. 운전기사의 대우를 개선하고 그것이 교통문화의 개선으로 이어질 수 있도록 하여야 할 것입니다.

본인은 45년간 강당에 서 학생을 가르쳐온 습관이 있어 이 책에서도 그런 습관이 은연중 표출된 것이 없지 않을 것이므로 혹 감정에 맞지 않더라도 양해를 구합니다. 이 책을 계기로 택시의 개선점, 기사의 고충에 관하여 많은 자료와 실례를 수집하여 운전기사의 처우개선 및 교통문화의 개선에 노력할 것입니다. 나는 40여 년 동안 많은 법학 책을 집필하였으며, 방송에서 수차례 강연했고, 정치·경제·사회 등에 대한 평론을 각 신문·잡지에 게재된 것만도 500편이 넘습니다. 그러나 일종인 수필집인 본서의 집필에는 남달리 어려움이 있었습니다. 그것은 소재가 「택시운전기사」와 관련된 것에 국한되었기 때문입니다.

따라서 중복적으로 기술된 내용이 없지 않을 것인바, 역시 이해를 바랍니다. 즉 정치·경제·사회 등의 평론에서는 「모든 대상과 제반 사회문제」가 글의 소재가 될 수 있어 한결 쉬웠던 것 같습니다.

끝으로 내가 이 책을 집필함에 있어서 나와 많은 대화를 나누고, 실제적 경험담을 들려준 운전기사님들에게 심심한 사의를 표합니다. 내가 본서를 집필하기로 마음먹은 약 4년 전부터 택시 기사님들과 전화번호까지 주고받는 등 책 이야기를 많이 하였는바, 그분들이 출판사로 연락을 하시면 만나서 점심이라도 사겠습니다.

이 소품을 출판하여 주신 황인욱사장님께 감사하고, 아담하게 편집하여 준 이미경실장에게 고마움을 전합니다.

택시의 공공성 등

택시의 공공성

한 나라의 인간이 존엄과 가치 · 행복도의 수준은 주로 그 나라의 국민소득의 수준, 복지제도의 정도에 달려있다고 본다.

한편 기차 · 버스 · 항공기 · 택시 · 자가용 · 선박 등 교통수단의 편리성 확보도 위의 양자 못지않게 「인간다운 삶의 질」을 가늠하는 문제일 것이다. 우리 헌법 제 14조는 「모든 국민은 거주 · 이전의 자유를 갖는다」고 규정하고 있는바, 「국민의 이전」의 자유는 기본적 인권인 것이다.

오늘날 사회생활에서 자유롭고 편리한 장소이전은 경제생활 · 문화생활 등에서 필수불가결한 것이다. 따라서 제반 교통수단이 확충되어 있어야하고, 국가는 그 확충 · 안전성 · 편의성에 책임을 져야한다.

따라서 모든 교통수단이 그렇지만 택시도 공공성을 띠고 있는 것이다. 그래서 택시가 사적회사조직으로 또 개인 사업으로 운영되고 있으나, 그 사업「면허」가 이른바「공기업특허」에 해당하고 여러 면에서 행정당국의 규제를 받고 있는 것이다. 그런데 우리나라 택시는「공공성」을 띠고 있으나, 다른 나라의 경우와는 좀 다르다. 미국·영국·독일·프랑스 등에도 택시가 있으나, 이들 선진국에서 택시는 내국인이 이용하는 경우도 있으나, 주로 외국인이 이용하고 내국인은 자가용을 가지고 있거나, 대중교통을 이용한다.

반면 우리나라 택시는 외국인보다는 내국인이 승차하는 비율이 외국에 비하여 매우 높다. 이런 차이는 외국의 경우는 택시 정책이 관광정책과 맞물려 있으나, 우리나라는 택시정책이 대중교통 수단에 준하는 방향이 될 수밖에 없다. 그런데 교통행정을 수행하는 당국은 도로확장정책이 한계에 부딪히자, 버스·전철 같은 대중교통수단을 늘리고, 그것들을 이용하도록 유도하는 정책을 펴고 있다. 그리하여 버스를 증가시키고, 지하철을 증설시키고 있으나 택시업계가 택시들을 대중교통 수단에 포함시켜 달라고 요구하는 것에 대하여는 응하지 않고 있는 것이다.

택시를 대중교통수단에 포함시켜 달라고 요구하는 것은 여러 가지 이유가 있으나 가장 중요한 것은 버스처럼 행정의 지원을 받기위한 것이 주목적일 것이다. 국가·자치단체의 지원으로 제일 먼저 생각하는 것은 요금을 올리지 못하여 생기는 손실의 일부를 보조받는 것일 거다. 그 외에 버스전용 차선에 들어가 운행할 수 있고, 정차할 수 있게 되는 것을 들 수 있다.

물론 택시의 버스전용차선 이용문제는 또 하나의 정책문제이지만 택시를 대중교통에 포함시키면서 버스전용차선을 이용하면 처벌하는 것은 전후가 맞지 않는 모순일 수 있다. 국회는 주로 정치적(?)으로 고려해 택시를 대중교통에 포함시키는 법을 통과시켰으나, 대통령은 거부권을 행사했고, 국회는 재의결을 하지 않고 있는 사실은 잘 알려져 있다. 택시 업계의 한 요구상황을 놓고, 의회와 행정부의 대립양상으로 부각되는 듯싶었으나, 의회가 숙고하는 듯 한 태도를 보이고 있다. 의회는 한 이익단체의 요구를 국민의 의사라는 이유로 법안을 통과시켰으나, 행정부는 정부지원의 경우 예산상의 이유, 대중교통으로 교통인구를 유도하려는 정책에 반하는 이유 등으로 거부권을 행사한 것일 거다. 의회와 행정부의 태도는 모두 일리가 없지 않다. 그러나 이 문제는 택시업의 공공성, 대중성, 정부의 예산사용의 공평성 등 기타 교통정책 등의 종합적 검토위에 결정할 문제라고 본다.

정치적 측면, 교통 정책적 측면에서는 의회와 정부가 형평적인 판단을 할 문제이다. 여기서는 버스업계가 반대하는 이유에 대하여 법적측면에서 고찰해 본다. 버스업계가 반대하는 이유는 「택시 업」을 「대중교통」에 포함시켜 지원하게 되면 자기들에게 상대적으로 불리해질 것을 염려하는 것 같다.

그런데 「택시」를 「대중교통」수단에 포함시키는 것은 이른바 「이중 효과적 행정행위」(제3자 효 행정행위)에 해당하느냐 하는 것이다. 법 이론상 전혀 해당이 없다. 설사 국가의 재량적 입법·정책적 결정으로 이·불리를 받는 측이 있더라도 그것은 반사적 이익(反射的 利益)의 문제이지, 법적권리(법적보호이익)의 문제는 전혀 아니다.

끝으로 한마디 더 하고 싶은 것은 현재와 같이 일일 사납금에 쫓기는 제도를 개선하여 명실 공히 월급제를 정착시키는 제도를 심도 있게 연구해야 할 것이다.

운전기사와 여론

나는 택시를 타면운전기사들과 이야
기를 많이 나누는 편이다. 어떤 기사는 타서 내릴 때까지 교통정책, 운
전기사의 애로사항을 많이 이야기하고, 정치 · 경제 상황에 대하여 내
가 모르는 것을 듣기도 한다.

이런 것 때문에 중요한 선거철만 되면 선거운동을 주도하는 각 선거
본부에서는 「택시기사를 통한 여론」을 수집한다고도 했다. 이런 사실
을 아는 나는 대통령 · 국회의원 선거가 가까울 때 택시를 타면 택시기
사에게 승객들의 여론이 어떠냐고 물어본다. 별 이야기가 없는 기사도
있지만, 자기가 지지하는 사람을 분명히 밝히거나, 특정인에게 이런
비판을 하는 사람이 많다고 하면서 은근히 경쟁관계에 있는 자를 간접
적으로 지지하는 것도 볼 수 있다. 예컨대, 대통령선거에서 지지자가
다른 것은 공약에 따라 갈리는 것도 있고, 자기의 「가치관 · 정치관」에

따라 다르게 되는 경우도 없지 않아 보였다.

그러나 놀라운 것은 호남과 경상도 출신 이외의 사람은 특정인에 대한 호감도가 비슷하였으나, 경상도 출신의 억양을 쓰는 사람과 전라도의 억양을 쓰는 사람들의 지지도는 거의 100% 달랐다는 것이다. 그것은 운전기사 자체가 그러함은 물론이고, 사실이 어떨지 의심스러우나, 그들이 전달하는 승객들의 지지도도 그와 같았다.

호남 출신의 운전기사는 A를 지지하는 사람이 많아 보인다고 했고, 경상도출신가사는 B를 지지하는 사람이 많아보였다고 한다. 이런 광경을 목격한 나는 75년경에 한 정치인의 선동으로 시작된 「지역감정」은 거의 한 세대가 지났음에도 뿌리박혀있다는 생각이었다. 내 고향사람, 내 고향에 정치적 뿌리를 둔 사람을 찍겠다는 생각은 극히 「원초적 본능」(?)일지 모른다. 단순히 「애향심」의 본능에서 오는 현상이라면 누구를 탓할 수도 없고, 그저 인구의 과다분포를 만들어 낸 우리 선조를 원망할 수밖에 없다.

그러나 특정지역이 정치적 · 경제적 우대를 받거나, 그 지역범위의 출신이 우대되는 현상이 그 배경이라면 또 다른 「3국 정립」(?)이 아닌가 하는 의심마저 들게 한다. 유행가처럼 입에서 난무하는 「사회통합」은 「지역통합」에서부터 출발하여야 한다고 본다.

그렇다면 정치 · 경제 · 인사 등의 면에서 음성화된 실질적 불평등을 수면위로 평등이 되도록 부각시켜야 한다. 이렇게 말하는 것 자체가 「지역감정」의 토대위에서 말하는 것이라고 비판하는 분이 있다면 달게 받겠다. 분야에 따라 다르긴 하지만 「지역감정」이 엄연히 존재하는 것은 정치세계에서 「갑과 을」의 구별이 존재하는 것이라고 비유하면 논리의 비약일까. 최근의 국회는 여당과 야당이 계속 싸우고 있다.

「지역감정」에서부터 출발하는 대립이 아니기를 간절히 바란다. 우리나라의 각 분야·도처에 뿌리내리고 있는 지역감정을 해소하지 않고, 정치부정·경제부정·사회부정을 제거하고, 사회보장을 하는 것만으로는 진정한 「사회통합」을 이룰 수 없다.

우리나라가 경제·과학·기타 국민 소득에 비하여 정치가 한참 뒤떨어져있다는 말을 하지 않게 되는 시기는 언제 올지 답답하기만 하다.

어느 유세장에서 지역감정에 대한 연설을 듣고, 하는 어느 아낙네의 말은 가슴에 와 닿는다. 선거철만 되면 자기가 당선되기 위하여 만들어낸 심리적 술수가 「지역감정」이고, 그것을 공공연하게 하기 위해서 특정지역을 위한 당근적 정책을 쓴 것이지, 살기 어려운 국민은 하등 상관이 없는 이야기라는 것이다.

내가 여기서 예를 들어 한 말이 택시기사가 지역감정을 조장한다는 이야기로 오해해서는 안 될 것이고, 곳곳에서 음으로 양으로 표출되는 지역감정 중 일례를 소개한 것뿐임을 이해 해주기 바란다.

<<< 3

운전기사 식당의 풍경

                           시내 곳곳에는 운전기사들이 찾는
이른바 「운전기사식당」이 있다. 일반인들도 식사하러 들리는 곳이긴
하나 특히 운전기사들이 많이 오기 때문에 붙여진 이름일 것이다. 내
가 성북 2동에 살 때다.
   내가 사는 집에서 좀 내려가면 「쌍다리」라는 곳이 있었고, 거기에는
택시가 주차하기도 좋아 택시기사들이 많이 오는 식당이 하나 있었다.
일요일에 집식구들이 외출하고, 점심때가 되면 나는 그 식당에 내려가
식사를 한다. 「돼지불고기」가 맛이 있었던 걸로 기억한다. 그 식당의
내부는 사람이 많이 앉을 수 있는 홀이 있었는데 그 홀에는 주로 기사
들이 식사를 하고 있었고, 안방에는 어쩌다 오는 일반 손님을 맞았다.
내가 운전기사가 아닌 것을 아는 주인은 나를 안방으로 앉히고, 커튼
을 내려주었다. 나는 식사를 하는 동안 홀에서 식사하면서 기사들이

나누는 이야기를 거의 다 들을 수 있었다. 많은 이야기들이 있지만 한 가지를 소개해본다.

때는 1990년 초이니까 IMF가 오기 전이었다. 한 젊은 기사가 큰소리로 이야기하는 것이 들렸다. 이야기 내용인즉 자기는 안면몰수하고, 닥치는 대로 합승을 하여 어제는 20만 원 정도를 벌었다고 자랑을 하고 있었다. 정확치는 않지만, 그때의 요금으로 보아 승차거부·합승을 하지 않으면 4~5만원 벌기가 힘들 때였는데 평균의 4배의 수입을 올린 것이다.

그 이야기를 들은 A기사 왈 "나는 뭐야, 저 사람의 4분의 1정도를 벌었으니 말이야", 또 다른 운전기사 왈 "저런 놈이 있으니 우리 택시업계의 종사자가 전부 욕을 먹는 거야" 하는 것이었고, 운전기사 C는 "저건 허풍이야, 아무리 발버둥 쳐도 현재의 교통사정상 그 수입을 올릴 수는 없어" 그 외에도 그 젊은이의 말에 반응을 보이는 태도는 여러 가지였다.

그 젊은 기사가 떠드는 것의 사실여부를 떠나서 운전기사들이 모이는 「운전기사식당」은 정보를 교환하는 장소이기도 하고, 여러 가지 나쁜 일들을 전염시키는 장소이기도 하다는 생각이 들었다.

나부터도 어느 출판사로부터 인지대를 몇%받았다고 들리면, 그 보다 못 받고 있는 내가 무능하고, 바보같이 느껴질 때가 있다. 물론 지금은 상황이 전혀 다르고, 과거 혼란스러웠던 시절이 행태를 이야기하는 것으로 현재는 소용없는 이야기를 하는지도 모른다.

여하튼 운전기사들이 모이는 식당은 좋은 정보나 나쁜 정보의 교환 장소임에는 과거나 지금이나 동일하다고 본다.

내가 바라는 것은 앞의 젊은이의 자랑에 대하여, 한 기사는 허풍으로 보고, 또 다른 기사가 다른 사람까지 욕 먹이는 처사로 보는 것은, 특단의 「일탈자」가 있으나 대부분의 운전기사는 「건전한 양심」을 가지고, 직업에 종사하고 있다고 생각되는 것이다.

생각컨대, 현재는 앞에서 말한 젊은이 같은 사람은 택시업계를 떠난 것 같다. 무리하면 수입이 좋았던 나쁜 풍토는 사라지고, 정상화 된지 오래기 때문이다.

운전기사가 된
어느 운수회사 사장님

　　　　　어느 날 나는 동작경찰서 앞 육교에
서 내려와 전방정류장에 서있는 택시를 타기위해서 4~5m뒤에서 택시
를 보고 손짓을 하였다. 그런 경우 택시는 백미러로 승차를 원하는 사
람을 보았더라도 정차해있는 자리에서 기다리는 것이 보통이다. 그러
나 나를 본 그 택시는 뒤로 움직여 오는 것이 아닌가. 한 60세 정도 되
어 보이는 기사는 승차하자마자 "어서 오십시오"라고 공손히 인사한
다. 나는 즐거운 마음으로 수고한다고 응답하고, 목적지에 갈 때까지
약 30분간 이야기를 주고받았다. 그 운전기사는 나보고 택시를 자주
이용하느냐, 승차시 유쾌하지 못한 것은 무엇이냐는 등 몇 가지를 물
어봤다. 묻는 질문이 보통이 아니어서 무엇을 하는 분이냐고 되물었
다. 그는 시내의 어느 큰 택시회사의 사장이라고 하면서 명함을 건네
주었다. 「정」씨 성을 가진 분이었다. "사장님이 무슨 일로 택시를 운전

하고 다니십니까." "택시운수 상황 및 택시 운전기사의 애로를 파악하기 위해서입니다." 나는 훌륭한 사장님이라고 칭찬을 아끼지 않았다. 내가 경험한 바에 의하면 상당수 기사는 택시회사의 간부들을 좋지 않게 말하였다.

우리는 하루살기가 힘든데, 고급승용차를 타고 버젓이 회사를 드나드는 사장이 있다고 고개를 젓는 기사가 있었다. 그러나 내가 만난 「정사장」같은 분만 있다면, 우리사회는 참으로 인정이 넘치는 사회라고 할 수 있을 것이다.

운전기사의 말만으로 판단할 일은 아니나, 요새 말로 운수회사의 사장과 택시기사는 「갑·을」관계가 보통이다.

대부분의 기사가 삶에 허덕이는 반면 택시 회사들은 이윤을 누리고 있다는 것이다. 택시회사도 기업으로 적정이윤을 보장받아야하는 것은 당연하다. 그러나 택시기사의 희생으로 택시회사가 이윤을 보장받고 있는 면이 있다면 택시회사의 경영진의 태도도 바뀌어야겠지만, 행정당국의 택시정책도 치밀한 재검토를 필요로 한다. 내가 만난 그 사장은 여러 가지를 말하였으나, "택시회사와 택시기사는 수직관계가 아니라 수평관계로서 택시회사가 존재할 수 있는 한, 그들의 후생을 돌봐야 합니다." 라는 것이었다.

이런 분이야 말로 「사회통합」을 이루는 분이고, 「명랑사회 건설」의 전도사라는 생각이 들었다.

28

기업들이 「초과이윤」을 얻어, 기업을 확장·재투자하여 고용을 증진시키는 면을 무시하지 않는다.

그러나 「종사자들의 행복한 삶」을 보장하는데 좀 더 노력하는 기업의 윤리적 측면이 요구된다. 택시기사를 대충 분류해보면, 사업에 실패한 사람, 여러 가지 이유로 다른 기업에 취업이 어려운 사람, 퇴직한 사람, 고령인 사람 등이다.

그러나 어떤 이유이든 그들은 현재 택시회사에 취업해있는 「근로기준법상」의 보호를 받아야 하는 「직장인」이다.

<<< 5

민망스러운 승객

　　　　　　　누구든지 무더운 여름에는 시원한
복장이기를 원한다. 다리에 시커먼 털이 들어나는 반바지를 입고 다니
는 남자이건, 팬티를 입은 것 같은 초미니 바지를 입고 다니는 여성이
건 모두 시원하니까 선택하는 복장이니 누가 뭐라고 할 수 없을지도
모른다.

　특히 올 여름 들어 시원스럽고 아슬아슬한 바지를 입은 젊은 여성들
은 눈에 띠게 늘었다. 어느 날 40대가 되는 젊은 기사가 운전하는 택시
를 탔는데 횡단보도의 신호에 걸려 멈춰서고 있었다.

　운전기사가 "저런 복장을 하고 다녀도 되는 것입니까" 하고, 한탄스
러운 목소리로 말하였다. 앞을 내다봤더니, 눈이 좀 어두운 나는 속옷
으로나 입을 것 같은 팬티 같은 바지를 입고 길을 건너는 젊은 여성을
볼 수 있었다. 늙은 나도 이상할 정도니 젊은 사람의 감흥이야 어떠하

30

였을까. 그 운전기사는 말을 이어갔다.

한번은 일행의 젊은 여성 4명을 태운 적이 있는데, 넷이 모두 짧은 바지를 입고 있었고, 특히 앞에 앉은 여성의 바지는 두꺼운 천이 아니어서 속옷을 입은 것 같았다고 한다. 의자에 앉아있으니, 서있을 때보다 더 허벅지가 드러났는데, 힐끔힐끔 눈길이 가더란다.

그런 옷을 입은 본인이야 그럴리 만무하지만, 마치 누구를 유혹하는 것 같은 의복차림은 뜻하지 않은 사태를 초래하지 않을까 염려되기도 한다. 형사학 내지 형사정책학에 의하면 노출이 심한 여름에 성추행 등 각종 성범죄가 많은 것으로 되어있는 것은 여성복장 형태가 성범죄와 함수관계에 있는 것이 분명하다.

이에 대하여는 범죄자를 처벌하거나 범죄예방에 힘써야지 무책임하게 여성복장이나 탓하고 있는 것은 「신체의 자유」를 침해하는 것이 아니냐고 반문하는 사람이 있을 것이다. 그러나 성범죄가 여성의 노출적인 복장형태와 전혀 무관하지 않다는 연구와 통계에 있는 이상, 여성 스스로 자기를 보호한다는 면에서 여성들이 지나치게 노출시키는 복장은 삼가는 것이 필요하다고 본다.

어느 분이 TV에 출연하여 여성복장이 날로 노출이 심해 가는 것은 지양하여야 할 풍조라고 하였지만, 이 사회의 「무질서한 면」으로서 사회구성원이 협조하여야 개선될 문제라고 생각한다. 길거리에 나서면 예전과는 뚜렷이 다르게 노출과다를 목격할 수 있는바, 이렇게 된 원인을 생각해보았다.

첫째, 가장 큰 원인은 TV에서 초미니 스커트를 입고 춤추고 노래하는 젊은 여성들을 방영하는 것인 듯하다. 시청률을 높이고, 그것으로 광고수입을 늘리려는 TV의 상업적 목적에 치우쳐 「미풍양속」따위는 도외시하고 있는 것이다. 아니 여성의 짧은 바지의상의 모습을 좀 방영하였다고 「미풍양속」 운운하는 것은 낡은 사고방식이라는 사고가 저초하고 있는지도 모른다. 그러나 아무리 이해해도 짧은 의상에 이상한 율동을 보이는 춤은 대중의 일반적 정서에는 반한다고 본다.

둘째, 의류를 제조하는 회사들의 상업성도 문제가 있는 것 같다. 의류제조 기업에도 책임이 있다는 나의 말에 대하여는 무슨 소리냐고 반론을 제기할지도 모른다. 유흥이 먼저이고 우리는 유행 따라 의류를 제조한 것뿐인데, 참 이상한 소리를 하는 사람을 본다고 이야기할 것이다. 내가 하는 이야기는 옷을 구입하러 온 사람들에게 짧은 바지를 권유하고, 그로인해 노출이 심한 의상들이 더욱 더 유행되면서 생산이 증가하는 면이 없지 않겠는가 하는 것이다.

물론 이렇게 말하는 나도 이런 영향은 크지 않고, 첫째원인이 크다고 생각한다. 따라서 굳이 대책으로 말한다면 TV방송국의 상업정책 또는 오락적 문화정책이 수정되었으면 한다.

운전기사의 애로

택시요금면탈의 백태

인간들의 「생활백태」는 사람의 수만 큼이나 가지가지다. 각 계층·생활분야에 따라 「일탈행위」 내지 「비정상적인 행위」는 정도의 문제이지 반드시 있는 것이 사회현상이다. 「사회 있는 곳에 범죄」있고, 「비도덕적행위」가 있을 것이다.

한 개인이 일생동안 일상생활에서 겪는 「이상 야릇한 경험」은 몇 번 되지 않을 것이다.

그러나 내가 장기간 택시를 이용하면서 운전기사들로부터 들은 「요금을 안내는 승객」에 관한 이야기는 수백 가지가 넘는다. 불특정다수인을 상대로 영업을 하는 자 중 물건이나 서비스를 제공하고 그 대가를 받지 못하는 경우 중 택시기사가 제일 많을 것이다. 내가 들은 것 중 기억에 남는 것은 넥타이를 맨 중년신사가 목적지에 도달하여 차비가 없다고 무릎을 꿇고 비는 경우, 새벽 5시에 성남에서 남대문시장까지

온 여자가 택시요금이 없다하여 파출소에 갔을 때, 파출소 순경이 소지한 보따리를 풀자 돈이 나오는 경우, 술에 취하여 목적지에 도달하여도 깨어나지 않아, 몸을 흔들어 깨웠더니 일어나서 주머니를 만지면서 지갑이 없어졌다는 경우, 급히 옷을 갈아입고 나오면서 돈지갑을 잊고 나왔는데, 통장으로 입금시켜주겠다고 하고 종일 무소식인 경우, 아파트 앞에 잠깐 세워있으면 요금을 갖다 주겠다고 하여 승강기로 올라간 후, 무소식이어서 경비실에 인상을 이야기하여 거주하는 아파트에 올라갔더니, 거실소파에 드러누워 자는 경우 등 요금을 면탈하는 방법은 그야말로 백태다.

여기서 요금을 안내고 택시 문을 열고 튀는 이야기 하나를 더 하고자 한다.

지금도 그 도시의 도로 등의 구조가 그대로인지는 알 수 없다. 운전기사들이 당한 곳은 부천의 어느 골목이란다. 그 골목길은 진입당시는 상당히 넓은 길이었으나, 안으로 들어가면 들어갈수록 길이 좁아져 마주 오는 차의 차선을 내어주기 위해서 왼쪽으로 바짝 붙여서 운행하고 있었다. 그런데, 승차한 젊은이가 골목의 4분의 3쯤 왔을 때 갑자기 문을 열고 뒤로 튀는데, 길 벽 때문에 자기 차의 문을 열고 뒤쫓아 갈 수 없었다고 한다.

그리고 그 운전기사는 덧붙이기를 운전을 오래한 사람은 그 길에서 당한 사람이 많다고 했다.

30여 년 전에 들은 이야기라 지금은 도로나 도시구조가 바뀌었을지도 모른다. 30년을 회사에 근무하다 퇴직하고, 개인택시를 운전하는 한 운전기사는 운전한지 한 1년쯤 되었는데, 제일 많이 겪은 것이 요금 안내는 승객이고, 그 다음이 술 취한 승객의 괴롭힘이었다고 한다.

그 운전기사가 말하기를 요금낼 돈이 없이 택시에 승차하는 승객의 마음을 이해할 수 없고, 그들의 가정생활·사회생활의 행태는 어떨까 하는 생각이 든다고 했다. 1만 원 이하의 택시요금을 안 내는 자를 사회학에서 말하는 「사회이탈자」로 단정하는 것은 논리의 비약일지 모르나, 분명한 것은 그자들이 사회질서를 어지럽히는 「비도덕적인 인물」임은 틀림없다. 요금을 내는 택시 승객이 더 많고, 요금을 안내는 승객은 적다는데 위안을 해야 할까.

교묘한 택시요금 면탈

                                푼돈을 벌려고 나온 택시기사들의
애환은 한두 가지가 아니다. 1988년 봄에 들은 이야기는 상당히 계획
적이고 지능적 사기로 생각되었다. 이 세상에는 각양각색의 「사기」가
횡행하고 있고, 그 사기들은 형법상의 사기죄에 해당하는 경우가 많
고, 민법 제103조의 반사회 질서행위에 해당한다.

    어떻게 보면 각종사기는 이 사회의 오염된 공기마냥 일반화되어 있
다고 해도 과언이 아니다. 내가 탄 택시기사는 IMF 때 직장을 잃고, 처
자식을 부양하기위하여 운전을 하고 있었다. 그는 S대 경제과를 나온
젊은이였다. 영업용택시를 운전한지 일주일 쯤 되는 때였다.

    노량진에서 부산까지 갔다 오자는 손님이 있었다고 한다. 요금도
넉넉했다. 2일간 사납금도 못 채우는 형편이었으나, 부산까지 갔다 와
서 주겠다는 요금을 받으면 사납금 채우고도 집에 10만원을 가지고 갈

수 있었다. 마음이 흐뭇했다. 젊은이 둘이 승차하였는데 보자기에 싼 항아리 비슷한 것을 들고 있었다. 두 젊은이는 대화내용으로 보아 오랜 친구사이는 아닌 것 같았으나 별 의심 없이 부산 초량동의 한 회사까지 갔다. 한 친구가 이 보따리를 회사에 갖다 주고 올 테니 차에서 기다리라고 했다. 조금 후에 당초 들고 갔던 보따리와는 다른 상자를 들고 나와 다시 서울로 되돌아왔다. 휘발유가 모자라, 기사의 돈으로 기름을 넣었다. 다시 서울의 노량진으로 돌아와 노량진경찰서(지금 동작경찰서)에 이 물건을 전달해주고 올 테니 한 친구더러 차에서 기다리라고 했다. 그리하여 경찰서 안으로 들어가더니 2시간을 기다려도 되돌아오지 않았다. 알고 보니 휴대한 물건을 가지고 경찰서 뒤의 쪽문으로 달아나버린 것이다.(그 후 뒷문을 봉쇄했다는 이야기를 들었다.) 부산까지 택시를 타고 갔다 와서 친구를 볼모로 도망가 버린 것이다.

그런데, 황당한 것은 그 두 젊은이는 노량진역 앞 포장마차(그 당시에는 포장마차가 있었다.)에서 하루 전에 만난 사이였고, 한 젊은이는 제대한지 며칠 안 되었다. 그 포장마차에서 만나서 자기 외삼촌이 부산과 인천에서 큰 공장을 하는데 취직시켜주겠다고 하여 다시 만났단다. 그를 담보로 공짜로 부산까지 가서 일을 보고 온 것이다. 부산 초량동 어느 골목의 회사 앞이었다는 것은 기억하나 멀리 다시 갈 수도 없었고, 가봤자 돈 받기도 어려워 포기하였다. 그러나 10만원을 집에 가지고 갈 수 있다는 꿈은 백일몽이었고, 그 날 사납금은 빚을 얻어 납부했다고 한다. 이 경우 차에 담보로 남겨둔 젊은이에게 택시요금을 받을 수 있느냐 하는 것이다.

법적으로 금전채무이행의 담보로 사람을 제공할 수는 없다. 그런데 남아있는 젊은이도 같이 타고 부산까지 갔다 왔으니 요금부담의 의무가 있다고도 생각할 수 있다. 그러나 운전기사와 부산까지 갔다 오는 것과 요금합의는 도망간 젊은이와의 합의(계약)에 의한 것이다.

따라서 동승한 젊은이가 요금지불 또는 분담의 약속을 하지 않은 한 남은 젊은이에게 요금지급의무는 없다. 도망간 젊은이가 「형법상」 사기죄를 구성하는 것은 분명하나, 남은 젊은이에게 「사기죄」의 종법(방조)을 인정할 수 있느냐이다. 방조범이 성립되기 위해서는 방조자에게 사기죄라는 인식과 방조의 고의가 있어야한다. 사전에 이런 고의가 있지 않았고, 사후에야 알았다.

따라서 사기죄의 방조범이 될 수도 없다. 동행한 젊은이도 속아서 같이 부산까지 갔다 왔고, 방조의 고의도 없으므로 사기의 방조범이 될 수도 없음은 물론, 경범죄도 될 수 없다. 나로서는 이런 요금면탈범에 대한 예방 방법은 제시할 수 없어 안타까울 뿐이다.

몸으로 때우겠다는 승객

내가 50여 년 동안 택시를 이용하면서 운전기사들로부터 제일 많이들은 것은 술 취한 승객에게 시달린 이야기와 택시요금을 받지 못한 경우에 관한 것이다.

이 중 술 취한 승객의 백태에 관하여는 몇 가지를 이야기화 하였다. 그런데 여자승객과 관련하여서는 「꽃뱀」이야기를 비롯하여 참으로 이상야릇한 사건들에 관하여 얻어들은 것이 있지만, 혹시나 미풍양속을 해하는 결과를 가져올까 염려되어 요금면탈과 관련한 한 가지만 이야기해 볼까 한다.

수원에서 서천까지 한 여승객을 태우고 갔다. 서천에 다 오자 운전기사는 뒷좌석을 돌아다보면서 구체적 목적지를 묻는 순간 너무 놀라 재빨리 눈을 돌렸다. 그 여자승객은 옷을 홀라당 벗고, 차비가 없으니 몸으로 때우겠다는 것이다.

50대의 여자제안에 어처구니가 없다고 생각한 운전기사는 요금이 없으면 그냥 내리라고 하였지만, 여자승객이 말을 듣지 않자 인근에 있는 파출소로 향하였다. 파출소 문턱에 다다르자, 그 승객은 옷을 주서입고 파출소 안으로 따라 들어왔다. 파출소 근무 중인 순경은 말하기도 전에 여자승객을 보자마자, "아이고, 또 당하셨네." 였다. 몇 번 그런 일로 파출소에 온 사실을 기억하고 있었던 것이다. 파출소 순경으로부터 그 사람은 다소 정상적이 아니라는 이야기를 듣고, 경범죄처리도 안하고, 재수 없는 것으로 치부하고, 파출소를 나와 택시운행을 계속했다. 문제는 저녁에 일을 마치고, 집으로 돌아가서 발생한 것이다. 1시쯤에 세들 어 사는 문간방의 초인종을 누르니, 한여름인지라 잠자던 부인이 속옷 바람으로 나와서 문을 열어주자, 그 운전기사는 무심코 "여자들이 벗는 것을 좋아해"라고 내뱉었단다. 낮의 여자승객과 불쾌했던 일이 잠재적으로 기억 속에 남아있는 터이라, 벗은 자기부인에게까지 쏘아붙였던 것이다. 부인이 처음에는 자기도 남편이 피로해서 지나가는 이야기로 하는 것으로 들었으나, 곰곰이 생각해보니, 경험이 있어 나온 말 같았다. 그래서 서로 따지는 이야기가 오고 갔지만, 그 운전기사가 평소 남편으로 무척 성실한 사람이어서 사건 내용을 듣고, 오해는 풀렸다고 한다. 그 여자승객의 정신이 정상적이었다면 몰라도, 비정상적이었다면, 운전기사의 애로사항도 아니고, 그저 운전기사의 재수가 없었던 에피소드에 불과하다고 생각된다.

"늙은이가 좀 양보하면 안 돼"

어느 날 신림동에서 서울대 병원으
로 가기위해 택시를 탔다. 2호선 서울역에 왔을 때 빨간 신호가 들어와
차가 멈춰 섰다. 한 65세쯤 되어 보이는 기사는 조심스럽게 차를 몰았
다. 차가 멈춰 서서 다음 신호 때까지는 좀 기다려야했다. 기사가 말문
을 열었다. 여기 오면 생각나는 일이 있다고 했다. 관악구청 옆에 있을
때 파란신호로 바뀌어 자기는 직진하였는데 쑥고개 쪽에서 오는 젊은
이가 과속으로 신호를 위반하고 달려와 가까스로 충돌을 피할 수 있었
다고 한다. 그런데 자기차도 그 젊은이의 차도 서울대역 신호에 서 나
란히 멈춰 섰을 때, 노인 운전기사는 창밖으로 "젊은이가 무슨 운전을
그렇게 하지"하였더니, 그 젊은이의 답 왈 "늙은 놈이 좀 양보하면 안
돼"하는 것이었다. "미안합니다."라고 응답했어야 하는데, 그야말로
쌍놈의 말투였단다.

그런데 그 때 자기의 택시에는 70대 두 노인이 타고 있었는데 그 소리를 들은 노인들은 차에서 후다닥 내려 그를 끌고 인근파출소로 갔다. 자기도 차를 몰고 뒤따라갔는데 파출소에는 마침 나이든 경사가 소장이었다고 한다. 노인네들이 하는 말을 듣고, 그를 경범죄에 넘기려고 하여 자기가 손이 발이 되게 빌어 훈계만 받고 나왔다고 한다. 자기가 소속되어있는 회사가 밝혀졌으니 나중에 찾아와 행패를 부릴 것이 걱정스러워 좋게 결말짓기를 바랐다고 한다. 두 노인은 같이 월남전에 파병되었던 무술유단자였다고 한다. 이 말을 들은 나는 두 가지를 생각하였다.

하나는 오늘날 젊은 세대들의 인사성·도덕성은 날로 나빠지고 있다는 사실이다.

농촌인구가 압도적으로 많고, 삼대가 같이 논·밭에서 일하고, 밥 먹을 때는 할아버지가 무서워 담배도 못 피우고, 술도 못 마셨다. 그리고 할아버지·아버지 영향 하에서 자라서 그 인사성을 배워 자연히 순치되었다. 그러나 농촌이 해체되고, 산업화되어, 늙은이는 시골에 남고, 젊은이들은 도시로 떠났다.

그리고 핵가족화 되어 그들 자식은 엄격한 할아버지, 인덕 있는 할머니의 영향 하에서 벗어난 것이다. 개인주의적으로 도시경쟁사회에서 아이들은 자라고, 부모는 돈벌이에 나가 부모를 접하는 시간마저 대폭 줄었다. 도덕·윤리성과 인사성이 나빠질 수밖에 없다. 내가 사는 아파트는 양쪽 라인을 합하여 36가구다. 거기에는 어린아이가 약 30명이 드나드는데 70세가 넘은 나를 엘리베이터에서 마주쳤을 때 인사하는 사람은 둘이다. 그것도 내가 공무원 공부를 하는 형에게 책을 준 집의 아이이다. 아파트의 엘리베이터는 시골생활에서 이웃을 보는 것보다 더 자주 본다. 그러나 생활태도는 농촌의 몇 배로「고립적」이다. 층간소음으로 살인이 일어나는 전쟁(?)적 생활을 하는 것이 아파트 생활문화이고 보면「이웃」이 사라진지 오래다. 이런 삭막한 경쟁위주의 삶을「더블어사는」문화조성운동이 절실히 요구된다. 그 다음 버릇없는 아이·젊은이를 훈계하는 풍토가 사라졌다는 것이다.

우리학교에 70이 넘은 김 교수라는 분이 있는데 낮에 한산한 전철을 탔는데 전철문턱에서 젊은 남·여가 키스를 하더란다. 그것도 아주 오래. 그것을 본 김 교수는 "여기가 너의 집 안방이냐"고 소리쳤더니, 서로 떨어지더란다. 그런데 매우 험하게 자기를 쳐다보는데 무서워서 목적지까지 안가고 중간에 얼른 내렸단다.

또 이런 경우도 있다. 조금 한가한 길이긴 하나 청소년들이 굉음을 내면서 과속으로 차선을 위반하여 오토바이를 몰고 다니는 것을 보고, 창밖으로 나무랐다고 한다. 조금 가다보니 오토바이 3대가 뒤따라오고, 한 대는 자기 앞을 가로막고 차를 세우더니 나와서 꿇어 앉도록 하였다. 그리고 야구방망이로 죽여 버린다고 고함을 치는 것이 아닌가. 그 다음부터는 아무리 버릇이 없는 젊은이를 보아도 훈계하지 않게 됐다고 한다. 모든 젊은이가 다 그런 것은 아니고, 착하고 예의바른 젊은이도 많다. 선생이건, 기타 어른이건 훈계는 품위 있는 억양과 젊은이들의 감정에 손상이 가지 않도록 행하는 기술이 필요하다는 점을 강조한다.

그러나 나이든 사람들의 훈계기피성이 증가하는 사회풍토는 개선되어야겠다는 생각이 든다면 나만의 생각일까.

웃음으로 강도를 피한 운전기사

50여 년간 택시를 이용하면서 수많은 운전기사로부터 강도 만난 이야기를 더러 들었다. 30·40년 운전을 한 기사는 거의 한 두 번 이상의 「택시강도」를 당한 사실을 이야기하였다. 푼돈이지만 특수한 강도기술(?)없이 강도대상을 물색할 수 있는 것이 택시인 것이다. 강도 상황을 들어보면 거의 공통적으로 격투를 벌이고, 다친 것이었다. 운이 좋아서 돈을 빼앗기지 않은 운전기사도 더러 있었다. 그런데 너털웃음으로 강도를 물리친 이야기를 듣고는 처음에 좀 황당하게 생각되었으나, 그 강심장에 놀랐다. 내가 승차한 그 택시는 신림동에서 타서 서울대 정문을 거쳐 낙성대를 지나고 있었다.

이야기인 즉 낙성대에서 밤 12시에 강도당한 이야기였다. 젊은 두 사람이 타고는 산비탈에 있는 서울공대 건물로 가자는 것이었다. 그런데, 승차한지 3분도 못되어 한적한 곳에 이르자 칼을 내밀고, 돈을 내놓으라는 것이었다. 운전기사는 파안대소를 하면서 돈 6만원을 털어 그들 앞에 내놓았단다. 운전기사가 벌벌 떨어야하는 상황에서 너털웃음을 웃자 강도들은 이상한 생각이 들었는지 "너 미쳤어." "정신 돌았어."라고 고함을 질렀다. 그럴수록 더 큰 웃음이 나왔고, 돈을 더 내놓으라는 독촉에 돈주머니를 뒤집고, 주머니까지 뒤집는 상황을 연출하였다고 한다. 그리고 기사는 칼을 들이대고 있는 상태에서 "아니, 젊은이들 참 딱합니다. 강도를 하려면 부잣집을 골라해야지, 택시기사가 가진 돈은 많아봤자 10만원 미만인데 내가 웃지 않을 수 없지 않습니까?" 그 운전기사는 자기보다 훨씬 젊은 강도에게 존댓말을 써가면서 웃음을 계속하였다고 한다. 그리고 친절히 내리라고 택시 문을 열어주었다고 한다.

그들은 "참 이상한 놈 다 봤네." 하고 유유히 사라졌다. 물론 운전기사의 어이없는 너털웃음에 강도들이 흉기를 쓰지 않은 것은 아닌 것 같고, 그들이 처음부터 반항하지 않으면 흉기를 사용하지 않을 작정이였을지도 모른다. 여하튼 칼을 목에 들이대는 상황에서 웃을 수 있다는 것은 평범한 성격은 아닌 것 같다.

비록 강도지만, 맹수가 아닌 이상 그들도 운전기사의 말에 느끼는 점이 없었을까하는 점이다. "호랑이에게 잡혀가도 정신만 차리면 산다."는 말이 있듯이, 어떤 위기상황에 닥치더라도 침착하게 대처하면 그 상황에서 벗어날 수 있지 않을까 하는 생각을 해본다.

한10여 년 전에 수원에서 내가 가끔 이용하고, 얼굴도 기억하고 있는 모범택시기사 한 분이 젊은 두 강도에게 살해당한 경우가 있다. 그 강도들은 3일전에 교도소에서 출소한 10대 후반들이었다. 다시 말하면 강도치고는 이미 인간이기를 포기한 악질범일 가능성이 많다. 그러나 운전기사가 꼭 살해당하지 않으면 안 되었나 하는 생각도 든다면 내가 잘못생각하고 있을까.

　여하튼 강도를 만났을 때일수록 언행을 조심스럽게 하고, 돈 10만원 강탈당하지 않기 위해 반항하지 않으면 귀중한 생명을 잃지 않을 수 있지 않나 하는 생각을 해본다. 당신이 강도를 당해봐라. 무의식적·본능적으로 저항하게 된다고 하는 분도 있음을 부인하지 않는다.

친절로 강도를 피하다

택시를 타자마자 다소곳이 인사를 한다. 상당히 먼 거리를 서로 이야기를 주고받으면서 갔다. 내가 특이한 경험을 물었더니 한 1개월 전 노량진에서 부산까지 가는 젊은 두 남자를 태웠단다.

요금을 이야기했더니 두말없이 받아들였다고 한다. 대개 장거리를 갈 때 요금을 말하면 좀 깎는 것이 일반화되어 있으나, 아무 흥정 없이 응하는 것부터 좀 이상한 생각이 들었다고 한다. 대개 두 사람이 타면 손님끼리 서로 말을 주고받는 것이 보통인데, 30대가 되어 보이는 손님으로 탄 두 젊은이는 말이 없었다는 것이다. 직감적으로 불안한 생각이 들기 시작했다는 것이다. 한 시간 반쯤 운행을 했을 때 휴게소에서 소변을 보기위해서 차를 멈추었다. 시간이 갈수록 불안한 심정은 증가하였다. 두 손님이 소변을 보고 나오자, 휴게소에서 자기가 돈을 지불하고, 좋은 음식을 사주었다.

그리고 두 가지 음료수와 캔 커피를 선택해서 마시도록 건네주었다. 그리고 유난히 친절하게 대했다.

얼마를 달린 후 또 휴게소에 도착하였고 이번에는 자기가 소변을 보아야 하겠다고 하였다. 그러나 오줌은 마렵지 않았다. 불안만 계속되는 것이다. 또 맛있는 간식을 사서 손님에게 넘겨주면서 장거리 여행에 피로하겠다고, 짐짓 부드럽게 말을 건네곤 하였다. 3시간 남짓 달려서 부산에 도착하였다. 부산 영도의 어느 가도를 가자고 하였다. 한적한 길 같아서 불안은 극도에 달하였다.

그러나 손님을 함부로 의심하여 차에서 내리도록 할 수도 없고, 아무런 이상이 없을지도 모르는데 차를 놓고 도망갈 수도 없지 않은가. 부산 영도의 어느 한적한 골목에 다다르자 손님들이 내렸다. 내리면서 하는 말 "당신이 너무 착하고, 친절하여 그냥 보내주니, 아무 소리 말고 되돌아가시오."라고 하지 않은가. 여기서 두 젊은이가 승차한 후 줄곧 느껴온 예감이 맞았던 것이다. 말을 듣는 순간 등골에 땀이 오싹하고 약속한 요금을 받지 못한 것은 물론이다. 운전기사는 "살았구나." 하고, 줄행랑을 쳐 서울로 되돌아 왔는데, 계속 가슴이 떨리더란다.

두 젊은 승객이 강도를 예비하고 있었는지 단순히 요금을 안내기 위한 트릭적 협박을 했는지 정확히는 알 수 없으나, 강도를 예비하고 있었다고 단정하면 운전기사의 예측과 친절은 강도를 피했다는 생각이다. 그들이 인간적(?) 강도예비자라는 생각도 든다. 강도를 결심하고 승차한 경우라고 가정하면, 매우 이례적인 경우이겠으나 운전기사의 친절은 강도도 예방할 수 있다고 하면 논리의 비약일까.

여하튼 내가 그 택시기사에게서 느낀 것은 친절이 몸에 밴 사람이 였다는 것이다.

이상 강도에 관한 이야기들을 했지만 최근에는 택시안에 CCTV가 설치되어 있고, 택시요금을 카드로 결제하게 되어 있어, 현금을 가진 경우가 드물어서인지, 강도가 별로 없다고 한다. 무척이나 다행스러운 이야기이다.

강도를 판단하는 방법

2001년 5월경이다. 내가 자주 이용하던 수원의 모범택시 기사가 들려준 이야기다. 자기가 강도당할 뻔했는데, 그로부터 2시간 후에 모범택시를 하는 같은 회사의 동료 운전기사가 강도 살해당했다는 것이다. 운전기사가 승객을 강도범으로 추정하지는 않는다. 있어서도 안 될 일이다.

그러나 택시강도가 종종 있고 보니, 그것을 미리 알아낼 수 있다면, 서로 공유하는 것이 필요할 것이다. 거듭 말하거니와 그 이단적 사회 일탈 현상을 가지고 승차하는 손님 모두를 의심하라는 이야기는 절대 아니다. 간헐적으로 드물게 일어나는 택시강도를 예방하는 방법이 없을까하고 생각 중 택시기사 K씨의 진단법(?)이 일리 있어 소개하는 것이다.

첫째, 젊은 사람들이 둘이 탄다.

둘째, 가방을 하나 들고 탄다.(그 속에는 흉기가 들어있을 수 있다)

셋째, 승객 간에 서로 말이 없다.

넷째, 인적이 드문 곳으로 가자고 한다.

이상의 네 가지 요건을 갖춘 경우, 택시강도로 의심해 볼 수 있다고 한다.

자기가 강도를 피했으나 2시간 후에 동료가 살해된 경우도 정확히 이 네 가지에 해당하는 경우였다고 한다. 자기가 운전한 경험에 의하면 첫째와 둘째는 흔히 있는 일이나, 셋째는 의심스러운 징후이고, 첫째, 둘째, 셋째에 해당하고, 넷째의 경우까지 겹치면, 필시 택시강도의 예비·음모에 해당한다고 보면 된다고 한다. 자기가 태웠던 두 젊은이는 위에서 말한 네 가지에 모두 해당 하였다고 한다. 특히 수원시내에서 그 당시 아파트가 없었던 한산한 길이였던 「S여대」쪽으로 가자고 했을 때 거의 확신에 가까운 의심이 들었고 길을 가다가 재빨리 택시 문을 열고 도망려는 마음의 준비를 단단히 하고 있었다.(내가 아는 K씨는 건장하고, 운동신경이 발달한 사람이었다.) 그런데 논 두럭을 조금가자 순찰백차가 마주 오는 것을 본 운전기사는 재빨리 내려 차에 탄 승객을 불심검문할 것을 부탁하자, 두 젊은이는 줄행랑을 치는 것이었다. 운전기사 판단대로 「강도 예비·음모자」이었던 것이 틀림없었다.

앞에서 말한 바와 같이 두 시간쯤에 같은 모범택시기사를 「강도 살해」하는 범행이 발생한 것이다. 듣건 데, 그 택시기사가 살해된 곳도 인적이 드문 길이었다고 한다. 앞의 택시강도를 면한 사람은 운이 좋았고, 당한 사람은 운이 나빴다고 말할 수 있다. 그러나 과학적·합리적인 혜안에서 차이가 있었다고 한다면 논리의 비약일까. 너무 우연적 사건을 놓고, 이성적·합리적으로 판단하는 것일까.

나도 그런 생각을 한다. 위에서 말한 네 가지에 모두 해당하더라도 그것이 모두 강도의 예비·음모라는 결론을 내는 데는 아무런 논증적 증거도 없다. 다만, 택시강도는 일어나고 있고, 그것을 예방하는 방법은 없을까하는 생각에서 궁여지책으로 생각해본 것이 이것이라고 본다.

택시를 이용하는 선량한 시민들을 극단의 이단자가 있다는 이유로 기사들이 의심하지 않는다는 것을 밝혀두는 바이다.

가방을 열어놓은 여자승객

1990대 초반이었다. 나는 그 당시 신림동에 살았고, 광화문 쪽으로 가기 위해서 택시를 탔다. "어서 오십시오."하고 공손히 인사를 하는 것은 어쩐지 이런저런 대화가 가능할 것 같았다.

나는 책을 쓰기로 결심한 이후 응답을 잘하는 택시기사들로부터 경험담을 들어왔다. 물론 자주 타지는 않았지만 택시를 타기 시작한 20대부터 택시를 많이 타게 되는 30대 이후 70대에 들어오기 까지 약 50년 간 택시기사들에게서 들은 이야기가 약 500여건 된다.

많은 운전기사들로부터 여러 가지 이야기를 들었으나, 여기 소개하는 이야기는 딱 한번 들은 것 같다.

어느 날 가방을 든 중년의 여자 손님을 앞좌석에 태웠단다. 얼마쯤 갔을까, 그 중년여인은 길가의 가게에 잠깐 들려 말을 하고 올테니 차를 길가에 세워 달라고 했다.

요구대로 그 여인이 들리겠단 상점 앞에 차를 세웠고, 그 손님은 내려서 가게 안으로 들어가 용무를 보고, 다시 승차하였다. 그런데 5분쯤 후에 돌아온 그녀는 가방이 열려있고 가방 속에 놓아둔 100만원 뭉치의 돈다발 두 개가 없어졌다고 난리였다고 한다. 그 여자가 가게에 들리겠다고 내릴 때 가방을 앞좌석 옆에 놓아두고 내린 것을 기사도 알고 있었고, 특히 승객이 이석 후 가방은 열려있어 좀 이상한 생각을 하긴 했다고 한다. 물론 택시기사는 결백을 주장하였으나, 승객 여성은 돈을 도둑맞았다고 아우성이었다. 드디어 둘이 파출소까지 갔으나 물적 증거가 없어 서로의 주장만 되풀이되고 있었다.

지금 같으면 대부분 택시 안에 CCTV가 설치되어 있어 어느 정도 채증(採証)이 가능할 수도 있었다. 그렇지 못한 상황에서 여자 손님은 울고불고 야단이었다. 그 돈은 지금 빚 갚으러 가는 중이었다고도 한다. 상황을 지켜보던 순경도 난감해하였다.

상황이 점점 험악해져, 집으로 연락할 것 같은 사정이 발생하기 직전이었다.

그러나 사업에 실패하여 호구지책으로 운전을 하고 있었는데, 집에까지 알려지면 부인으로부터 의심받을 여지도 있고, 두 아이의 모습도 떠올려졌다고 한다. 그래서 친한 친구에게 사고가 났으니 급히 금 200만원만 송금을 부탁하고, 둘이 은행에 갔더니 다행히 송금되어 와 있는 것을 찾아 그 여자 손님에게 주었다고 한다.

그 운전기사는 지금도 그 여자 손님이 범인이었고, 자기가 당한 것이라고 확신하고 있었다. 진실은 신만이 알겠지만 내가 느낀 것은 운전기사가 돈을 꺼내지 않았다는 것은 진실인 것 같았다.

그 후 그 운전기사는 10년이라는 세월이 흘렀고, 두어 번 가방을 들고 탄 손님이 중간에 차를 세우고 어디를 잠깐 들리는 경우가 두 번 있었으나, 반드시 가방을 가지고 갔다 오도록 하게 됐다고 한다. 나도 가방을 들고 택시를 타는 경우와 목적지에 가기 전에 잠깐 약국 등에 들리는 경우가 많다.

대개 운전기사의 가시거리 내에 있는 약국을 다녀오지만, 주차 사정에 따라서는 운전기사의 가시거리를 벗어나는 경우도 있는바, 요금 안내고 튀는 손님으로 의심받을까봐 가방을 놓아두고 다녀온다. 가방가지고 갔다 오라는 이야기를 하는 사람이 없는 것을 보면 앞에서 말한 경우를 당했던 기사는 아니었다는 생각이 든다. 여하튼 모든 택시기사는 위에서 말한 점에 주의해야 할 것이다.

소녀에게 사기당한 운전기사

운전기사생활의 장단을 불문하고, 승차요금을 못 받은 기사는 비일비재하였다. 요금을 안내는 케이스를 내가 들은 것도 300여회 이상이다. 아마 운전기사가 경험한 공통적 현상일 듯싶다.

승차요금을 안내는 유형도 여러 가지인 바, 목적지에 도착해서 돈이 없다고 하는 사람, 막다른 골목에서 좌측이 좁아 운전기사가 문을 열고 내릴 수 없는 곳에서 차를 세우고 도망가는 사람, 술에 취해 내리지 않고, 요금도 안내는 사람, 지금은 돈이 없다는데 계좌번호를 가르쳐 주면 송금하겠다고 하고는 종무소식인 사람 등 여러 가지였다.

그러나 여기 소개하는 케이스는 우리를 무척 우울하게 하는 것이었다. 그 운전기사는 35년을 운전한 60세가 육박하는 사람으로 이런저런 경험이 있어 자기 자신은 제법 판단이 정확하다고 생각하는 사람이었다.

어느 날 불광동에서 천호동까지 가는 손님이 있었는데 초등학교 5~6학년이 되어 보이는 소녀였다고 한다. 그 어린이는 승차 후 매우 천진난만한 표정을 짓고 있었고, 말투는 매우 수줍었다고 한다. 그 소녀 말인즉, 천호동 00아파트로 가는데, 어머니가 학원시간이 다되니 빨리 택시를 타고 오면 아파트 입구에서 차비를 가지고 기다리기로 약속되었다고 하였다. 승객으로부터 몇 번 속아 본적이 있으나, 이 소녀의 경우 하도 천연스럽고, 공손하여 조금도 의심을 하지 않았다고 한다. 약 40분 걸려 목적지에 도착하였다. 소녀는 자기 어머니가 나와서 있는 것을 확인하려는 듯 연신 창밖을 두리번거리며 응시하더란다.

그 소녀는 왤 어머니가 안보이니, 제가 아파트 0동 0호에 사는데 가서 차비를 가져오겠다고 쏜살같이 아파트로 들어가더라는 것이다. 귀여운 손주같기도 하고, 너무나도 예의바르고 미안한 어투여서 조금도 의심하지 않았다고 한다. 약 30분을 기다렸으나, 그 소녀는 되돌아오지 않았다. 그래서 그 소녀가 들어간 아파트 입구의 경비실에 이러이러한 모습의 소녀를 보았는가를 물었더니 그 아이는 여기 사는 아이가 아닌데 가끔 이 아파트의 반대편으로 가는 것을 보았다고 한다. 무슨 이유로 멀리까지 가서 택시를 탔는지는 알 수 없으나, 택시요금을 안내는 상습적(?)인 비행소녀였던 것이다. 그 소녀가 14세 미만이라면 형사미성년자로 형법상 사기죄가 되지 않으나 소녀의 행위는 반사회적인 비행에 틀림없다.

옛 격언에 "바늘도둑이 소도둑 된다." 는 말이 있다. 이 소녀가 자라면서 형법상 구성요건에 해당하는 각종 범죄자가 되지 않을지 심히 우려스럽다. 이런 케이스에 해당하는 경우가 많지는 않겠으나, 오늘날 각종 범죄인의 연령이 낮아지는 것을 생각하면 웃어넘길 일만은 못된다고 생각한다.

이런 현상은 가정교육이 문제이고, 초등학교 교육의 문제이기도 하다고 본다. 어떻게 보면 사회 환경의 문제이기도 하다. 나는 이런 생각을 해본다. 보건복지부나 경찰 등은 각종 형사미성년자들이 저지르는 비행을 수집하여 유형별로 분류하고, 그에 대한 국가적·사회적 대책을 내놓는 책자를 발간하여 사회 계몽을 하였으면 하는 생각이다.

거스름돈 안주시오

내가 50여 년간 택시를 이용하면서
운전기사로부터 상당히 여러 번 들은 이야기에 속한다. 내가 탄 택시
는 봉천고개를 지나고 있었다. 택시기사의 하는 말 "여기만 오면 얼마
전에 당한 일이 떠올려 집니다." 나는 글 쓸 소재거리가 또 하나 생겼구
나 생각하면서 그 운전기사에게 그 내용에 관하여 되물었다.

몇 일전 청계천에서 넥타이를 맨 중년을 둘 태우고, 지하철 서울대
역까지 왔단다. 그런데 한 사람은 상도터널을 지나자 내렸고, 남은 한
사람은 서울대역까지 오는 손님이었다. 목적지에 도달하자 그 손님은
거스름돈을 안주느냐고 독촉하였다. 기사는 돈을 받은 사실이 없었다.
미터 요금은 12,000원 정도 나와 있었고, 그 손님 말대로 20,000원을
주고 내렸다면 기사가 8,000원 정도를 돌려주어야 했다. 넥타이를 맨
중년의 반듯한 신사가 점잖게 말하니 기사는 돈을 받았는지 안 받았는

지 혼돈이 생겼다. 마침 운전을 교대한 직후라 받았으면 2만원이 있을 텐데, 돈주머니를 뒤지니 2만원이 못되었다. 그제야 돈 2만원을 받지 않았다는 확신이 섰다. 그러나 그 손님은 거스름돈 내라고 또다시 다그치는 것이 아닌가. 말을 하다 보니 앞에서 술 냄새가 좀 나고 있었고, 술에 취해서 깜빡했다는 생각이 들었다. 기사가 주머니 사정을 이야기 해도 막무가내였다. 결국 파출소로 가게 되었고, 마침 나이든 경사가 소장이었는데, 이런저런 것을 물어보았다. 술이 좀 깼었는지 먼저내린 사람이 요금을 내지 않은 것 같다는 실토를 하여 문제는 해결되었다. 거짓말을 했던 승객은 파출소장으로부터 심한 꾸지람을 들었음은 물론이다. 이와 비슷한 이야기는 여러 기사로부터 들었다. 이런 일을 예방하는 방법은 없을까. 인간의 양심문제이고, 술 취한 사람의 순간 착각에서 오는 일이라 뾰족한 예방방법이 있을 리 없다.

위의 예에서 기사는 다행히 손님이 지불하였다는 액수의 돈보다 적게 가지고 있어 받지 않았다는 물증(物證)이 될 수 있었다. 그렇지 않으면, 손님이 계속 우기는 한 진실을 밝히기 어렵다. 굳이 방법을 찾는다면 한 손님이 내릴 때 돈을 준 사실이 없다고 강조해서 말해둔다든가, 돈을 미리 받은 경우, 그 돈을 택시 앞에 놓아두는 것이 방법이 될수도 있을 것이다. 그러나 술에 취해서 엉뚱한 말을 하는 사람인 경우는 해결이 쉽지 않을 것이다. 일반적으로 먼저 내리는 사람이 후에 내리는 사람에게 차비를 주는 경우가 많으니 별 문제 없을 것이나, 남은 손님이 차비 받기를 완강히 거절하면, 운전기사에게 일정금액을 주고 내리는 경우가 있을 것이다. 그런 경우 투명성을 확보하기 위하여서는 받은 돈을 상대방에게 확인시키거나 차 유리 앞에 놓아두는 것이 필요할 것이다.

　내가 여기서 강조하고 싶은 것은 파출소 등에서 이런 시비에 당면하였을 때, 일반 상식으로 운전기사가 돈을 받고도 안 받았다고 오리발을 내미는 경우는 거의 없다는 점이다.

오줌 싸고 벌거벗는 승객

영하 10도가 되는 어느 추운 겨울날 이었다. 나는 교보문고에 들릴 일이 있어 신림동에서 택시를 탔다. 택시에 승차한 나는 택시기사에게 물었다. "당신 좌석과 앞좌석에는 따뜻한 융단이 깔려있는 것 같은데, 뒷좌석은 싸늘한 비닐의자로 돼 있소." "아이고 말도 마십시오. 어제 저녁 늦게 술 취한 아가씨들을 둘 태웠었는데 앉아서 의자에 오줌을 쌌지 않았겠습니까." 그래서 의자에 덮었던 융단을 벗겨 세탁소에 맡겼단다. 의학적으로 남자보다는 여자가 소변을 참는 것이 좀 더 힘들다는 이야기는 들었다.

여자들이 맥주를 마시고, 소변을 참을 수 없기도 하고, 술에 취하여 제정신이 아니어서 의자에 그대로 앉아 실례를 하고 만 것이다. 이 운전기사는 최근 들어 가끔 있는 현상이라고 하면서, 여자들의 음주가 늘었기 때문인 것 같다고 덧붙였다.

나는 몇 년 전에 남자들이 술에 취해 택시 뒷좌석에서 소변을 본 이야기를 들은 것을 이야기하면서 서로 웃었다. 그 운전기사는 40년 가까이 운전을 했다고 했고, 60세 중반이 되어 보였다. 그동안 택시를 탄 승객의 백태를 들려주었는데, 그것들을 듣고 운전기사라는 직업이 얼마나 고달픈 직종인가를 알 수 있었다. 이 운전기사가 나에게 들려준 또 하나의 이야기는 40대의 술에 만취한 승객이었는데 처음 승차할 때는 행선지를 대강 말하였는데, 그곳에 도착하여 구체적으로 말하여 줄 것을 요구하였더니 왜 여기를 왔느냐며 다시 어느 지역으로 가잔다. 말을 하는 것이 제정신인 것 같은 생각도 들어 승객이 말한 곳으로 다시 차를 몰았다. 가는 동안 승객은 잠이 들어있어 말한 곳에 도착하여 목적지에 다 왔다고 깨웠다. 기가 막힌 것은 승객 왈 "왜 여기를 왔느냐"는 것이다. 정말 술에 취하여 "필름"이 끊겼는지, 요금을 안내기 위한 수작인지 알 수 없었다. 기사는 요금 받는 것을 포기하고, 손님을 끌어내리려고 시도하였으나, 어찌나 건장한 체격인지 잘 이동시킬 수도 없었다. 이윽고 벌어진 기막힌 상황은 그 승객이 옷을 홀딱 벗는 것이 아닌가. 벗은 채로 차에서 내렸으면 도망가면 되겠는데, 차내에서 벌떡 들어 누워버렸다. 또 자는 것이었다. 때는 여름이라 택시에서 밀쳐내려도 얼어 죽지는 않을 상태였지만 그렇게 했다가는 어떤 형사책임을 질것도 같아 그렇게도 못하고, 그 승객이 깨어날 때까지 으슥한 곳에 차를 세우고, 운전석에서 잠을 청하고 있었는데 마침 순찰 돌던 경찰차가 검문을 하자 자초지종을 이야기하였더니 경찰관 두 명이 그 승객을 끌어내리고, 운전기사는 가라는 것이었다. 40년 운전하는 동안 이런 황당감을 주는 승객은 처음이었다고 한다.

　내가 파악한 바에 의하면, 술에 취하여 기사를 폭행하고, 목적지에 대하여 횡설수설하고, 요금을 안내는 승객이 제일 많았다. 나와 인터뷰하지 않은 기사 중에는 더 이상 야릇한 경험을 한 운전기사도 있을 것이다.

여자운전기사의 애로

　　　　　　　　내가 지금까지 약 50년 택시를 이용
하면서 「여자운전기사」가 운전하는 것을 접한 것은 100여 차례는 되는
것 같다. 제일 많았던 기억으로는 80년대 초였던 것 같다. 지금은 나이
가 70세가 넘어 별 감흥이 없으나, 20대 때 이발소에서 여성이 면도를
해주거나 머리를 감겨주면 이상한 감정에 잡혀있듯이 젊은 나이에 젊
은 여자가 운전하는 택시에 승차하며 기분이 좋았다. 아마 이런 기분
은 나만이 느끼는 것이 아닐 거다. 수필집을 쓰기로 작정하면서, 그것
도 70이 넘은 할아버지가 되고 나서, 여자운전기사에 말을 건네는 것
도 자유로워졌고, 운전기사도 「할아버지」의 말에 고분고분 응답을 하
는 편이다. 내가 승차한 여성 운전기사 중 40정도 되어 보이는 기사가
있었는데, 말을 매우 소상가상 잘하였다. 나는 글 쓰는 소재로 삼을 양
으로 여자기사로서 제일 애로사항이 무엇이냐고 물었다.

그 여자운전기사는 15년 정도 운전을 하였는데, 남자승객들의 「음담패설」이 가장 많았다고 한다. 가정을 가지고, 두 아이가 고등학교에 다니는 가정주부로서 참으로 듣기 거북한 말을 들었을 때는 당장 때려치우고 싶은 생각이 든다고 했다. 아무리 늙은이지만 음담패설의 내용을 물을 수는 없었다. 그 운전기사가 말하기를 음담패설에서 더 나아가 유혹까지 하는 경우가 있다고 한다. 「인간의 성생활」은 「의·식·주」와 더불어 기초적 인간생활의 하나다. 그러나 「의·식·주」와는 달리 유난히 도덕적·윤리적 측면이 강하다. 잠깐 택시를 탔다고 함부로 「선량한 풍속에 반하는 언행」을 떠벌리는 것은 「사회적 도덕」 수준이 낮은 나라에 속한다고 하면 논리의 비약일까. 여자가 운전을 하는 것은 통상 갖는 직업의 일환인 경우가 없지 않을 것이다. 그러나 우리의 전통적 사고방식에 의하면 집안에서 가정 일에 몰두하고 「현모양처」로서의 생활에 전념하는 것이 여성의 역할로 여겨진다. 자식·남편이 있는 가정주부들이 직장을 갖는 것이 거의 그렇지만, 「택시기사」라는 어려운 직업에 종사하는 것은 가정살림에 보탬이 되고자하는 경우도 있겠지만, 채무가 있어서, 남편이 우환에 있어서, 남편 벌이로는 아이들의 학비를 감당하기 어려워서 등일 것이다. 거시적으로 보면 「사회약자」이다.

따라서 택시 승객이 여자운전사에게 「함부로 지껄이는 것」은 어떻게 보면 「사회적 강자」가 「사회적 약자」를 무시하는 언행이라고 보여

진다.

선진외국의 경우 택시는 관광객 등 외국인이 이용하는 것이 대부분이나, 우리나라는 반대로 내국인이 교통수단으로 이용하는 것이 99% 이상이다.

나는 운전을 못하여, 택시를 엄청나게 많이 이용하는 사람에 속한다. 내가 경험한 바에 의하면 「택시기사」의 수준은 IMF 후에 현격히 낮아졌다. 그러나 오래 운전한 기사들의 말에 의하면 택시이용승객의 수준은 오히려 떨어진 것 같다고 한다.

아마도 가장 주된 원인은 웬만한 사람은 모두 자가용을 몰고 다니기 때문이라고 본다. 지나치게 거시적일지 모르나 국민소득은 증가하고, 경제도 성장하는데, 범죄, 특히 청소년 범죄 · 성범죄 · 교통범죄 · 식품범죄 등은 증가하는 것은 그 원인이 무엇인가를 파악하여 대책을 세워야 하지 않을까.

택시 안에 토하고, 소변보는 승객

집으로 가기 위해 광화문에서 택시를 탔다. IMF 전 같으면 저녁 때 광화문에서 빈차는 탈 수 가없었다. 근본적으로 택시가 적었고, 거의 합승을 시켜 돈을 버는 풍조가 만연해 있기 때문이었다. 그러나 IMF 후에는 오후 7시경에도 쉽게 택시를 이용할 수 있게 됐다. 택시에 승차 하자마자 아주 공손히 "어서 오십시오, 어디로 모실까요?" 하고 인사를 하였고, 나도 "수고가 많습니다." 하고 응답을 하였다.

처음 승차할 때, 공손히 인사를 하는 태도와 60세 쯤 되어 보여 "경험이 많은 것 같습니다"라고 다시 말을 건넸다. "예, 금년으로 기름밥 먹은지 37년이 되었습니다."라는 말끝에, 내가 택시와 관련한 수필집을 하나 쓰고 있다고 책 선전을 하고는 그동안 겪은 특이한 일이 있으면 말해보라고 했다. 목적지에 도착하여 요금을 안내하는 손님은 그런데

택시기사의 애환

로 참겠는데, 술 마시고, 차에 토하는 경우와 차에 소변 보는 일을 몇 번 당하였는데, 그런 일이 있은 후는 차에서 냄새가 나서 그날은 더 이상 영업을 할 수 없었다고 한다. 차에 토하는 일을 당하고 나서는 반드시 「비닐봉지」를 휴대하고, 그 사실을 술 취한 승객에게 말한다는 것이다. 그럼에도 불구하고, 무방비로 토하는 손님을 겪고 나서는 아예 술 취한 손님을 안태우는 방안을 연구하였다고 한다. 저녁 늦게 손을 흔들어 차를 세우기를 원하는 손님이 있어도 그 손님 앞쪽으로 몇 메터 더 가서 차를 세우면, 뒤쫓아 오는 손님이 비틀거리고 뛰어오면 그는 거의 술 취한 승객이라는 판단이 가능해졌다고 한다. 손님과 대화를 하기전이니까 승차거부에 해당 하지도 않고, 술 취한 손님을 승차 안 시키는 방법이 된다고 하였다. 그리고 그는 말을 덧붙였다. 술 취한 승객도 안전히 모셔다 드릴 의무가 있으나, 토해놓는 승객을 당한 후는 도대체 영업을 할 수 없으므로 불가피한 처사라고 말한다. 술에 취한 승객으로서는 고의적으로 운전기사를 골탕 먹이기 위해서 택시 안에서 토하는 것은 아닐 것이다. 그러나 그런 습성을 알고 있는 경우라면 미리 비닐봉지를 준비하지는 못할망정, 기사에게 대응조치를 하도록 미리 말할 수는 없을까 하는 생각을 해보기도 한다. 생리상의 우발행동이고 보면, 미리 말한다는 것이 기대난인 경우가 대부분이고 보면, 뾰족한 방법이 없을 것 같다.

어떤 직업이든 곤란하고 힘든 상황에 접하는 경우는 있기 마련이라는 말 밖에 할 수 없다.

그 다음 차에 소변 보는 행태다. 내가 탄 그 운전기사는 37년 동안 한 30차례 겪은 것 같다고 했다. 물론 술에 취한 사람이 대부분일 것이다. 위의 토하는 경우는 토하는 사람도 어쩔 수 없는 경우가 대부분일 것이다. 그러나 차안에 소변 보는 것은 참고 견딜 수 있는 경우가 훨씬 많다고 본다. 이 모든 것을 가급적 피하는 것이 「사회도덕」, 「사회 문화」를 높이는 것의 하나가 될 수 있지 않을까.

IV

유쾌한 운전기사

어르신에게 커피 값 드려야지요.

2013년 4월 22일 월요일이었다. 나
는 그날 학교 강의가 없는 날이었고, 복사일, 문구사는 일, 책방 들리는
일 및 은행 등에 볼 일이 있어 오후에 집을 나섰다. 늘 원고 집필에 쫓
기다 보니, 여러 가지 일을 메모해 두었다가 모아서 처리하기 위해 월
요일에 주로 외출을 한다. 공짜로 전철을 타는 것이 보통이나, 전철노
선이 없는 곳에 가려면 택시를 이용한다. 경우에 따라서는 서너 번 택
시를 이용하는 경우도 있다. 신림동에 있는 문구 집과 책방에 들렀다
가 시내를 가기 위해서 택시를 탔다. 한 50세 쯤 되어 보이는 운전기사
는 아주 점잖은 억양으로 "어서 오십시오, 어르신 어디로 모실까요?"
보기 드물게 교양 있는 말씨다. 나는 수고한다는 말 외에 말이 매우 교
양 있는 태도라고 칭찬을 한다. 그 기사는 나이를 묻지도 않았는데 자
기 나이가 52세이고, 어르신과 같은 연세의 아버지를 모시고 있다고

한다. 나는 신림동에서 택시를 타고, 중간에 서울대 역에서 내려서 전철을 타고, 서울 시청역까지 갈 생각이었으나, 운전기사가 하도 친절하고 말씨가 교양 있어 매우 기분이 좋아서 그 택시로 광화문까지 가기로 하고, 계속 이야기를 나누었다. 그 기사는 아버지가 75세인데 어머니가 먼저 돌아가셔서 매우 외로우신 것 같아 아침이면 나올 때 반드시 용돈을 드리고, 바깥나들이하고, 점심 드시고 오시라고 한단다. 아내도 아버지가 하루 종일 집에만 계시면 불편할 것 같아 어머니 돌아가신 후 약 5년을 그렇게 하고 있단다. 그리고 아버지 연세 비슷한 승객을 태우면 아버지 생각이 난다고 했다. 그 택시기사는 말을 계속 이었다. "어르신은 가방을 든 폼과 눈동자를 보니 연세가 드셨음에도 활동하고 계신 것 같습니다"라는 말에 나는 "남산에 가서 거적때기를 깔아도 되겠소."라고 하며, 서로 웃는다. 이 운전기사는 잠시타고 내리는 승객에게도 유쾌감을 주는 언행을 한다는 생각을 하면서 목적지에 도달하였다. 차비가 1만 200원 나왔다. 나는 1만 1,000원을 주면서 자판기 커피라도 한잔 드시라고 했다. 그러나 그 기사는 제가 어르신의 커피 값을 드리는 것이 도리인데 요금을 더 받아서야 되겠느냐고 하면서 1만원만 달라고 하는 것이다. 나는 참으로 고맙다는 말과 함께 1천원을 운전석 옆에 던지듯 놓고 내렸다. 참으로 기분 좋은 외출이었다. 외출 중 어떤 공공장소나 택시 승차 시 유쾌감은 나를 그 날 하루 종일 기분 좋게 한다면, 너무 감정에 민감한 사람이라고 할까. 내가 언젠가

겨울에 은행앞에 다다랐을 때 40대 중반의 여성이 문을 잡고, 문을 열려하고 있었는데, 뒤에 서있는 나를 기침 소리 때문에 발견하고는 문을 열고, 공손히 먼저 들어가도록 제스처를 쓰지 않겠는가. 그 날이 월말이어서 은행 안에는 많은 사람들이 기다리고 있었고, 나는 그 부인과 잠깐 이야기를 나눌 수 있었다. 고1과 고3의 두 자녀를 두고 있다고 했다. 나는 말하였다. "자녀들도 어머니를 닮아 매우 도덕적이고, 사회적 인물로 자라고 있을 것 같습니다"고 하였다. 그 부인은 말이 없고 미소 짓고 있기만 하였다. 나는 나이가 들고, 훈계를 많이 하는 교직에 있는 사람이라 그렇게 느끼는지 모르나, 친절하고, 교양 있는 부모 밑에서 그 언행, 생활모습을 보고 자란 아이들은 사회에 나가서, 어떤 조직 속에서 매우 모범적인 인물이 되리라는 것을 확신한다. 인사성 없고, 말을 함부로 하는 젊은이의 대부분은 가족환경의 영향이 가장 크다고 생각한다. 물론, 초ㆍ중ㆍ고등의 학교환경에 영향 받는 바가 없지 않다는 것을 인정한다.

<<< 2

휴머니즘으로 가득찬 운전기사

때는 1976년 10월 어느 날이었다.

나는 광화문에서 불광동을 가기 위해 택시를 탔고, 사직터널을 통과하고 있었다. 그 운전기사는 말을 잘하는 친절한 사람이었다. 사직터널을 통과할 때 얼마 전에 겪은 이야기를 들려주었다. 내용인 즉 손님 두 사람을 태우고 역시 사직터널을 통과하고 있었는데 같이 승차한 딸 비슷한 연령의 여자 손님과 말다툼을 하다가 터널 안에서 자기 머리를 주먹으로 강타하는 것이었다고 한다. 순간 충격을 받고 터널 벽에 부딪혀 차는 찌그러지고, 멈춰 섰으나 다행히 근접하여 뒤따라오는 차가 없어 연쇄사고는 없었다고 한다. 그러나 머리는 멍멍하였으나, 간신히 운전하여 차를 움직일 수 있었다.

그 후 그들이 목적지에서 내리자 강력히 붙들고, 주민등록증을 요구하였단다. 한참을 실랑이 끝에 남자의 주민등록증을 손에 넣고, 그들을 보내주었다. 그리고 4~5일 후 쉬는 날 그 주민등록지로 찾아가보니 다 쓰러져가는 무허가 집에 35세 정도의 부인과 어린 세 자식이 있었는데 부인 왈 남편이 집에 들어오지 않은지 한 달이 지났다는 것이었다. 아이들의 의복은 흥부네 집의 아이들 모습이었고, 영양실조 상태였다.

그의 부인에게서 남자의 직장주소를 알아내어 찾아가보니 조그마한 공장의 공장장이었고, 같이 승차한 젊은 여자는 여직원인데 떳떳치 못한 관계인 듯하였다. 어렵게 폭행을 한 그 남자를 찾아내고, 형사고발 하겠다고 을러댔더니 쌀 한 가마 값에 해당하는 돈을 주더라는 것이다. 그 돈을 받아 쉬는 날 그 남자의 부인이 사는 동네를 다시 찾아가 쌀 한 가마니를 사주고 돌아왔다고 한다.

자기는 운전을 약 25년 성실하게 하여 집도 있고, 의 · 식 · 주에는 큰 걱정이 없으나, 부인 집을 찾았을 때 너무 비참했었다고 한다. 본인은 50년 가까이 택시를 탔고, 운전기사들로부터 수 없이 많은 이야기를 들었으나, 이런 내용의 일화는 처음 들었다.

지금은 운전자를 폭행 · 상해하면 가중처벌 하는 특별법이 제정 · 시행되고 있다. 운전기사를 폭행 · 상해하거나 기타 행패를 부리는 것은 술에 취한 사람의 경우가 대분이고, 파출소에 데리고 가도 횡설수설하는 사람이 많고, 술이 깨면 기억이 없다고 하는 것이 다반사다.

그러나 운전하는 사람에 대한 폭행은 전혀 인사불성상태에 있지 않는 한, 술에 취해있었다는 이유로 관대히 처벌해서는 안 되겠다. 최근과 같이 차들이 꼬리에 꼬리를 물고 있는 교통 혼잡 상황에서는 앞차 운전자를 폭행하여 사고를 내면 그 차에 타고 있던 승객들도 다칠 뿐만 아니라 뒤따라오던 차가 연쇄사고를 일으킬 가능성이 높다.

따라서 거듭 말하거니와 운전기사의 폭행은 중대한 공공질서사범으로 엄히 처벌하는 풍토가 조성되어야 교통질서가 유지될 수 있을 것이다.

늙은이와 어린이를 대동한 손님을 먼저 태우는 기사

내가 50여 년 동안 택시를 이용하면서, 경험하고 들은 것이 수 없이 많지만, 참으로 어질고, 도덕적인 운전기사도 있었다. 그가 평생 운전을 직업으로 하는지, 잠시 운전을 하면서 직장을 구하는지는 알 수 는 없다. 그러나 자기가 현재하는 일에 대하여 「계속적 직업」으로 하느냐의 여부와는 관계없이 나타나는 현상이라고 본다. 물론 「사회적 약자」를 보호함으로서 우리사회가 도덕적이고 명랑해지는 것은 택시기사에 한하는 문제는 아니다. 다만, 여기서는 「교통도덕」의 차원에서만 이야기해 보기로 한다.

2000년 봄의 어느 날이었다. 나는 노량진에서 택시를 기다리고 있었다. 그런데. 내가 서 있는 길 쪽의 앞에 어떤 젊은이가 서 있었고, 그도 택시에 승차하려고 차를 기다리는 것 같았다. 나와 사이는 10m쯤 되었다. 그 때 먼발치에서 「빈차」표시를 한 택시가 오고 있었다. 그 젊은이가 앞에 서있으니 당연히 그가 먼저 택시를 잡은 줄 알았다. 그러나 그 택시는 내 앞에 와서 서면서 타라는 손짓을 한다. 그 젊은이가 뛰어 오고 있었다. 나는 기사의 손짓에 따라 재빨리 승차하였다. 주례를 하러 가는 길이어서 시간이 촉박하였다. 그러나 그 기사가 앞에 섰던 젊은이를 태우지 않은 것에 대하여 물었다. "노인네를 당연히 먼저 태워야지요.", "저는 나이든 분이나 어린이를 대동한 여인네와 다른 사람이 같이 서 있으면 그들을 먼저 태웁니다."라고 하였다. 그렇게 하면 자기가 먼저 와서 서 있었다고 한다든지 자기가 먼저 승차하여야 한다고 할 텐데 문제가 안 생기더냐고 다시 물어보았다. 간혹 시비를 하려고 하는 사람이 있는데, 조용히 양보하도록 말하면 큰 말썽은 없었다고 한다.

내가 주로 IMF 전에 경험한 바에 의하면 짐을 가지고 있거나, 어린이를 대동한 부녀자를 가급적 승차 안 시키는 경우가 많았고, 그 사실이 뇌리에 박혀있는 나는 이런 경우에 부딪히거나, 목도하면 아주 이상한 생각이 드는 것이다. 물론 최근의 택시는 매우 여유(?)로워져서 IMF전과 같이 생각할 일은 아닐 것이다.

그러나 위에서 말한 바와 같은 기사를 보면 온통 사회가 도덕적이고, 질서정연한 것으로 느껴져 참으로 즐거운 마음이다. 이런 기사들이야말로 어떤 재벌 영수 · 정치인보다 사회가 필요로 하는 「바람직한 인간상」이라고 말하면 과장된 표현일까.

나는 노인과 어린아이를 먼저 승차시키는 운전기사야말로 「사회도덕」의 앙양운동을 하는 분으로 평가하고 싶다. 내가 노인으로서 대접받은 이야기를 하나 더 하고자한다. 내가 사는 아파트 앞에서 전철역까지는 매우 가까운 거리다. 나는 컨디션이 좀 나쁠 때에는 전철까지 택시를 탄다. 걸어가도 될 거리를 차를 탈 때는 늘 미안감이 든다. "다리가 불편해서 가까운 거리인데 택시를 탔습니다."라고 돈 2500원을 내밀었다. 택시기사는 돈을 거절하면서 "우리 아버지도 선생님의 연령과 비슷합니다. 커피나 마시십시오."라고 하는 것이 아닌가. 나는 억지로 돈을 놓고 내렸다. 그날은 하루 종일 기분이 좋았다. 그리고 그날 아침 강당에서 강의를 시작하자마자 아침에 겪은 이야기부터 했다.

내 일생동안 기본요금이 나오는 거리에서 택시요금을 사양하는 기사는 처음이었다.

뛰지마십시오

　　내가 사는 동네에는 초등학교가 있고, 학생들의 안전한 통학을 보장하기 위하여 차도와 인도를 분리해 놓은 상당히 긴 철책이 있다. 철책이 처음 시작되는 곳에서 택시를 기다리다가 차가 오지 않으면 철책을 따라 차가 많이 다니는 삼거리로 이동을 한다. 그 순간 뒤를 힐끗 돌아다보면 빈 택시가 오고 있다. 그러나 그때는 철책을 따라 반쯤 온 터라 차를 세워 철책을 넘어 탈수가 없게 되어있다. 그래서 철책 끝의 차를 탈 수 있는 곳에 차를 세우도록 손짓을 하고, 차를 향해 뛴다.

　　70이 넘은 나이에 대머리까지 되고 보니 누가 보더라도 노인일 것이다. 택시 운전사는 뛰는 나를 보고, 차를 서서히 운전하면서 뛰지 마시라고 큰 소리로 말한다. 승차했을 때 헐떡거리는 나를 보고, 넘어지면 어쩌려고 그렇게 뛰느냐는 것이다. 운전기사 왈, "제가 기다리는 것이

도리 아니냐."고 한다. 대인관계에서 지나치리만큼 부드러움과 친절을 강조하는 나는 그 기사의 말이 그렇게 고맙고 유쾌할 수 없다.

우리말에 "말 한마디에 천 냥 빚을 갚는다."는 말이 있다. 무슨 영업을 하던 불특정 다수인을 상대로 하는 사람은 공손하고 친절해야 할 것이다. 무슨 업종이던 많은 경쟁자가 있는 완전경쟁시장에서 살아남는 중요한 요소의 하나가 친절일 것이다.

70이 넘는 내가 경험한 바에 의하면 인사성이 밝고, 친절하여 성공한 사람들을 무수히 보아 왔다. 운전기사들은 친절이 「명랑한 택시문화」를 만들고, 결국 그것은 자기 이익으로 돌아온다는 생각을 하여야 한다. 한 번 타고 내린 손님이 다시 자기 택시를 타는 일이 없다는 일회성 대면의식을 가지고, 무뚝뚝하고, 불친절하면, 그것은 결국 간접적이나마, 자기 업의 불이익으로 귀착된다는 생각을 가져야 할 것이다.

택시 이야기는 아니지만 친절 하나로 대성공을 성취한 것을 본 일이 있다. 나는 30대에서 40대까지 광화문 일대에서 강의를 한 적이 있다. 어느 날 청진동의 아주 작은 식당에 들렀다. 어떻게나 친절한지 그 후 자주 들렀다. 젊은 부부가 시골에서 농사를 짓다가, 집과 논을 팔고, 서울와서 의자 15개짜리 식당을 차렸다는 것이었다. 그들은 손님들이 식사 중 돌아다니며, 밥이 적으냐, 고기가 적으냐, 반찬이 적으냐 하면서 더 갖다 주곤 하였다. 나는 그 식당에 약 10년을 드나들었는데, 10년쯤 되서는 2층 식당에 100개가 넘는 좌석을 갖는 큰 식당으로 변모하였다. 나는 그 후 생활의 근거지를 다른 곳으로 옮겨 그 식당 상태를 알수 없었다. 그러다가 65세쯤 되었을 때 우연히 그 식당에 들리게 되었으나, 그야말로 천지개벽이 되어 있었다. 오랜만에 들린 그들 부부는 나를 아버지처럼 반가워했다. 나는 놀랬다. 100억 대의 빌딩의 소유자가 되어있었고, 업종은 고급식당이 되어있었다.

그 후 나는 몇 번 더 들렸는바, 예약을 하지 않고는 좌석을 잡을 수가 없었다. 업종과 환경은 변했어도 그들의 친절·성실한 손님접대는 30년 전이나 똑같았다.

나는 이 사례를 택시기사들과 제자들에게 자주 들려준다. 택시기사들과 업종은 다르지만, 「성실·친절」은 성공으로 이끌어 줄 것이라는 것을 확신한다. 다시 말하거니와 특별히 불운한 경우가 아니면 사회생활, 어떤조직에서 친절은 성공의 중요한 요소라는 것을 깊이 인식해야 할 것이다.

눈치 빠른 운전기사

　　　　　　　　　나는 노량진 영본초등학교 근방에
살고 있다. 그곳은 5개 회사가 지은 각기 다른 아파트로 에워싸고 있
다. 나는 집에서 나와 택시를 자주 탄다. 그곳은 초등학교 학생들의
등·하교의 안전을 위해서 길다랗게 철책을 쳐놓았다. 택시가 오는가
를 힐끗힐끗 보면서 네거리 쪽으로 걸어 나온다. 네거리 쪽으로 나오
면서 앞에서 택시가 오는가만을 살피는 경우가 많고, 뒤에서 오는 택
시는 못 보았기 때문에 그냥 지나치는 경우가 많다.

　어느 날인가도 학교를 가기 위해서 사거리 쪽으로 거의 다 걸어오는
데 뒤에서 택시가 경적을 울리는 것이다. 나는 철책 끝까지 다 왔을 때
라 얼른 손짓을 하여 택시를 세워 승차하고 운전기사에게 말을 건넸
다. "나를 보고 경적을 울렸나요", "예, 그렇습니다." "눈치가 되게 빠
르군요" 가방을 들고 걸어가는 모습이 어쩐지 택시를 탈 분같이 생각

택시기사의 애환

되었단다. 이렇게 눈치가 빠른 운전기사를 가끔 접한다. 옛말에 "눈치가 빠르면 절간에 가서도 멸치 국을 얻어먹는다."는 말이 있다. 어느 분야에서 무슨 일에 종사하던 눈치가 빠르면 성공하는 한 요소가 된다. 누가 농담으로 하는 말이겠지만, "머리가 안돌아가고 눈치가 없으면, 손·발이 고되다"고 한다. 그 운전기사는 말을 이어갔다. 택시를 운전한지 한 18년이 되는데, 이 직업도 경험이 쌓이고 눈치가 발달되어야 할 수 있는 직업이라는 것을 느낀다고 말하였다. 처음 운전을 시작할 때는 IMF 직후였는데, 어느 골목길 앞을 가니 차가 여러 대 서있었고, 손님이 없는데 그 많은 차가 언제 손님을 태우고 출발하나 싶어 잠깐 세웠다가 이동하였다고 한다. 한 20분에 걸쳐 한 바퀴 돌았으나, 손님을 못 태워 다시 그 장소에 오니 서 있던 5~6대가 다 빠져나갔더란다. 거기서 느꼈던 것은 이 골목에서는 택시 이용승객이 많고, 오래된 운전기사들은 그것을 알고 있었다는 사실이다. 그래서 그 후는 차들이 많이 정차해 있는 뒤꽁무니에 서 있으면, 평균적으로 돌아다니는 것보다 빨리 승객을 태울 수 있었다고 한다. 기초생활비도 벌기 어려운 고된 직업인 택시기사에게 「경험」, 「눈치」어쩌고 하는 말이 사치스러울지도 모른다. 아니 길거리에 서 있는 손님을 태우면 됐지 무슨 「눈치」가 필요하단 말인가. 그렇다. 「잠정적 일」로 생각하는 운전기사에게는 귀담아 들을 이야기가 아닐지 모른다. 남보다 수입에 차이가 나면 원인이 무엇인가를 분석해봐야 하지 않겠는가.

한 때 승차거부와 합승이 기승을 부릴 때, 안면몰수하고 운전하는 기사는 정도를 걷는 운전기사보다 수입이 배 이상이 되는 경우가 있었다고 들린다. 그러나 최근 20년 가까이 승차거부나, 합승을 하는 택시를 보지 못했다. 확실히 손님은 줄고, 택시는 많이 증가한 현상임을 알 수 있다. 택시를 자주 이용하는 나도 시간관계상 전철을 이용하는 경우가 많다. 택시기사의 위험한 근로시간에 비하여 생활 유지가 어려운 상황은 당국이 택시정책을 수정할 필요를 강하게 느낀다.

그러나 택시기사 개인 차원에서 남들보다 수입이 적은 이유를 생각해보기도 하여야 할 것이다. 손님이 없고, 수입차이가 없는데 무슨 소리냐고 하는 분이 있다. 그러나 그렇게만 생각할 문제인가를 되묻고 싶다.

<<< 6

산파 역할을 한 운전기사

때는 1975년으로 기억한다. 우리나라는 정치적으로 매우 혼란스럽던 시기였다. 연거푸 「긴급조치」에 반정부인사들은 줄줄이 구속되어 재판을 받고, 데모를 한 학생들도 무더기로 구속되어 있었다. 나는 먹고 살기 위해서 「법학」을 강의하고 있었으나, 정치현실은 교과서 내용과 달라 강의를 하고 있는 나도 상당히 곤혹스러웠다.

그 날 중앙대에서 강의가 있어 사직동 셋방을 나와 택시를 타고 그리 가고 있었는데, 기사가 3일전에 있었던 이야기를 들려주었다. 창동에서 어떤 임산부를 승차시켰는데 출산 진통을 심하게 하고 있었고, 모 산부인과로 가자는 것이었다. 그런데 3분도 못가서 차 안에서 출산을 시작하였고, 결혼은 하였지만 여성의 출산은 처음 보았다고 한다. 어찌나 당황했던지 정신없이 출산을 도왔는데 옥동자로서 둘째아이였다. 나중에 들은 이야기나, 첫 출산의 경우는 진통 후 출산시기까지 다소 시간이 걸리나 둘째, 셋째부터는 아기 문이 열려있어 진통이 오자마자 출산하는 경우가 있다는 것이다. 이런 점을 모르는 임산부는 미리 산부인과에 입원할 생각을 못하고 있었던 것이다. 다행히 출산부가 건강한 여인으로 이상이 없었고, 산모와 신생아는 곧 인근에 있는 산부인과로 입원하였고, 탯줄도 병원에서 잘랐다. 미리 연락을 한 모양이라 친정어머니가 달려왔고, 택시비를 배로 주는 것을 받고 영업을 다시 시작했단다. 옛말에 택시에서 출산하면 앞으로 좋은 일이 있다고들 한다고 하면서 싱글벙글하였다. 5일 후에 노는 날이라 미역을 사가지고 그 병원을 찾았더니, 퇴원을 준비하고 있더란다. 그 운전기사는 매우 선량해보였고, 그 후 그에게 행운이 있었을 것이라고 믿는다. 운전기사는 40쯤 되어 보였으니, 지금은 내 나이 또래일 것이고, 택시에서 출산한 아이는 40세가 다 되었을 것이다. 그 아이 역시 행운 적으로 태어났으니 잘 성장하였으리라고 생각된다.

나로서는 50여년 택시를 이용해도 비행기에서 출산했다는 이야기는 들은 적이 있으나, 택시 안에서 출산한 이야기는 처음 들었다. 아마도 오래 운전한 분은 이런 경험을 한 바가 있을 법도하다. 기분 좋아하고, 선하던 그 운전기사의 표정이 지금도 기억된다.

V

유쾌하지 못했던 경우

대답을 안 하는 운전기사

나는 나이가 들어서도 젊은 사람들에게 반말을 하는 경우가 거의 없다. 이것은 집에서 아버지가 어머니에게 반말을 하는 경우가 거의 없었고, 국민학교(지금의 초등학교)에서 5~6학년을 연거푸 담임했던 선생님의 영향인 것 같다. 심지어 자식들에게까지도 되도록 반말을 쓰지 않는데, 이를 이상스럽게 보는 친구도 있다. 그렇다. 보고 듣는 사람에 따라서는 너무 경직되어있고, 정이 없다고까지 생각할 수 도 있다. 이런 습관이 든 나는 택시를 승차할 때 그 기사가 아무리 젊어도 공손하게 예의를 갖추어 말한다. "광화문을 거쳐 서울대 병원으로 가주십시오" 30대 기사에게 정중히 말한다. "가주시오"가 아니라, "가주십시오."라고 말한다. 그런데, 알았다는 둥, 몰랐다는 둥, 도대체 대답이 없다. 50여년 택시를 타면서 대략 통계를 잡아보니 약 1/7 가량은 대답이 없다. 늙은이가 공손히 말한 것에 대하여 젊은 사람이 대답이 없는 것에 대한 못마땅함은 고사하고, 상대방이 목적지에 대한 말을 제대로 알아들었는지가 궁금하다. 이런 경우, 반드시 그런 것은 아니나, "알아들었습니까" 하고 되묻는다. 그때서야 비로소 대답을 한다. 아주 고약하게 생각되는 것은 고개를 끄덕이는 것이 아닌가. 속으로 생각한다. (예의가 없는 사람이군) 역시 내가 세운 원칙대로 9,700원 나왔는데 300원 거스름돈을 받는다. 징계(?)를 하는 것이다. 내 오랜 택시 승차 경험에 의하면 목적지를 말했을 때, 말을 하던 고개를 끄덕이던 알았다는 응답을 하지 않는 기사는 대개 다음 셋 중 하나로 생각되었다.

첫째, 집에서 다투었거나, 벌금딱지를 발부받은 직후이거나, 빚 등 가정경제가 엉망이여서 그것을 골몰이 생각하는 등의 경우로 손님의 말에 응답할 기분도 들지 않는 경우가 있을 수 있다.

둘째, 그 다음 손님이 말한 목적지를 잘 몰라서 얼른 대답을 못하는 경우도 있었다.

끝으로 불친절한 성격으로 인해 응답을 안 하는 경우다. 인간이 감정의 동물이니까 첫째의 경우는 있을 수 있는 경우로 이해된다. 둘째의 경우도 있을 수 있는 경우인데, 이런 경우는 가면서 구체적으로 가르쳐 달라고 하면 될 것이다. 대답을 안 하는 사람의 표정을 보니 내가 지목한 곳을 잘 몰라서 대답을 안 하는 것 같아 잘 모르면 어디까지 가서 구체적으로 물어보라고 한다. 운전기사의 대답 왈 "다시 물어보면서 좀 가르쳐달라"고 하면 그곳도 모르면서 운전을 하느냐고 핀잔을 주는 사람이 있어 되물어 보는 것이 꺼려진다는 것이다. 누가 뱃속에서부터 배우고 나오지는 않을 것이다. 핀잔을 주는 승객이 성격상 못됐다고 본다. 다만 하나 생각할 점은 여러 선진국 특히 영국 같은 경우는「지리시험」을 치고, 영업용 운전 자격을 부여한다고 한다. 우리나라는 주소가 일목요연하게 되어있지 않고, 요금도 싼 것이 원인이 되기도 하고, 대부분이 내국인의 교통수단이라는 점도 이유가 될 것이다. 끝의 성격상 응답을 안 하는 경우이다. 서비스업종상 고쳤으면 한다. 성격이 그런데 어쩌겠느냐하지만, 세 번째와 같은 사람이 있으면 택시업계의 전체가 욕을 먹는 상황이 될 수 도 있다. 개인적으로 보더라도 조직·사회 속에서 환영 받지 못하고, 무엇을 하던 성공적이 될 수 없을 것이다.

<<< 2

"너 멋대로 가라"

거의 모든 사람이 경험하겠지만, 일 반적으로 택시에 승차하면 "어서 오십시오", "수고합니다"라고, 서로 인사를 주고 받는다. 그러고 나서 가는 목적지를 가르쳐준다. 그러면 택시기사는 "알았습니다"하고, 응답하는 것이 보통이다.

그러나 내가 파악한 통계에 의하면 7명 중 1명은 대답이 없다. 내가 말한 길을 잘 몰라서 머뭇거리는 경우도 있다. 그런 것 같으면, 길을 잘 모르면 직진해서 가면, 구체적으로 내가 가르쳐준다고 이야기 한다. 그러면 감사하다는 억양으로 "알겠습니다"하고, 대답한다. 그런데 표정으로 보아 내가 말한 지점을 아는 것 같은데 대답이 없다. 70세가 넘은 것 같은 기사가 대답이 없으면 좀 답답하기는 하나, 별 감정 없이 넘어간다. 그런데 70세 이하의 운전기사가 대답이 없으면, 사람의 말이 말 같지 않은가 하는 생각이 들면서 불쾌한 생각이 든다. 어떤 때는 다

100

시 다그쳐 묻는다. "내가 한 말을 알아 들었습니까"하고 말이다. 그제
야 마지못해 대답을 한다. 한 운전기사에게 이런 말을 했더니, 너무 피
곤해서 그런 경우도 있고 성격 탓이라고 했다. 확실히 옳은 이야기다.
그런데 일반론으로 말하면, 불특정다수인을 상대로 어떤 업을 하는 사
람이 손님의 말에 응답이 없는 것은 어떤 이유로든지 용인될 수 없다
고 생각한다. 물론 특단의 사정이 있는 경우도 있다. 한 번은 60대 쯤
되어 보이는 사람이 대답이 없다. 알아들었느냐고 다시 물어도 대답이
없다. 벙어리 일지 모른다는 생각이 들었다. 그런데 차가 신호대기로
멈춰 섰다. 그는 글을 쓴 종이를 나에게 보여주었다. "구강수술을 하여
말을 할 수 없습니다"라고 적혀있었다. 내가 화라도 냈으면 큰 실수를
할 뻔 했다. 고분고분 인사를 하고, 대답하는 운전기사들에게는 이상
한 말로 들릴지 모르나 분명한 것은 대답 없는 기사들은 택시기사의
전체에 대하여 좋지 않은 인상을 갖게 한다는 것이다.

한 번은 택시를 타고 멀리 가는 때였다. 가는 동안 운전기사와 많은
말을 나누는 끝에 목적지를 말해도 응답이 없는 것에 대하여 이야기를
나누었다. 그 기사 왈 나는 대답이 없으면 사람의 말이 말 같지 않느냐
고 하면서 싸운다는 것이었다. 그리고 이 응답 없는 것에 대하여 자기
도 몇 번 이야기를 나눈 적이 있다고 하면서 어떤 노인이 들려준 이야
기를 하였다. 즉 78세가 된 노인이 택시를 타고, 목적지를 말했는데 기
사가 알았다든가, 잘 모른다든가 대답이 없었다고 한다. 노인이 속으

로 불쾌하게 생각하고 있었다. 그런데 목적지에 거의 도착하여 두 갈래 길 중 어느 길로 가느냐고 물었다. "대답도 안하는 놈 너 멋대로 가라"고 노인은 쏘아 붙였다고 한다. 이는 우스개로 들어 넘길 일만은 아닌 것 같았다. 거의 모든 승객은 목적지에 대해 이야기 했을 때 모종의 응답이 없으면 불쾌하게 생각하고 있다는 것이다. 택시기사들에게 부탁한다. 아무리 기분 나쁜 일이 있고, 힘들어도 승객이 목적지를 이야기 했을 때는 응답하기를 바란다. 택시기사들이 불친절하다는 인상을 받는 것으로 이어질 수 있기 때문이다.

빈정대는 말투

　　이 세상 사람들의 「말투」는 사람의 수만큼 많다. 강당에서 학생들에게 말하는 식으로 말하면 「사람의 언어」는 성공을 좌우한다고 말하고 싶다. 세계 인구 수 만큼이나 많은 「말투」를 다 말하는 것은 불가능하다. 여기서는 택시기사의 말투와 관련하여 삼가하고, 고쳤으면 하는 경우를 중심으로 말해보고자 한다. 반어적 말투를 삼가라는 것이다. 택시기사와 관련시켜 말하겠다고 하였지만, 이 문제는 비단 택시기사에 국한된 이야기는 아니다.

　　예컨대, 부부가 자가용에 승차하기 위해서 지하주차장으로 가면서 언젠가의 기억이 나서 부인에게 "차 열쇠 잊어버리지 않았어요?"라고 말했을 때, 부인은 "예, 걱정 마세요"라고 대답하면 된다. 그러나 "그것을 왜 잊어요"라고 반어적으로 대답하는 경우가 있다. 이런 사람은 남이 무슨 말을 하던지, 부정적 응답부터 먼저 한다. 그것은 부부, 자식간은 물론이고, 사회적 대인관계에서 원만치 못한 인간관계로 귀착시킨다. 대인관계에서 말을 주고받을 때 우선 상대방의 말을 긍정하는 반응을 보여야하고, 그 다음 이유를 붙여 반대 또는 반론을 제기하여야 한다.

내가 사법시험 · 행정고시 시험의 집단 면접에서 다른 것도 보지만, 위에서 말한 점을 유심히 보아왔다. 상대방을 효과적으로 설득하는 제일의 방법은 상대방의 주장 · 이론의 긍정적 측면을 찾는 데서부터 시작해야 한다. 택시기사와 관련시켜 말하면, "어디를 거쳐 어디로 갑시다"라고 이야기 했을 때 "예, 알겠습니다"라고 응답하면 될 것을 "뭐, 그렇게 말해요. 아무개 집 옆으로 가자고 말하면 되지 않아요"라고 빈정대는 말투로 응하는 것이었다.

이는 택시기사가 나의 집 옆에 아무개라는 유명 정치인이 살고 있다는 것을 잘 알고 있기 때문일 것이다. 그것을 말하려면 "예, 잘 알겠습니다. 김XX씨가 사는 곳 말이지요"라고 말하면 될 것이나, 나의 말에 빈정대는 말투, 답답하다는 말투는 자기 생각만이 옳고 요령 있다는 독단적 생각을 가지고 있는 것이다. 나는 집으로 갈 때 대통령을 지내신 특정인의 집 옆이라고 하는 경우도 있으나, 운전을 오래하지 않았거나, 멀리 다른 지역에 사는 사람은 잘 모르는 응답을 하는 경우가 많아, "9호선 노들역, 상도터널 들어가지 말고 9호선 노들역"이라고 말한다. 그래도 잘 모르면 전직 대통령의 집을 이야기하기도 한다. 누구도 상대방의 말을 전면 부정하는 것 같은 대화·토론 법은 상대방의 반감을 사고, 자기주장을 설득시킬 수 없음을 강조한다. 택시 기사의 빈정대는 말투는 최소한 고객에 대한 예의가 아니다.

세상 사람들은 자기 언어습관이 은연 중 나쁜 영향을 주고 있는 것을 모르는 것 같다. 이는 비단 택시기사 뿐만아니라 어떤분야, 어떤직업에 종사하더라도 조심하여야 할 어법이다.

그런데 문제는 그런 말투인 사람들은 자기 자신의 말투가 자기하는 일에 나쁜 영향을 주고 있다는 사실을 모르고 있다는 점에 심각성이 있다.

고개를 끄덕이는 응답

인간관계에서 우리는 끊임없이 서로 말을 주고받는다. 가정에서 조부모와 손자 간, 부모와 자식·며느리·사위 간, 학교에서 친구지간, 사회에서 직원간 등 수없이 많은 관계에서 말의 주고받음은 중요한 생활의 일 단면일 것이다. 직업분야에 국한시켜 말하더라도 공무원과 국민과의 관계, 의사와 환자의 관계, 상점경영자와 고객과의 관계, 운전기사와 승객과의 관계 등 대화의 형태·억양 등은 사회질서 파악의 한 척도가 된다고 해도 과언이 아닐 것이다.

상대방의 말에 대한 응답내지 긍정의 한 방법으로 고개를 끄덕이는 경우가 있다. 내가 택시를 탈 때, 주로 하는 말은 "수고하십니다", "OO을 거쳐 △△로 가십시오" 라는 것이다. 여기에 대한 운전기사의 태도는 "알았습니다", "알겠습니다"가 보통이다. 그러나 간혹 응답이 없는 사람도 있고, 턱주가리를 끄덕이는 사람이 있다. 대답이 없는 사람에 대하여는 이야기 한 바 있다.

대답으로 턱을 끄덕이는 사람은 한마디로 교양이 없는 사람이다. 이런 버릇은 보통 가정에서 어릴 적부터 배운 습관인 경우가 많고, 그 다음 초·중·고등의 학교에서 선생으로부터 또는 동료로 부터 배운 경우가 있을 것이다. 그렇게 하는 사람은 그 태도가 불손하고 예의바르지 못하다는 것을 느끼지 못하고 있을 것이다. 그러나 그런 응답 태도가 타기(唾棄)하여야 할 나쁜 버릇이라는 것은 보편적으로 인정할 것이다.

특히 자기보다 연상의 사람이 공손히 말하는 것에 대하여 턱을 끄덕여 대답을 하는 것은 매우 버르장머리 없는 태도이다. 내가 40세 쯤 되었을 때다. 동사무소에 전출신고를 하였는데, 전입지에 가보니 인감대장을 누락시켜서 다시 살던 곳의 동사무소에 가서 말하니, 인감대장을 봉투에 넣어 교부하여 주었다.(그 당시행정 절차는 지금과 달랐다) 그래서 창구에 앉아있는 20세 쯤 되는 여직원에게 내가 이것을 전입지의 동사무소에 갖다 주면 되느냐고 물었다. 그 나이어린 여직원은 고개를 끄덕였다.

처음에는 바빠서 그냥 나왔다. 그러나 밖에 나와서 생각해보니 불특정다수의 민원인을 상대하고, 특히 나이든 사람들에 대한 태도가 아니라 생각되어 동장실로 들어가니 마침 동장이 나를 알아보는 것이다.

예의 그 직원을 동장실로 불러, 말을 할 수 없게끔 어디가 불편한가를 물었다. 그렇지 않다는 대답이었다. 조금 전 턱을 끄덕여 대답하는 태도는 예의가 아님을 지적하고, 그 습관이 들면, 결혼해서 시부모에게 그렇게 하면 친정부모까지 욕을 먹게 한다고 했다. 나의 지적이 유쾌하지는 못한 것 같다. 동장은 긴 한숨을 쉬었다. 운전기사의 이야기를 하다가 잠시 다른 경우에 대하여 이야기하였으나, 택시기사 뿐만 아니라, 모든 사회생활에서 고개를 끄덕이는 대답, 특히 윗사람에게 그렇게 하는 경우는 버릇없는 비례적 방법임을 인식해주었으면 한다. 간혹 집에서 자식이나 손자가 무엇을 말할 때, 부모·조부모가 고개를 끄덕이는 경우를 볼 수 있는데, 계속적으로 그렇게 하는 경우, 어린 아이들은 그것을 보고, 배워 자기들도 그렇게 한다는 점을 생각하여야 할 것이다.

나는 고정 장소에서 업무 수행하는 약방, 상점, 음식점에서 말에 대한 대답으로 고개를 끄덕이는 일이 있으면 다시는 그 집에 가지 않는다. 그러나 택시는 타기 전에는 알 수 없으니 불쾌할 뿐이다.

사라진 택시 합승

　　　　　　　극성을 부리던 택시합승, 합승이 가
능한 방향의 손님만 골라 태우는 택시의 횡포, 승차거부 등의 택시업
계의 무질서는 그런 일이 있었냐는 등 사라졌다. 정확히는 1994년 IMF
후 부터였다. 근 50년을 택시를 이용하고 90년 들어와서는 택시 승객
은 짐짝(?)취급을 받아온 택시 이용자의 한 사람으로서 참으로 꿈같았
다. 이것을 분석해보면 주로 세 가지 이유에서였다고 생각된다.

첫째, IMF라는 경제적 위기로 택시손님이 대폭 줄었다.

둘째, 고령의 공직자, 회사근무자들이 대량 퇴직하였는데, 그들 실
업자의 구제의 일환으로 택시를 대폭 증차하였다.

셋째, 종래 「화이트 컬러」에 속해있던 많은 분들이 택시업 내지 택
시기사로 종사하면서 업계의 풍토가 달라지는 면이 생겼다. 셋째의 사
유도 원인이 되었지만 가장 큰 이유는 첫째와 둘째이다.

첫째원인을 좀 더 상세히 설명해보자.

IMF로 물가 특히 부동산의 가격은 반이하로 폭락하였고, 국민들의 가처분소득은 대폭 줄었으며, 각 분야에서 실업자는 쏟아져 나왔다. 이로 인해 택시 이용 승객도 대폭 줄었다는 것이다.

둘째, 택시를 대폭 증차했다. 아무리 경제적으로 어려웠다하더라도 종전의 택시 수를 그대로 유지하였다면, 택시 승객이 그렇게 급감하지는 않았을 것이다. 그러나 앞에서 말한바와 같이 실업자가 재취업을 할 수 있도록 일자리를 만드는 일환으로 택시를 이런 저런 이유를 붙여 대폭 증차하였던 것이다. 여기에는 그동안의 택시부족으로 합승횡포, 승차거부 등도 증차의 명분으로 작용하였던 것이고, 도로면적과 엄격하게 결부시켰던 교통정책도 일부 수정하였던 것이다. 택시를 자주 이용하는 나로서는 정말 이변에 직면하였다.

IMF전에 11시 경에 광화문에서 신림동으로 귀가하는 경우가 많았는데 빈 택시 이용은 불가능했다. 그 당시에는 어디를 가면 서대문 쪽, 또 어디를 가야 신림동 쪽으로 합승이 가능하다는 장소가 있었다. 그러나 합승이 쉽다는 그 장소에서도 합승하기위해서는 줄을 서 있는 것이다. 언제나 그런 것은 아니나 불쾌한 경우도 많았다. 합승을 하기위해 서 있던 장소에서 차가 오면 "신림동"하고 외친다. 그러면 운전기사는 타라는 손짓을 한다. 광화문에서 신림 9동으로 가는 코스는 한강철교를 넘어 상도터널, 봉천고개를 거쳐 가거나, 동작구청을 거쳐 신림동 네거리를 지나는 것이 보통이다. 그러나 어느 날은 여의도로 가는 차가 나를 합승시키고는 빙빙 도는 것이 아닌가. 상당히 불쾌했지만 꾹 참고 목적지에 도달하여 차비를 계산하면서 또다시 불쾌했다. 보통 광화문에서 신림9동까지 나오는 요금보다 300원 정도를 더 달라는 것이다. 몇 년간을 합승을 한 바 있지만, 조금 돌아온 경우, 그것을 감안해서 요금을 받는 것이 보통이다. 무더운 한 여름에 네 사람이 합승하고, 요금까지 더 내고 나면 당국의 택시정책이 이대로 여도 될까 하는 생각도 하였다. 그러나 세상만사의 누적된 병폐가 고쳐지는 것은 당국의 인위적 개선책도 있지만, 어떤 계기로 저절로 고쳐지는 경우도 있다. IMF 후 택시 승차거부와 무리한 합승이 없어진 경우가 바로 그것이었다. IMF전까지 수입이 좋으니, 경우 없는 운전기사, 좋지 않은 경력을 가진 기사가 더러 있었으나, IMF 후는 저절로 정화(淨化)된 것이다. 20년 정도 전의 이야기라, 대략 40세 전의 분들은 무슨 이야기를 하는지 어리둥절할 것이다. 지금 택시 공차 율이 매우 높아 택시 운전기사의 생활이 매우 어려워 행정당국이 택시 감축을 생각하는 것 같은데, 정책에서 과거사를 감안한 형평적 정책을 수립하여야 한다는 의미에서 불쾌했던 과거를 회상해 본다.

<<< 6

지나치게 특정 종교를
선전하는 기사

　　　　　　　　　그리 많지는 않으나, 택시 기사 중에
는 특정 종교를 매우 깊게 믿는 사람이 있다. 특정 종교인인 기사들의
태도는 주로 세 가지이다.

　하나는 승차하여 조금 가노라면 "예수 믿으세요" 안 믿습니다. "예
수 믿고 축복받으시고, 영생하십시오" "예, 고맙습니다"라고 대답하
면, 그 이상은 말이 없는 경우가 있다. 이런 경우는 아주 간단하고, 점
잖은 종교 선전이다. 언젠가 버스를 탔을 때, "예수, 천당"하고 외마디
를 외치고 버스에서 내리는 종교 선전을 접한 적이 있는데, 그야말로
머리에 쏙 들어오는 선전이라고 생각했다.

　그 다음 택시에 목사 · 스님들의 설교 테이프를 틀어놓은 경우다.
매우 조심스러운 운전기사는 테이프의 녹음된 설교를 듣다가도 손님
이 승차하면 중단한다. 그러나 손님이 승차한 후에도 계속 테이프를

튼다. 어떤 목사·스님 등의 설교·설법에 깊이 심취되어 그러는 것이 보통일 것이나, 특정 종교를 택시 타는 승객에게 선전하기 위한 의도도 있을 것이다. 나는 명색이 천주교 신자이나, 목사님·스님의 말씀을 관심 있게 듣는다. 아주 교훈적 이야기도 있다. 어떻든 나로서는 너무 크게만 틀지 않으면 차에서 내릴 때 까지 말없이 듣는 편이다. 그런데 비종교인은 어떨까. 추측컨대, 특별히 무슨 생각을 하고 있는 사람이 아니면, 시끄럽다고 끄라고 하는 사람은 거의 없을 것이다. 다만, 하나 생각해 볼 수 있는 것은 자기 종교와 다른 종교의 설교를 틀어놓고 있을 때, 약간의 거부반응을 일으키는 경우가 있을 수 있으므로 손님이 승차하면 "손님, 테이프를 끌까요"하고 승차한 사람의 의사를 묻는 것이 예의일 것 같다. 나야 종교를 교과서 상의 「종교학」범주에서 생각하는 사람으로서 그 어떤 종교도 「선」을 추구하고 마음의 「안정」을 유지하고 더 나아가 어려운 이웃을 생각하는 목적내지 기능을 갖는다고 생각한다.

독일의 어떤 철학자는 「인간은 삶이 무서워서 사회를 만들고, 죽음이 무서워서 종교를 만들었다」고 설파하였으나, 나는 천당·극락 같은 것은 별로 생각하지 않는다. 따라서 나와 다른 종파의 설교를 틀어놓아도 거부감을 느낀 적은 없다. 말이 나온 김에 덧붙이자면, 「천당, 극락, 영생 등」을 주장하는 것도 사실은 인간이 살면서 「선」을 실행하도록 유도하는 것으로 본다. 따라서 그런 주장은 「교조적 의미」에서 유익 하다고는 생각한다. 「악」한 삶을 누리는 사람이 「천당·극락」을 갈 수 없고, 영생을 누릴 수 없고, 더 좋은 삶을 살 수 있도록 환생할 수는 없지 않겠는가. 그런데 삼갔으면 하는 경우가 있다. 나도 종교를 갖고 있는 사람이고, 어떤 편향적 종교만을 갖고 있지도 않지만, 택시기사는 물론이고, 일반인들이 특정 종교를 지나치게 선전하는 경우는 약간의 불쾌감을 갖게 된다.

예를 들면, 예수를 안 믿으면 지옥에 간다느니 하는 것이 그것이다. 비단 종교영역에서 뿐만 아니라, 모든 사회분야에서는 「과대선전」, 「과대광고」라는 것이 행하여지고 있다. 거기에는 법에 걸리기까지 하는 「사기」가 있기도 하나, 종교선전이 그 정도에 까지 이르는 경우는 없다. 많지는 않지만 「맹신적」(?) 선전은 「선전의 기술」이 부족한 경우로서 그 효과도 거의 없다. 다시 말하거니와 내가 50여년 택시를 이용하는 동안 불쾌감을 느낄 정도의 「긴 선전」은 약 10여 차례 있었던 걸로 기억한다.

이는 꼭 운전기사만이 조심스럽기를 부탁하는 것이 아니라, 종교를 선전하는 모든 분들에게 드리고 싶은 말이다.

나쁜 주차버릇

이 이야기는 비단 택시기사에 국한된 것은 아니다. 모든 차종의 운전자와 관련된 이야기다. 운전하는 분들이 지켜야 할 일은 과속하지 말 것, 끼어들기를 하지 말 것, 신호·차선을 지킬 것 등 수십 가지가 된다. 이 모든 교통법규를 지키는 것은 사회의 「공공질서」를 유지하는 것이 되고, 그것은 우리의 생명·신체의 안전, 재산을 지키는 것이 됨은 췌언이 될 것이다.

여기서는 일반적으로 차를 운전하는 분들의 나쁜 주차버릇에 관하여 이야기 해 볼까 한다. 금기시되는 주차버릇은 천태만상이다. 그리고 이 모든 주차의 악습은 직접·간접으로 사고로 이어진다. 여기서 못된 주차버릇으로 몇 가지 들 수 있는 것은 주차금지구역에 주차하는 것, 횡단보도위에 주차하는 것, 인도에 걸쳐 주차하는 것, 길옆에 바짝 붙여서 주차하지 않는 것, 차를 뺄 수 없게 주차하면서 연락처를 적어

놓지 않는 경우 등이다. 이 외에도 정도를 이탈한 주차는 더 있지만, 위에 열거한 것들에 관하여서만 살펴본다.

주차금지 구역에 주차하는 것으로는 공원구역이나, 다른 차가 주차하기 위하여 주차금지 표지(標識)를 한 경우이다. 이런 경우는 어떤 공원 관리상의 목적을 침해하거나, 다른 사람의 주차를 방해하는 불편을 주는 것이 대부분이고, 직접 사고로 이어지는 경우는 드물다. 이것들은 모두 불가피한 경우이겠지만, 그 나라의 교통도덕수준을 말해준다. 수시로 자기차가 들락거리면서 영업을 하는 문턱에 손님이 아닌 자가 얌체로 차를 세워 손님의 차를 세울 수 없게 하는 것을 형법상 「업무방해죄」까지 들먹인다면 너무 인심 사나운 처사일 것이나, 적어도 양심에 털(?)난 사람이라고 하면 폭언일까. 여하튼 위의 경우는 참고 넘어갈 수 있는 경우일 것이다. 그러나 주차를 할 수 없는 길옆에 주차하는 것은 금물이다. 교통법규위반의 단속 대상 중 가장 많은 경우일 것이다.

그리고 이 경우는 교통을 방해하고, 그 차를 비켜가기 위해 운행하다보면 사고를 유발하기도 한다. 그래서 많은 곳에서는 차량을 견인해 가기도 한다. 견인업자가 수익을 올리기 위해서 잠깐 세우고 가게에 들른 사이 끌어가는 경우도 없지 않다. 이런 점은 경찰당국의 강력한 지도로 개선되어야 할 것이다. 여기서 말하고 싶은 것은 길거리에 교통 방해적 주차를 하여 견인되는 차량수를 통계내고, 그것을 외국과 비교하여 계몽자료로 활용하자는 것이다.

그다음 횡단보도 위나 인도에 걸쳐 주차하는 것이다. 갑자기 신호가 바뀌어서, 또는 앞차가 빨리 갈 수 없어서 불가피하게 횡단보도에 걸쳐 차를 세우는 경우도 있다. 그러나 신호가 바뀌었음에도 그냥 지나가려고 진입하였으나 신호를 본 보행자가 급히 뛰어나와 정차하는 경우도 있다. 나도 이런 경우를 몇 번 당했고, 하마터면 사고를 낼 뻔도 하였다. 보행자는 신호가 바뀌었더라도 즉시 급히 뛰어 건너는 것은 금물이다. 신호가 바뀌었음에도 순간적으로 과속으로 지나가는 차가 있기 때문이다. 경찰당국에 의하면 이런 경우로의 인명사고가 적지 않다고 한다. 보행자에게 주의를 당부하지만, 그 책임은 운전자에게 있다. 간혹 길을 가다보면 인도에 또는 인도에 걸쳐 차를 세워놓은 경우를 볼 수 있다. 이런 경우, 보통은 공사차량 또는 이삿짐을 싣는 차량이다. 이런 경우는 역시 불가피한 경우이나, 교통에 방해가 되지 않도록 최선을 다해야 할 것이다. 이런 주차를 하는 것은 택시는 거의 없다. 그러나 자가용, 승용차는 자주 보인다. 본인이야 어쩔 수 없다고 하겠지만, 교통도덕상 지탄받을 주차이다.

끝으로 길옆에 바짝 붙여서 주차하지 않는 것이다. 이것 역시 남을 배려않는 운전습관이다. 1980년대 내가 성북 2동에 살 때이다. 왕복 2차선 도로 앞에 약국이 하나 있었는데 자가용차를 약국 앞으로 바짝 붙여 세우면 왕복운행에 지장이 없었는데 거의 한 차선을 막을 정도로 주차하고 약국에 들러서 버스들이 외길로 왔다 갔다 하는 불편을 겪고 있었다. 다는 그 운전기사가 약국에서 나오자 주의를 주었다. 그러나 그는 건방지게 남의 일에 간섭하느냐는 매우 불손한 태도였다. 그때는 자가용은 거의 돈 있는 사람들이 기사를 두고 운행하는 시기였다. 차종이 고급이고 운전자의 나이로 보아 차 주인이 따로 있음이 분명하였다. 나는 매우 불쾌하여 파출소까지 가서 그 차의 주인을 파악하고 싶다고 단호히 말하였다. 내 경험에 의하면, 그 당시 운전자들이 건방진 것은 차 주인이 「사회적 지위」를 가진 사람이 보통이었기 때문이다. 내가 단호하게 나오자, 다음부터 주의하겠다고 꼬리(?)를 내려 그것으로 끝났다.

오늘날에도 자가용은 물론 택시도 길가에 바짝 붙여 세울 수 있는데, 그러지 않아 교통체증을 유발하는 경우가 있다. 앞에서도 언급한 바 있으나, 다시 강조하고 싶은 것은 경찰 당국과 운수조합은 몇 가지 사고·교통법규위반의 통계를 내는 것으로 알고 있으나, 더 많은 경우에 관하여 세부적으로 통계를 내어 선진국과 비교하여 발표하여 계몽 자료로 쓰기 바란다.

창밖을 보고 쌍욕을 하는 운전기사

　　2013년 3월 28일 이었다. 학교에서 강의를 마치고 교문 앞에서 사당행 버스를 탔다. 퇴근시간이라 버스는 학생들과 마을 사람들로 만원이었고, 더러는 서 있다. 버스에 승차할 때부터 유쾌하지 못했다.

　　나는 가끔 이 버스를 이용하는데 어느 날 승차 시 요금이 얼마인지 몰라 머뭇거렸더니, 운전기사는 아주 부드러운 말씨로 "조심하십시오. 2,000원만 넣으십시오"라고 하였다. 외관상 75세정도로는 보였겠고, 내가 조금 비틀거렸기 때문이다. 그 후 나는 그 2,000원이 요금인 줄 알았고, 2,000원씩을 내고, 서너 번 더 승차하였는바, 운전기사는 말이 없었다. 그래서 나는 승차요금이 2,000원인 줄 알고 있었다. 그런데 오늘은 100원을 더 내라는 것이었다. 돈 100원을 주머니에서 꺼내어 요금 함에 넣었으나, 그 운전기사의 말은 "100원 더 놓으시오"라는 것이었으나, 그 말투가 매우 불손하였다. 별로 기분이 유쾌할 수 없었으나, 출발 몇 분전이라 앞에 한 좌석이 비어있어 앉았다. 출발시간이 되어 차가 움직여 성균관대 캠퍼스를 지날 때였다. 한 택시가 버스정류장에 정차하여 있었고, 신호가 바뀌었는데 조금 늦게 출발하였다. 아마도 전화를 걸고 있었던 것 같다. 택시가 버스정류장에 서 있거나, 신호가 바뀌었음에도 뒤차를 고려하지 않고, 전화를 걸고 있었다면, 최소한 교통도덕을 지키지 않은 일탈자 임에도 틀림없다. 따라서 뒤에 서있던 차가 "빵, 빵" 거리는 것은 이해가 간다. 그러나 버스운전기사는 창문을 열고 "이XX새끼야" 라고 일갈하는 것이 아닌가. 앞좌석뿐만 아니라 내 뒤로 상당한 거리의 좌석에 앉아있는 사람도 들릴 정도의 큰소리의 쌍욕이었다. 나는 심한 혐오감을 느꼈다. 그 기사의 승차 시 불손함과 상승하여 참으로 기분이 나빴다. 비단 이 운전기사뿐만 아니라, 옆 차가 사고를 유발할 수 있는 끼어들기 또는 추월을 하거나, 기타 교통법규를 위반하는 경우, 쌍욕을 하는 기사가 많다. 하기야, 항간에는 운전을 하면 성직자도 쌍욕을 하고, 아무리 점잖은 사람도 욕을 한다는 말이 있다. 그러나 도저히 이성을 가진 인간이라고 보기 어려운 쌍욕은 승차해있는 사람들에게 심한 혐오감을 준다는 것을 깨달아야 할 것이다.

나는 각국(주로 선진국이긴 하나)을 돌아다니며, 택시 · 버스를 탈 때마다, 운전기사가 쌍욕을 하는가를 유심히 보았다. 주로 앞좌석에 앉아서 말이다. 계속 몇 달씩 머물러 있지 않아, 단언하기는 어려우나, 우리나라보다는 쌍욕이 드문 것 같다. 이것은 택시·버스, 기타 자동차 등이 교통법규를 얼마나 잘 지키고, 일반적 "교통문화"의 수준이 어느 정도인가를 가늠하는 것이 될 것이다. 운전기사의 쌍욕 버릇을 나무랄 것이 아니라, 교통법규 등의 위반자를 먼저 비난하는 것이 순서일 것이다. 그러나 운전자의 쌍욕은 이 나라의 "교통문화"의 수준을 보는 것 같아 씁쓸하기만 하다.

내가 그동안 겪은 것 중에 운전기사가 교통법규를 위반하는 차를 향하여 욕을 하는 것은 수 없이 많이 겪었다. 그러나 "X팔새끼"라고 욕하는 경우가 있는데, 참으로 듣기가 거북하다.

더럽게 달아놓은 조견표

내가 50여 년 동안 택시를 이용하는 동안 요금이 인상된 것이 약 20차례는 되는 것 같다. 요금이 오르면 택시의 미터기가 바뀌기 마련이다. 그러나 잘 알다시피 요금이 인상되면 미터기 수정 일감이 폭주하여 신속히 수정하지 못하고, 짧게는 며칠간, 길게는 한 달 이상 택시에 인상된 요금조견표를 달고 다닌다. 손님이 잘 보일 수 있도록 대개 앞좌석 뒷면에 걸어놓는다. 이 조견표는 인쇄하여 배부한 것으로 규모 있고, 보기 좋은 것이 보통이나, 그것을 좌석 뒤에 달아매어 놓은 상태는 그야말로 백태다. 아주 예쁜 끈으로 보기 좋게 매달아 놓은 경우도 있고, 그렇지 못한 경우도 있다. 몇 번 목격한 바 이지만, 짐 묶는 굵은 끈으로 보기 흉하게 달아 매놓은 경우가 있다. 조견표에는 때가 묻어 있고 더럽게 달아 놓은 것을 보고 한마디 한다.

"이 조견표 좀 예쁜 끈으로 달고 다닐 수 없습니까" 운전기사는 대답한다. "바쁘고, 주위에서 적당한 끈을 못 찾아 주위에서 짐 묶는 끈이 발견되어 그렇게 한 것입니다. 미안합니다." 점잖은 말투다. 나는 말 값을 제대로 받았다고 생각한다. 그러나 고약한 말투로 응답하는 사람이 있다. "뭐 잘못 먹었습니까" 이런 반항적인 응답을 듣는 일은 거의 없으나, 분명히 나는 경험한 바 있다. 그렇게 말한 내가 정신병자(?)라는 것이다. 각 분야, 계층불문하고, 언행이 못된 사람은 있다.

그러나 아무리 생각해도 나의 말에 그렇게 반응하는 것은 「수준이하」로 생각되었다. 한마디 덧붙이고 싶은 것은 IMF 이후는 언행이 매우 불량한 운전기사는 거의 없어졌다.

집에 와서 집사람에게 오늘 겪은 이야기를 했더니 당신은 그런 일을 가지고, 남에게 뭐라고 말할 자격이 없단다. 나는 집이나, 학교, 연구실이나 발 들여놓을 수 없을 만큼 지저분하게 늘어놓고 생활하기 때문이다. 하기야 인간이 남의 눈의 가시는 보아도 자기 눈의 대들보는 못 본다는 말이 있듯이 남의 이상한 언행, 태도 등은 쉽게 발견해도 자기 결점은 용이하게 발견하지 못한다. 잠깐 타고 내리는 것이 택시이나, 불특정다수인이 이용하는 택시는 모든 면에서 청결해야함을 강조하는 것은 사족(蛇足)에 불과할 지도 모른다. 택시 중에는 시트나 액세서리 등에서 마치 일류 요식 집에 온 것 같이 잘 꾸미고 운행하는 것을 볼 수 있다.

개인택시의 경우는 자기의 자가용과 같으니 그렇게 하는 것이 가능하나, 회사 택시는 거의 불가능 하다는 것은 이해한다. 많이 좋아졌지만 택시의 청결에 더 노력해주었으면 하는 바람이다.

교육할 때 늘 하는 말이지만 반바지에 젊잖치 못한 복장을 한 운전기사가 있다. 불특정다수인을 상대로 일하는 운전기사의 예의가 아니라고 본다. 내가 승차한 운전기사는 같은 동료라도 불쾌감을 느끼는 사람이 있다고 한다. 고된 택시기사에 그렇게 긴장할 필요가 있느냐고 되물을 것이다. 그러나 깨끗한 복장은 사람을 많이 상대하는 직업의 자세이다.

담배피고 껌 씹는 운전기사

내가 60년대부터 2013년 지금까지
택시를 이용하는 동안 제반 「교통문화」는 놀라울 정도로 변화하였다.
대략 80년에 들어오기까지는 택시에 냉방장치가 되어있는 경우가 드
물었다. 지금은 고장이 난 특수한 경우를 제외하고는 냉방이 가동 되
지 않을 택시는 없다. 택시기사들의 말에 의하면 택시 안에서 담배피
우는 승객이 아주 드물다고 한다. 술에 취해서 담배를 피우는 승객이
있는데, 불쾌하지만 참는다고 했다. 그 다음 택시운전기사가 담배를
피우는 경우다. 내가 경험한 바에 의하면 80년대 까지는 상당히 많았
고, 90년대 이후 대폭 줄더니 최근에는 평균1개월에 한 번 꼴로 목격한
다. 아마도 사회의 금연풍조가 일반화되고, 흡연을 강력히 규제하는
것과 관련이 있는 것 같다. 어쩌다 담배를 피우는 기사는 운전석 옆의
창문을 열어놓고 담뱃재를 밖으로 터는 조심스러운 태도를 취하고, 더

러는 승객에게 "담배를 좀 피우겠습니다"라고 양해를 구하는 경우도 있다. 참으로 조심스럽고 예의바른 기사다. 나는 말한다. "마음 놓고 피우십시오" 우리나라 헌법재판소가 흡연권보다 혐연권(嫌煙權)이 우선한다고 판결한 바 있는 바, 그것을 알기도 하는 듯, 아주 미안한 태도로 담배를 피우는 것이다. 그 겸양적 태도에 담배를 안 피우는 사람보다 더 겸손함을 느꼈다면 너무 과장된 표현일까. 기호 식품의 하나인 담배를 기사가 피울 때, 승객을 배려하는 언행을 보인다면, 승객은 불쾌감까지는 느끼지 않을 것이다. 여하튼 최근 택시기사가 손님을 태우고 택시 안에서 담배를 피우는 경우가 매우 드문 것은 택시 안에서 승객이 있을 때 담배피우는 것은 「공공장소에서의 금연」의 여파이기도 하겠지만, 운전기사의 공중도덕심이 전보다 나아졌다는 생각을 하기도 하고, 건강에도 관심이 많아진 때문인 것 같다.

그 다음 껌 씹는 것이다. 이것도 과거에는 종종 볼 수 있었으나, 현재는 매우 드물다. 어쩌다 하나 있는 일을 가지고 침소봉대한다고 비난하는 분도 있을 것이다. 학교 앞에 지방단위로 되어있는 콜택시 회사가 하나 있고, 그들의 택시를 타고자 할 때 다가와 행선지를 묻는다. 가까운 곳은 가지 않겠다는 뜻이다. 그런데 모두가 그런 것은 아니나, 껌을 찍찍 씹으면서 「장물애비」 말투로 어디를 가느냐고 묻는다. 유쾌할 리가 없다. 누가 신고라도 했는지 행정당국은 그런 상황을 알고 있었다. 그래서 약 15년 전 일반 택시보다 좀 요금이 높은 모범택시가 운행되기 시작했고, 그것은 몇 년 동안 호황을 누렸다.

그 후 두 가지 변화가 일어났다. 수원의 경우 57대로 출발한 모범택시가 증차가 계속 되더니 드디어 600대가 되고, 제반 경제상황이 안 좋아지자 지금은 200대 내외의 정도가 운행되고 있다. 그리고 지방의 운수업인 콜택시(일반택시)의 기사들의 모습과 언행이 180도 달라졌다. 그래서 나는 학교에서 수원역까지 모범택시를 이용하기도 하고 일반택시를 이용하기도 한다. 앞에서 말한 운전기사들의 언행·태도는 과거 불쾌했던 점을 말하고 현재는 거의 없다는 점을 거듭 밝힌다.

<<< 11

"야 이XX야, 말할 줄 안다"

내가 여러 곳에서 말하였듯이 택시를 이용한 것이 50년이 넘는다. 그 기간 동안 내가 택시에 승차할 때, "수고합니다. OO로 가십시다"라고 말한 것에 대하여 알았다거나 잘 모르니 가르쳐 달라는 응답이 약 80%이고, 20%정도는 대답이 없다. 운전기사의 나이가 나보다 많다고 생각되는 경우가 많은 젊은 시절에는 별 불쾌감 없이 불친절한 사람이구나 하는 정도의 생각을 잠깐 하는 것이 보통이었다. 그러나 나이가 들면서 특히 70이 훨씬 넘은 최근에는 공손히 말한 것에 대하여 대답이 없으면 매우 불쾌한 생각이 든다. 나는 귀가 안들리는 사람이 아닌가하는 의심도 든다. 대답이 없으면 "알아들었소"하고 되묻는 경우가 많다. 이런 경우 비로소 알았다고 하는 경우가 95%정도 된다. 그 중에는 매우 불쾌한 표정을 짓는 사람도 있다. 그런데 최근에 겪은 아주 고약한 경우가 있었다.

정확히 2013년 4월 12일 오후 1시경이었다. 택시를 타고 집으로 오는 길이었고, 승차하자마자 늘 하듯이 정중히 목적지를 말하였다. 대답이 없다. 40대 중반쯤 되어 보였다. 승차 시 말이 없더라도 내릴 때는 모종의 인사를 하는 경우가 많고, 나는 수고하라고 반드시 응답을 한다. 그런데 이 운전기사는 내릴 때도 말이 없다. 나는 내리면서 "참 인사성이 없는 사람이군" 하고 중얼거렸다. 그런데 그 말소리가 택시기사에게 들렸던 모양이다. 택시 문을 닫고 집으로 향하여 걷기 시작하였을 때, 그 운전자는 차에서 내려서 "야 XX야, 나도 말을 할 줄 안다"고 외치듯 쌍소리를 하는 것이 아닌가. 나는 하도 어이가 없어 못들은 척하고 집을 향하여 계속 걸었다. 그가 나를 쫓아오면서 대들지 않는 것을 다행으로 생각하면서 말이다.

또 이런 경우도 있다. 내가 택시에 승차했을 때 인사도 없고, 목적지를 이야기 했을 때 대답도 없다. "노인네 말에 어찌 대답도 없는거요" 운전기사 왈 "뭐 잘못 먹었어요" 그 말투에 나는 호되게 꾸짖었고, 당신과 같은 사람은 분명 업계를 멸시하는 풍조를 자초한다고, 조용히 타일렀다. 아무 말 없이 한참이 흘렀다. 폭행이라도 할까봐 나는 불안했다. 이윽고 "어르신 잘못됐습니다. 다음부터 주의 하겠습니다" 나는 놀랬고 내가 오히려 미안하다고 했다. 4,100원이 나온 요금을 5,000원을 주면서 자판기의 커피라도 한 잔 뽑아들라고 하면서 내렸다. 내리는 나의 뒤에다 대고, 너무도 공손히 인사하였다. 나는 그동안 인사 잘

하고, 명랑한 운전기사들과 택시 탔을 때, 대답 없는 사람들에 대한 이야기를 많이 나누었다.

한 50대의 기사 왈 "저는 대답이 없으면, 벙어리냐고 되묻고 뭐라고 하면 싸웁니다" 그가 나에게는 하는 태도로 보아서는 그러고 남을 것 같았다. 그는 덧붙였다. "자식이건, 친구이건 말한 것에 대하여 대답을 하지 않는 것은 상대방에 대한 예의가 아니지 않습니까." 그렇다. 사회의 어느 계층, 어느 분야에서도 인사성 없는 사람들이 있고, 또 나같이 그들을 무례한 사람으로 여기는 민감한 사람도 있다. 나에게 그만한 일로 쌍욕을 한 기사는 어떤 곤란스러운 사정으로 악에 받혀있는 사람일까. 정상적으로 인사하면서 차를 운행하고 있는 기사들에게 오늘의 이야기는 결례가 될지도 모른다.

내가 끝으로 말하고 싶은 것은 대부분의 운전기사는 인사 잘하고, 친절하나, 몇 사람의 행동이 업계 전체를 나쁘게 바라다 보도록 함을 깨달아 달라고 부탁하고 싶다.

그리고 젊은 기사들에게 외람되나마 충언하고 싶다. 이 사회에서 살아 남으려면 무슨일에 종사하던 친절해야 한다고.

시끄럽게 전화하는 기사

오늘날 성인·미성년자 할 것 없이 휴대전화를 가지고 다니는 사람이 많다. 성인 중 사업에 종사하거나 직장에 다니는 사람은 거의 100%가 소유하고 있는 것 같다. 전화벨이 울렸을 때, 첫 응답의 태도와 언행의 내용은 직업에 따라 다르고, 그 말투는 그 사람의 교양정도를 말해준다. 여기서는 택시기사가 휴대전화를 걸고, 받는 경우에 국한하여 말해볼까 한다. 대체로 다음 세 가지로 나눌 수 있다.

첫째, 전화를 걸을 때, 택시 승객인 나에게 전화를 좀 하겠다고 양해를 구하거나 전화벨이 울렸을 때 "전화를 좀 받겠습니다"라고 말하는 운전기사가 있다. 이런 기사는 전화를 걸거나 받는 내용이 아주 간결하다. 특히 전화를 받는 경우는 지금은 손님을 모시는 중이니, 다시 전화하기로 하고 끊는 기사가 있다. 아마도 이런 기사들은 거울로 비친

내 얼굴에서 연령을 읽었을 것이다. 너무 민감한지 모르나, 나는 늙은이 대접을 받는 것 같아 기분이 좋다. 그런 운전기사에게는 칭찬을 아끼지 않는다. 어느 날이었다. 그렇게 말을 주고받는 중 그는 내 강의를 받은 바 있는 전직서기관이었다. 아주 드문 일이었고, 우리는 악수까지 하고 헤어졌고, 나를 알아보는 것이 고마워 택시요금에다 커피 값을 보태었다.

둘째, 아무 이야기 없이 전화를 걸거나, 받는 경우다. 별로 불쾌할 것 까지는 없다. 그러나 대화내용을 보아, 별로 급하지도 않고, 필요해 보이지도 않는 이야기들을 장시간 주고, 받는 경우, 불쾌할 것까지는 없더라도 기분이 좋을리는 없다. 사실 나는 40여 년 동안 강의를 해왔고, 각종 조직·단체의 장을 맡아왔기 때문에 내 앞에서는 두 손 모으고 공손히 이야기하는 사람들만 대면한 터이라 공손치 못한 사람들은 만났을 때, 다른 사람들과 다른 느낌을 받는다는 것을 인정한다. 그러나 택시기사에게 내 부하직원 같은 「예의」를 갖추기는 바라지 않지만, 최소한 「손님」으로 「늙은이」로 대접은 받았으면 하는 생각을 한다면 별난 사람일까. 감각이 아주 뛰어난 기사를 만난 적이 있다. 승차할 때부터, "어서 오십시오"가 아닌 "어르신, 어서 오십시오. 어디로 모실까요. 다치십니다. 천천히 타십시오"라고 한다. 역시 예의 칭찬을 아끼지 않는다. 아마 이런 사람은 집에서 부모에게 효도하고 모범적인 가장일 것이라는 생각을 한다. 이런 경우 4,200원이 나오면 5,000원을 주고 내린다. 800원 돈으로 부자가 되는 것도 아니고, 기사가 그것을 바라고 하는 언행도 아님은 물론이다. 그러나 그런 나의 행동이 모범적인 택시기사, 아니 모범적인 사회구성원에 대한 격려가 되었으면 하는 생각을 하면 돈 800원 가지고 「떠벌리는 사람」으로 취급될지 모른다. 그러나 나는 40년 이상을 강단에 섰고, 나이 들어서는 공무원사회, 각종사회단체에서 정신교육을 하는 버릇에서 온 것이라고 이해하여 주었으면 한다.

셋째, 제일 기분 나쁜 경우다. 전화를 걸고, 받는 것을 금할 수는 없으나, 그 전화내용이 「불량」(?)하기 이를 데 없다. 어디 개고기가 맛이 있다든가 하는 이야기는 그런대로 들을 수 있다. 그러나 어느 댄스홀에 가서 춤을 추면 외도를 할 수 있다는 등의 이야기는 매우 듣기가 거북하다. 사실여부를 떠나서 최소한 택시를 탄 손님에 대한 예의가 아닌 잡담이다. 덧붙이고 싶은 것은 이런 기사는 매우 드물다는 것이다. 병폐도 사회가 존재하는 한, 한 구성요소가 된다는 것은 인정하나, 술 마시면서 할 잡담을 운전하면서 하는 것은 결코 유쾌하지 않다.

직장에서 상사, 동료들이 있는데 잡스러운 전화를 하는 경우는 없을 것이다. 운전기사가 승객을 안 중에 안두고 전화받는 태도, 언행은 자기들이 멸시받는 결과로 되돌아 온다는 사실을 인식해 주었으면 한다.

결 어

정책 당국과 운수회사에 바란다.

내가 이 책을 집필하게 된 동기 중 가장 많이 영향을 준 것은 50년 가까이 택시이용자로서 택시는 물론 우리나라의 「교통문제」에 대하여 많은 것을 파악하고 느꼈기 때문이다. 또 입법정책과 행정의 자문에 응하다보니 영향을 받은 것도 있다. 거창한 제목을 붙였지만, 무슨 특별하고, 대단한 생각을 제시한 것은 없다. 어쩌면 대부분 실행에 옮기고 있는 것인지도 모른다. 타산지석으로 삼아주기를 바란다. 본인은 편의상 순서를 붙여 논술하나, 이것이 우선순위를 뜻하는 것은 아니다.

첫째, 교통문제를 담당하는 행정당국은 현재보다 매우 다양한 관점에서 「교통에 관한 통계」를 산출해야 한다. 내가 알기로는 교통에 이용되는 전 차량 대수, 도로면적, 교통인구수, 공차율 등 중요하다고 생각되는 10여 가지에 대하여는 통계를 작성하여 각종 정책의 자료로 삼고 있다. 그러나 각 운수회사의 보수체계, 소속직원의 관리상태, 택시의 시간대별 공차율, 택시운전기사들의 지리지식의 정도, 각종차량·전철 등 교통수단의 여객 운송 분담율, 택시기사 등의 교통법규준수수준, 친절도, 복장상태, 평균근무연한 등 매우 다양하고, 세밀한 통계를 작성하여야 한다. 만일 이들의 상당수에 관하여 통계를 내고 있더라도 통계를 전공한 전문요원을 동원하여, 현장파악적·과학적인 통계작성이 이루어져야한다. 무릇, 오늘날 모든 행정에서 개선은 정확한 통계에서부터 비롯된다. 여기에는 우리 현실에 대한 통계도 필요하고, 비교할 수 있는 선진외국의 통계자료도 절대 필요하다. 당신이 너무 이상적인 이야기를 한다고 생각하는 사람도 있을 것이나, 80년대부터 택시가 급격히 증가하였으나, 감추어진 택시회사의 경영상태 등은 세밀히 조사하지 않은 것으로 본다.

둘째, 택시 정책에 대한 발상의 전환이 필요하다. 우리나라 택시는 관광객 등 외국인이 이용하기보다도 내국인이 교통수단으로 이용하는 것이 거의 전부다. 즉 대중교통수단처럼 되어있다. 고로 택시요금도 「공공요금」과 비슷하게 통제를 받고 있다. 그러나 현재의 우리나라의 국민소득 수준, 외국의 택시요금에 비하여 우리의 택시요금은 너무 낮다. 내가 택시를 타면서 운전기사의 의견을 들어보면 「요금」올리는 것을 반대하는 분도 상당수 있었다. 그것은 현재의 택시 수 내지 공차율을 그대로 둔 채 요금만 인상하는 것은 손님이 줄고, 따라서 수입도 준다는 것이다. 확실히 일리 있는 이야기다. 여기서 나도 요금만 올리는 것이 능사는 아니고, 요금을 올리기 전에 택시 수 내지 공차율의 조정이 있어야 한다고 본다. 최근 택시를 「대중교통수단」에 편입해 달라는 운동을 한 사실이 있는 바, 주로 버스처럼 행정당국의 지원을 받기 위한 것이다. 그러나 이 주장은 현재의 택시 수와 요금을 전제로 한 생각인 것 같다. 지금 지하철은 동서남북을 가로질러 확충되어있고, 마을버스가 있어 택시를 타지 않고도 거의 목적지 근처까지 갈 수 있다. 이런 상황에서는 택시를 줄이고, 요금을 올려서 택시회사의 경영상 수지를 개선시키고, 운전기사를 정상적인 대우를 받을 수 있도록 하여야 한다.

경제학에서 「강제저축」이라는 말이 있다. 이는 주로 물가·서비스 요금을 올려서 수요(소비)를 줄이는 방법이다. 우리나라 택시정책에서 택시수요를 줄이는 문제와 「강제저축」효과를 심도 있게 고려해야 한다고 본다. 택시를 이용하는 사람들은 나름대로 이유가 있을 것이나, 소득이 없는 젊은 사람, 바쁘지 않은 사람 등은 지하철·버스 등을 이용하면 될 것이다. 당국은 도로율의 확대에 신경 쓸 것이 아니라, 대중교통을 이용하도록 하는 직·간접의 정책을 강력히 시행하여야 한다. 한나라의 「교통상황」은 그 나라의 오랜 관습이 작용한다. 그러나 그 관습이 선진국과 다르고, 잘못된 것이라면, 인위적으로라도 고치는 정책이 필요치 않을까.

셋째, 택시 운수회사의 다각적인 노력이 필요하다. 내가 택시를 이용하면서 운전기사들로부터 가장 많이 들은 하소연은 현재의 수입으로는 기초생활도 어렵다는 것이다. 이것을 개선하는 제도·회사의 노력이 필요해 보인다. 물론 많은 택시회사들이 운전기사의 처우, 후생 등에 관심을 두고 있는 것을 잘 알고 있다. 운수회사는 「더 좋은 데가 있으면 가라」라는 생각을 버리고, 그야말로 「공기업」으로서의 사명감을 가지고 운영하여 주었으면 한다. 내가 「택시회사의 경영자」들이 어떤 사고와 경영실태가 어떤지를 조사하여 통계를 낸 바 없으므로 함부로 이야기하는지도 모른다. 그러나 다른 곳에서 언급한 「정」사장 같은 분도 있다는 사실을 보면서 비판적으로만 볼 일은 아니라고 본다. 그리고 택시회사는 운전기사를 채용할 때 가급적 여러 가지를 고려해주기 바란다.

IMF 전에 운전기사가 하도 못되게 굴어 경찰서까지 간일이 있다. 신호위반, 그 외에 경우에 어긋난 짓을 하기에 좀 뭐라고 한 것이 발단이 됐다. 경찰서에 가서 신원조회를 했더니 폭행·상해, 사기 등의 전과가 있었다. 50여 년 간 택시를 자주 이용하다보니, 경험한 특수한 경우로서 "지어낸 소리 아니야" 하는 분도 있을 것이다. 보편적으로 모든 택시기사들은 살기위해서 성실히 노력하고, 친절하였다. 경험해 보지 않은 특수한 이야기를 해서 감정이 상했다면, 이해를 구한다. 확실히 IMF 전 주로 75년에서부터 90년 초까지의 운전기사들과 현재의 운전기사들은 평균적으로 달라졌다. 내가 탄 운전기사 중에는 "노인네가 다칠 우려가 있으니 천천히 타십시오", 잔돈 200원을 안 받으면 "감사합니다. 건강하십시오", 4,200원 나왔는데 5,000원을 주었는데, 1,000원을 돌려주기에, 고생하는데 이러면 되느냐고 말하면 "노인에게 커피라도 사드리는 것이 도리인데" 하면서 미소 짓는다. 이런 운전기사들을 만난 날이면 하루 종일 기분이 좋다면 너무 감정적인 사람일까. 내가 하고 싶은 말은 조합·회사들은 승객을 친절히 대하는 교육을 하고 있으나, 더 강화해주기를 바라는 것이다. 어떤 운전기사가 말하기를 "지금의 운전기사의 수준은 높아졌습니다"라고 하였는 바, 나도 전적으로 동감이다. 가끔 택시운전을 하는 분도 IMF 전에 자기도 택시를 이용해 봤지만, 불쾌한 적이 한 두 번이 아니었다고 한다.

지금은 「적극적」으로 불쾌감을 주는 운전기사는 거의 없다. 그러나 타고 내릴 때, 인사를 안 한다든가 말투가 퉁명스러운 등 「소극적」으로 불쾌감을 주는 기사는 아직도 상당수 있다.

<<< 2

택시 승객에게 바라는 것

　　　　　　　　　무릇 모든 교통수단을 이용하는 국
민의 수준은 곧 그 나라의 도덕수준일 것이다.

　독일 · 일본 · 미국 · 영국 · 프랑스 등의 외국인이 우리나라의 교통
상황과 교통수단의 이용자의 도덕수준은 매우 낮은 것으로 평가한다.
그것은 교통사고 통계 등이 말해주고 있다. 어떤 외국인은 "한국에서
는 눈이 네 개가 없으면 운전 못한다"고 한 것을 본적이 있다. 그 주된
이유는 한국 사람이 일반적으로 성질이 급하고, 도로 사정이 나쁘며,
시간에 쫓기는 경우가 많기 때문일 것이다. 우리는 자동차가 급격히
증가한 80년대 후 한 세대가 지났으므로 수준 높은 「자동차 문화」가
성립될 때도 된 것이다.

　우리의 역사와 현재의 경제수준에 비하여 낮은 「교통도덕」수준은
개선되어야겠다. 내가 승차했던 택시기사들로부터 승객에게 바라는

바는 참으로 많았다. 여기서는 공통적인 몇 가지만을 추려 전달하려
한다.

① 돈 없으면 택시를 타지 말아 달라.

아침새벽에 태운 첫 손님이 목적지에 가서 돈이 없다고 할 때는 그
날 하루 종일 기분이 좋지 않다고 한다. 운전기사들에게서 들은 바에
의하면 대략 1% 내외의 손님이 그렇다고 한다. 무전취식 · 무임승차는
경범죄 기타 제재의 대상이나, 이에 앞서 국민도덕수준이다.

② 택시에서 토하거나 소변을 보지 말아 달라.

주로 술에 만취한 승객이 이런 행동을 하는데 냄새가 나서 그 이후
에는 영업을 할 수 없다고 한다. 미리 말해주면 차를 모퉁이에 세우고
긴급피난(?)적으로 처리할 수 있지 않겠느냐하는 것이다.

③ 이유 없이 시비걸거나 폭행을 삼가 달라.

이것도 주로 술에 취한 사람들이 많이 하는 행동인데 참기 힘들다고
한다. 또 안전운전에도 방해가 된다.

④ 나이가 20세 미만이 되는 등 젊은 사람이 60세를 넘긴 운전기사
에게 담배를 달라.

담뱃불 달라고 하는 것은 참기 어렵다고 한다. 이에 관하여는 경험
담을 들은 적이 있다. IMF 후 6개월 쯤 되었을 때일 것이다. 65세쯤 되
는 전 중소기업 사장이 운전을 하고 있었다. 그런데 손자뻘 되는 아이
들이 택시를 타고 담배 없느냐고 할 때는 기가 막혔고, 따라서 택시운

전을 그만두었다고 한다. 그러고 나서 집에서 며칠 낮잠만 잤더니 아내도 싫어했고, 본인도 답답하여 또다시 운전대를 잡았다고 한다. 다시 운전대를 잡을 때는 세 살 먹은 어린아이가 타도 "예, 예"하기로 각오하고 나서는 마음이 다소 편해졌다고 한다.

⑤ 신호를 위반하면서 빨리 가달라고 하지 말아 달라는 것이다.

교통법규를 위반해서라도 빨리 가달라는 승객이 종종 있는데, 사고 위험이 높고, 단속에도 걸리는 것 아니겠냐고 한다. 택시 승객이야 바쁜 사정이 있을지 모르지만 교통법규를 지키면서 운전하는 것이 정도(正道)임은 말할 것도 없다.

이상 기술한 것 외에도 정차할 수 없는 곳에 차를 세워달라고 하지 말아 달라, 도로변에서 너무 나와 차를 세우라고 하지 말아 달라, 운전기사에게 함부로 반말하지 말아 달라, 택시요금으로 수표나, 5만원권 내는 것을 삼가해 달라, 신호 한 두 개 전에 미리 세울 곳을 이야기 해 달라는 등 여러 가지가 있었다. 아무쪼록 택시기사와 승객 모두 질서 등을 지켜 수준 높은 「교통문화」가 형성되기를 바란다.

내가 덧붙이고 싶은 것은 「택시문화」의 수준의 향상은 이용자의 태도에 더 많이 달려 있다고 본다.

택시영업과
관련되어 있는 법

1. 여객자동차 운수사업법

$\begin{pmatrix} \text{2008년} & \text{3월} & \text{21일} \\ \text{법 률 제8980호 전문개정} \end{pmatrix}$

개정
2008. 3.28 법 9070호
2009. 2. 6 법 9432호(식품위생법)   2009.5.27 법 9733호
2011. 4.14 법 10599호(국토의 계획 및 이용에 관한 법률)
2011. 5.19 법 10673호
2011. 6. 7 법 10789호(영유아보호법)   2012.2. 1 법 11295호
2012. 5.23 법 11447호
2012.12.18 법 11556호(성폭력범죄의 처벌 등에 관한 특례법)

제1장 총 칙

제1조 【목적】 이 법은 여객자동차 운수사업에 관한 질서를 확립하고 여객의 원활한 운송과 여객자동차 운수사업의 종합적인 발달을 도모하여 공공복리를 증진하는 것을 목적으로 한다.

제2조 【정의】 이 법에서 사용하는 용어의 뜻은 다음과 같다.

1. "자동차"란 「자동차관리법」 제3조에 따른 승용자동차와 승합자동차를 말한다.
2. "여객자동차 운수사업"이란 여객자동차운송사업, 자동차대여사업, 여객자동차터미널사업 및 여객자동차운 송가맹사업을 말한다.
3. "여객자동차운송사업"이란 다른 사람의 수요에 응하여 자동차를 사용하여 유상(有償)으로 여객을 운송하는 사업을 말한다.
4. "자동차대여사업"이란 다른 사람의 수요에 응하여 유상으로 자동차를 대여(貸與)하는 사업을 말한다.
5. "여객자동차터미널"이란 다음 각 목의 어느 하나에 해당하는 장소가 아닌 곳으로서 승합자동차를 정류(停留)시키거나 여객을 승하차(乘下車)시키기 위하여 설치된 시설과 장소를 말하며, 그 종류는 국토해양부령으로 정한다.가. 도로의 노면(路面)나. 그 밖에 일반교통에 사용되는 장소
6. "여객자동차터미널사업"이란 여객자동차터미널을 여객자동차운송사업에 사용하게 하는 사업을 말한다.
7. "여객자동차운송가맹사업"이란 다른 사람의 요구에 응하여 소속 여객자동차 운송가맹점에 의뢰하여 여객 을 운송하게 하거나 운송에 부가되는 서비스를 제공하는 사업을 말한다.
8. "여객자동차운송가맹사업자"란 제49조의2에 따라 여객자동차운송가맹사업의 면허를 받은 자를 말한다.
9. "여객자동차 운송가맹점"이란 제3조에 따른 여객자동차운송사업(대통령령으로 정하는 여객자동차운송사업에 한한다)을 경영하는 자 중에서 여객자동차운송가맹사업자(이하 "운송가맹사업자"라 한다)의 운송가맹점으로 가입하여 그 영업표지(상호와 상표 등을 포함한다. 이하 같다)의 사용권을 부여받은 자로서 운송가맹사업자로부터 운송 여객을 배정받아 여객을 운송하거나 운송에 부가되는 서비스를 제공하는 자를 말한다. 〈개정 2009.5.27〉

제 2 장 여객자동차운송사업

제3조 【여객자동차운송사업의 종류】 ① 여객자동차운송사업의 종류는 다음 각 호와 같다.

1. 노선(路線) 여객자동차운송사업 : 자동차를 정기적으로 운행하려는 구간(이하 "노선"이라 한다)을 정하여 여객을 운송하는 사업
2. 구역(區域) 여객자동차운송사업 : 사업구역을 정하여 그 사업 구역 안에서 여객을 운송하는 사업

② 제1항제1호 및 제2호의 여객자동차운송사업은 대통령령으로 정하는 바에 따라 세분할 수 있다.

제4조 【면허 등】 ① 여객자동차운송사업을 경영하려는 자는 사업계획을 작성하여 국토해양부령으로 정하는 바에 따라 국토해양부장관의 면허를 받아야 한다. 다만, 대통령령으로 정하는 여객자동차운송사업을 경영하려는 자는 사업계획을 작성하여 국토해양부령으로 정하는 바에 따라 특별시장·광역시장·특별자치시장·도지사·특별자치도지사(이하 "시·도지사"라 한다)의 면허를 받거나 시·도지사에게 등록하여야 한다.

② 제1항에 따른 면허나 등록을 하는 경우에는 제3조에 따른 여객자동차운송사업의 종류별로 노선이나 사업구역을 정하여야 한다.

③ 국토해양부장관 또는 시·도지사는 제1항에 따라 면허나 대통령령으로 정하는 여객자동차운송사업을 등록하는 경우에 필요하다고 인정하면 국토해양부령으로 정하는 바에 따라 운송할 여객 등에 관한 업무의 범위나 기간을 한정하여 면허(이하 "한정면허"라 한다)를 하거나 여객자동차운송사업의 질서를 확립하기 위하여 필요한 조건을 붙일 수 있다. 〈개정 2012.5.23〉

제5조 【면허 등의 기준】 ① 여객자동차운송사업의 면허기준은 다음 각 호와 같다.

1. 사업계획이 해당 노선이나 사업구역의 수송 수요와 수송력 공급에 적합할 것
2. 최저 면허기준 대수(臺數), 보유 차고 면적, 부대시설, 그 밖에 국토해양부령으로 정하는 기준에 적합할 것
3. 대통령령으로 정하는 여객자동차운송사업인 경우에는 운전 경력, 교통사고 유무, 거주지 등 국토해양부령으로 정하는 기준에 적합할 것

② 국토해양부장관은 제1항제1호의 수송력 공급에 관한 산정기준(대통령령으로 정하는 여객자동차운송사업의 경우로 한정한다)을 정하여 시·도지사에게 통보할 수 있다.

③ 제2항에 따라 수송력 공급에 관한 산정기준을 통보받은 시·도지사는 5년마다 수송력

공급계획을 수립 · 공고하고, 이를 국토해양부장관에게 보고하여야 한다.

④ 시 · 도지사는 수송 수요의 급격한 변화 등 국토해양부령으로 정하는 사유로 제3항의 수송력 공급계획을 변경할 필요가 있는 경우에는 국토해양부장관의 승인을 받아 이를 변경할 수 있다.

⑤ 여객자동차운송사업의 등록기준이 되는 최저 등록기준 대수, 보유 차고 면적, 부대시설, 수송력 공급계획의 수립 · 공고, 그 밖에 필요한 사항은 국토해양부령으로 정한다.〈개정 2009.5.27〉

제6조【결격사유】 다음 각 호의 어느 하나에 해당하는 자는 여객자동차운송사업의 면허를 받거나 등록을 할 수 없다. 법인의 경우 그 임원 중에 다음 각 호의 어느 하나에 해당하는 자가 있는 경우에도 또한 같다.

　1. 금치산자나 한정치산자

　2. 파산선고를 받고 복권(復權)되지 아니한 자

　3. 이 법을 위반하여 징역 이상의 실형(實刑)을 선고받고 그 집행이 끝나거나(집행이 끝난 것으로 보는 경우를 포함한다) 면제된 날부터 2년이 지나지 아니한 자

　4. 이 법을 위반하여 징역 이상의 형(刑)의 집행유예를 선고받고 그 집행유예 기간 중에 있는 자

　5. 여객자동차운송사업의 면허나 등록이 취소된 후 그 취소일부터 2년이 지나지 아니한 자

제7조【운송 개시】 제4조제1항에 따라 여객자동차운송사업의 면허를 받은 자는 국토해양부장관 또는 시 · 도지사가 지정하는 기일 또는 기간 안에 사업계획에 따른 수송시설을 확인받고 운송을 시작하여야 한다. 다만, 국토해양부장관 또는 시 · 도지사는 천재지변이나 그 밖의 부득이한 사유로 여객자동차운송사업의 면허를 받은 자가 국토해양부장관 또는 시 · 도지사가 지정하는 기일 또는 기간 안에 운송을 시작할 수 없는 경우에는 그 면허를 받은 자의 신청에 따라 기일을 늦추거나 기간을 늘릴 수 있다.

제8조【운임 · 요금의 신고 등】 ① 제4조제1항에 따라 여객자동차운송사업의 면허를 받은 자는 국토해양부장관 또는 시 · 도지사가 정하는 기준과 요율의 범위에서 운임이나 요금을 정하여 국토해양부장관 또는 시 · 도지사에게 신고하여야 한다.

② 제4조제1항에 따라 여객자동차운송사업의 면허나 등록을 받은 자로서 대통령령으로 정하는 자는 제1항에도 불구하고 운임이나 요금을 정하려는 때에는 시 · 도지사에게 신고하여야 한다. 운임이나 요금을 변경하려는 때에도 또한 같다.

③ 제1항의 운임 · 요금의 기준과 요율의 결정에 필요한 사항은 국토해양부령으로 정한다.

④ 노선 여객자동차운송사업자는 여객이 동반하는 6세 미만인 어린아이 1명은 운임이나 요금을 받지 아니하고 운송하여야 한다. 다만, 어린아이의 좌석을 따로 배정받기를 원하는 경우에는 운임이나 요금을 받고 운송할 수 있다.

제9조【운송약관】① 제4조제1항에 따라 여객자동차운송사업의 면허를 받거나 등록을 한 자(이하 "운송사업자"라 한다)는 운송약관을 정하여 국토해양부장관 또는 시·도지사에게 신고하여야 한다. 운송약관을 변경하려는 때에도 또한 같다.

② 제1항의 운송약관에 포함되어야 할 내용, 그 밖에 필요한 사항은 국토해양부령으로 정한다.

제10조【사업계획의 변경】① 제4조제1항에 따라 여객자동차운송사업의 면허를 받은 자가 사업계획을 변경하려는 때에는 국토해양부장관 또는 시·도지사의 인가를 받아야 한다. 다만, 국토해양부령으로 정하는 경미한 사항을 변경하려는 때에는 국토해양부장관 또는 시·도지사에게 신고하여야 한다.

② 제4조제1항 단서에 따라 여객자동차운송사업을 등록한 자가 사업계획을 변경하려는 때에는 시·도지사에게 등록하여야 한다. 다만, 국토해양부령으로 정하는 경미한 사항을 변경하려는 때에는 시·도지사에게 신고하여야 한다.

③ 국토해양부장관 또는 시·도지사는 운송사업자가 다음 각 호의 어느 하나에 해당하는 경우 제1항과 제2항에 따른 사업계획의 변경을 제한할 수 있다.

　1. 제7조에 따른 운송 개시의 기일이나 기간 안에 운송을 시작하지 아니한 경우

　2. 제23조에 따른 개선명령을 받고 이행하지 아니한 경우

　3. 제85조제1항에 따라 노선폐지(路線廢止)나 감차(減車) 등이 따르는 사업계획 변경명령을 받은 후 1년이 지나지 아니한 경우

　4. 교통사고의 규모나 발생 빈도가 대통령령으로 정하는 기준 이상인 경우

④ 제1항부터 제3항까지의 규정에 따른 사업계획 변경의 절차, 기준, 그 밖에 필요한 사항은 국토해양부령으로 정한다.

제11조【공동운수협정】 운송사업자가 여객의 원활한 운송과 서비스 개선을 위하여 다른 운송사업자와 공동 경영에 관한 계약이나 그 밖의 운수(運輸)에 관한 협정(이하 "공동운수협정"이라 한다)을 체결하려는 때에는 대통령령으로 정하는 바에 따라야 한다. 공동운수협정을 변경하려는 때에도 또한 같다.

제12조【명의이용 금지 등】① 운송사업자는 다른 운송사업자나 운송사업자가 아닌 자로 하여금 유상이나 무상으로 그 사업용 자동차의 전부 또는 일부를 사용하여 여객자동차운

송사업을 경영하게 할 수 없다. 이 경우 운송사업자가 다른 운송사업자나 운송사업자가 아닌 자에게 그 사업과 관련되는 지시를 하는 경우에도 또한 같다.

② 운송사업자는 자기나 다른 사람의 명의(名義)로 다른 운송사업자의 사업용 자동차의 전부 또는 일부를 사용하여 여객자동차운송사업을 경영할 수 없다. 이 경우 운송사업자가 다른 운송사업자로부터 그 사업과 관련되는 지시를 받는 경우에도 또한 같다.

③ 운송사업자가 아닌 자는 자기나 다른 사람의 명의로 운송사업자의 사업용 자동차의 전부 또는 일부를 사용하여 여객자동차운송사업을 경영할 수 없다. 이 경우 운송사업자가 아닌 자가 운송사업자로부터 그 사업과 관련된 지시를 받는 경우에도 또한 같다.

제13조【사업관리의 위탁】 ① 운송사업자는 여객자동차운송사업의 관리를 위탁하려는 경우 국토해양부장관 또는 시·도지사에게 신고하여야 한다.

② 제1항에 따른 관리 위탁은 운송사업자가 아닌 자에게는 하지 못한다.

제14조【사업의 양도·양수 등】 ① 여객자동차운송사업을 양도·양수하려는 자는 국토해양부령으로 정하는 바에 따라 국토해양부장관 또는 시·도지사에게 신고하여야 한다.

② 대통령령으로 정하는 여객자동차운송사업을 양도·양수하려면 제1항에도 불구하고 국토해양부령으로 정하는 바에 따라 국토해양부장관 또는 시·도지사의 인가를 받아야 한다. 이 경우 국토해양부장관 또는 시·도지사는 국토해양부령으로 정하는 일정 기간 동안 여객자동차운송사업의 양도·양수를 제한할 수 있다.

③ 제2항에 따라 인가를 받아야 하는 운송사업자 중에서 대통령령으로 정하는 자는 그 사업을 양도할 수 없다.

④ 운송사업자인 법인이 합병하려는 경우(운송사업자인 법인이 운송사업자가 아닌 법인을 흡수합병하는 경우는 제외한다)에는 국토해양부령으로 정하는 바에 따라 국토해양부장관 또는 시·도지사에게 신고하여야 한다.

⑤ 제1항, 제2항 및 제4항에 따른 신고를 하거나 인가를 받은 경우 여객자동차운송사업을 양수한 자는 여객자동차운송사업을 양도한 자의 운송사업자로서의 지위를 승계하며, 합병에 따라 설립되거나 존속되는 법인은 합병에 따라 소멸되는 법인의 운송사업자로서의 지위를 승계한다.

⑥ 제1항, 제2항 및 제4항에 따른 신고를 하거나 인가를 받는 자의 결격사유에 관하여는 제6조를 준용한다.〈개정 2009.5.27〉

제15조【여객자동차운송사업의 상속】 ① 운송사업자가 사망한 경우 상속인이 그 여객자동차운송사업을 계속하려면 피상속인이 사망한 날부터 90일 이내에 국토해양부장관 또는 시·

도지사에게 신고하여야 한다. 다만, 대통령령으로 정하는 운송사업자가 사망한 경우에는 상속인이 그 여객자동차운송사업을 계속할 수 없다.

② 상속인이 제1항에 따른 신고를 한 경우 피상속인이 사망한 날부터 신고를 한 날까지의 기간 동안 피상속인에 대한 여객자동차운송사업의 면허나 등록은 상속인에 대한 면허나 등록으로 본다.

③ 제1항에 따라 신고를 한 상속인은 피상속인이 지니고 있던 운송사업자로서의 지위를 승계한다.

④ 제1항에 따른 신고를 한 자의 결격사유에 관하여는 제6조를 준용한다. 다만, 피상속인이 사망한 날부터 90일 이내에 상속인이 그 여객자동차운송사업을 다른 사람에게 양도한 경우에는 피상속인의 사망일부터 양도일까지의 기간 동안 피상속인에 대한 여객자동차운송사업의 면허나 등록은 상속인에 대한 면허나 등록으로 본다. 〈개정 2009.5.27〉

제16조【여객자동차운송사업의 휴업 · 폐업】 ① 제4조제1항에 따라 여객자동차운송사업의 면허를 받은 자는 그 사업의 전부 또는 일부를 휴업하거나 그 사업의 전부를 폐업하려면 국토해양부령으로 정하는 바에 따라 국토해양부장관 또는 시 · 도지사의 허가를 받아야 한다. 다만, 도로나 다리가 파괴되거나 그 밖에 정당한 사유가 있는 경우에는 그러하지 아니하다.

② 제4조제1항 단서에 따라 여객자동차운송사업의 등록을 한 자는 그 사업의 전부 또는 일부를 휴업하거나 그 사업의 전부를 폐업하려면 국토해양부령으로 정하는 바에 따라 시 · 도지사에게 신고하여야 한다.

③ 제1항과 제2항의 휴업 기간은 1년을 넘지 못한다.

④ 운송사업자는 그 사업의 전부 또는 일부를 휴업하거나 그 사업의 전부를 폐업하려면 미리 그 취지를 영업소와 일반 사람들이 보기 쉬운 곳에 게시하여야 한다.

제17조【자동차 표시】 운송사업자는 여객자동차운송사업에 사용되는 자동차의 바깥쪽에 운송사업자의 명칭, 기호, 그 밖에 국토해양부령으로 정하는 사항을 표시하여야 한다.

제18조【우편물 등의 운송】 노선 여객자동차운송사업자는 여객 운송에 덧붙여 우편물, 신문, 여객의 휴대 화물을 운송할 수 있다.

제19조【사고 시의 조치 등】 ① 운송사업자는 천재지변이나 교통사고로 여객이 죽거나 다쳤을 때 국토해양부령으로 정하는 바에 따라 신속하게 유류품(遺留品)을 관리하고 대체 운송수단을 확보하는 등 필요한 조치를 하여야 한다.

② 운송사업자는 그 사업용 자동차에 다음 각 호의 어느 하나에 해당하는 사고(이하 "중대

한 교통사고"라 한다)가 발생한 경우 국토해양부령으로 정하는 바에 따라 지체 없이 국토해양부장관 또는 시·도지사에게 보고하여야 한다.

1. 전복(顚覆) 사고

2. 화재가 발생한 사고

3. 대통령령으로 정하는 수(數) 이상의 사람이 죽거나 다친 사고

제20조【여객자동차 운수사업자에 대한 경영 및 서비스 평가】 ① 국토해양부장관 또는 시·도지사는 여객자동차 운수사업을 체계적으로 지원·육성하고 서비스를 개선하기 위하여 여객자동차 운수사업자의 경영 상태와 여객자동차 운수사업을 경영하는 자(이하 "여객자동차 운수사업자"라 한다)가 제공하는 서비스에 대하여 평가를 할 수 있다.

② 국토해양부장관 또는 시·도지사는 제1항에 따른 경영 및 서비스 평가 결과(경영 평가 결과는 제외한다)를 국토해양부령으로 정하는 바에 따라 공표할 수 있다.

③ 국토해양부장관 또는 시·도지사는 제1항에 따른 경영 및 서비스 평가 결과가 우수한 자에게 국토해양부령으로 정하는 바에 따라 포상, 우수 인증서 발급 등을 실시하고 제50조에 따른 재정지원 등을 우선적으로 할 수 있다.

④ 국토해양부장관 또는 시·도지사는 여객자동차 운수사업자에게 제1항에 따른 경영 및 서비스 평가에 필요한 자료를 제출하도록 요구할 수 있다.

⑤ 제1항에 따라 국토해양부장관 또는 시·도지사가 실시하는 경영 및 서비스 평가의 대상·기준·방법 및 절차 등에 관하여 필요한 사항은 국토해양부령으로 정한다.

제21조【운송사업자의 준수 사항】 ① 대통령령으로 정하는 운송사업자는 제24조에 따른 운전업무 종사자격을 갖추고 여객자동차운송사업의 운전업무에 종사하고 있는 자(이하 "운수종사자"라 한다)가 이용자에게서 받은 운임이나 요금(이하 "운송수입금"이라 한다)의 전액을 그 운수종사자에게서 받아야 한다.

② 운송사업자는 제24조에 따른 운수종사자의 요건을 갖춘 자만 운전업무에 종사하게 하여야 한다.

③ 운송사업자는 둘 이상의 여객자동차 운송가맹점(이하 "운송가맹점"이라 한다)에 가입하여서는 아니 된다.

④ 운송가맹점으로 가입한 운송사업자(자동차 1대로 운송사업자가 직접 운전하는 여객자동차운송사업의 경우에 한한다)는 자기의 상호를 소속 운송가맹사업자의 운송가맹점으로 변경하여 국토해양부령으로 정하는 바에 따라 시·도지사에게 신고하여야 한다.

⑤ 운송사업자는 제27조의2에 따라 여객이 착용하는 좌석안전띠가 정상적으로 작동될 수

있는 상태를 유지하여야 한다.

⑥ 운송사업자는 운수종사자에게 여객의 좌석안전띠 착용에 관한 교육을 하여야 한다. 이 경우 교육의 방법, 내용, 시기 및 주기, 그 밖에 필요한 사항은 국토해양부령으로 정한다.

⑦ 제1항부터 제6항까지 외에 안전운행과 여객의 편의 또는 서비스 개선 등을 위한 지도 · 확인에 대하여 운송사업자가 지켜야 할 사항은 국토해양부령으로 정한다. 〈개정 2009.5.27, 2012.5.23〉

제22조【운수종사자의 현황 통보】 ① 운송사업자(자동차 1대로 운송사업자가 직접 운전하는 여객자동차운송사업의 경우는 제외한다)는 운수종사자에 관한 다음 각 호의 사항을 매월 10일까지 시 · 도지사에게 알려야 한다.

1. 전월 중에 신규 채용하거나 퇴직한 운수종사자의 명단(신규 채용한 운수종사자의 경우에는 보유하고 있는 운전면허의 종류와 취득 일자를 포함한다)
2. 전월 말일 현재의 운수종사자 현황

② 제1항 각 호의 사항을 통보받은 시 · 도지사는 지체 없이 국토해양부장관에게 보고하여야 한다.

제23조【여객자동차운송사업의 개선명령 등】 ① 국토해양부장관 또는 시 · 도지사(제10호의 경우 대통령령으로 정하는 운송사업에 대하여는 시장 · 군수를 말한다)는 여객을 원활히 운송하고 서비스를 개선하기 위하여 필요하다고 인정하면 운송사업자에게 다음 각 호의 사항을 명할 수 있다.

1. 사업계획의 변경(제85조제1항에 따른 노선폐지나 감차 등의 결과가 따르는 사업계획의 변경은 제외한다)
2. 노선의 연장 · 단축 또는 변경
3. 운임 또는 요금의 조정
4. 운송약관의 변경
5. 자동차 또는 운송시설의 개선
6. 운임 또는 요금 징수 방식의 개선
7. 공동운수협정의 체결
8. 자동차 손해배상을 위한 보험 또는 공제에의 가입
9. 안전운송의 확보와 서비스의 향상을 위하여 필요한 조치
10. 벽지노선(僻地路線)이나 수익성(收益性)이 없는 노선의 운행

② 국토해양부장관 또는 시 · 도지사는 천재지변 등의 사유로 노선 여객자동차나 도시철

도 등의 운행이 곤란한 지역이나 노선에 긴급하게 수송력 공급을 증대시킬 필요가 있으면 운송사업자에게 노선의 연장·변경, 임시노선의 운행 등 대체교통수단으로서 여객자동차의 운행을 명할 수 있다.

③ 국토해양부장관, 시·도지사 또는 시장·군수는 운송사업자가 제1항제10호의 개선명령과 제2항의 운행명령을 이행하면서 손실을 입은 경우 대통령령으로 정하는 바에 따라 그 손실을 보상(補償)하여야 한다. 〈개정 2012.2.1〉

제24조【여객자동차운송사업의 운전업무 종사자격】 ① 여객자동차운송사업의 운전업무에 종사하려는 사람은 다음 각 호의 요건을 모두 갖추어야 한다.

1. 국토해양부령으로 정하는 나이와 운전경력 등 운전업무에 필요한 요건을 갖출 것
2. 국토해양부령으로 정하는 바에 따라 국토해양부장관이 시행하는 운전 적성(適性)에 대한 정밀검사 기준에 맞을 것.
3. 제1호 및 제2호의 요건을 갖춘 사람이 국토해양부장관 또는 시·도지사가 시행하는 여객자동차 운수 관계 법령과 지리 숙지도(熟知度) 등에 관한 시험에 합격한 후 국토해양부장관 또는 시·도지사로부터 자격을 취득할 것

② 제1항제3호에 따른 시험의 실시 및 자격의 취득 등에 필요한 사항은 국토해양부령으로 정한다.

③ 여객자동차운송사업의 운전자격을 취득하려는 사람이 다음 각 호의 어느 하나에 해당하는 경우 제1항에 따른 자격을 취득할 수 없다.

1. 다음 각 목의 어느 하나에 해당하는 죄를 범하여 금고(禁錮) 이상의 실형을 선고받고 그 집행이 끝나거나(집행이 끝난 것으로 보는 경우를 포함한다) 면제된 날부터 2년이 지나지 아니한 사람가. 「특정강력범죄의 처벌에 관한 특례법」 제2조제1항 각 호에 따른 죄나. 「특정범죄 가중처벌 등에 관한 법률」 제5조의2 부터 제5조의5까지, 제5조의8, 제5조의9 및 제11조에 따른 죄. 「마약류 관리에 관한 법률」에 따른 죄
2. 제1호 각 목의 어느 하나에 해당하는 죄를 범하여 금고 이상의 형의 집행유예를 선고받고 그 집행유예기간 중에 있는 사람
3. 제2항에 따른 자격시험 공고일 전 5년간 「도로교통법」 제44조제1항을 3회 이상 위반한 사람

④ 구역 여객자동차운송사업 중 대통령령으로 정하는 여객자동차운송사업의 운전자격을 취득하려는 사람이 다음 각 호의 어느 하나에 해당하는 경우 제3항에도 불구하고 제1항에 따른 자격을 취득할 수 없다.

1. 다음 각 목의 어느 하나에 해당하는 죄를 범하여 금고 이상의 실형을 선고받고 그 집행이 끝나거나(집행이 끝난 것으로 보는 경우를 포함한다) 면제된 날부터 20년이 지나지 아니한 사람
   가. 제3항제1호 각 목에 따른 죄
   나. 「성폭력범죄의 처벌 등에 관한 특례법」 제2조제1항제2호부터 제4호까지, 제3조부터 제9조까지 및 제14조(제13조의 미수범은 제외한다)에 따른 죄
   다. 「아동·청소년의 성보호에 관한 법률」 제2조제2호에 따른 죄
2. 제1호에 따른 죄를 범하여 금고 이상의 형의 집행유예를 선고받고 그 집행유예기간 중에 있는 사람

⑤ 국토해양부장관 또는 시·도지사는 제3항과 제4항에 따른 범죄경력을 확인하기 위하여 필요한 정보에 한하여 경찰청장에게 범죄경력자료의 조회를 요청할 수 있다. 〈본조신설 2012.2.1〉〈개정 2012.12.18〉

제25조 【운수종사자의 교육 등】 ① 운수종사자는 국토해양부령으로 정하는 바에 따라 여객에 대한 서비스의 질을 높이기 위하여 필요한 교육을 받아야 한다.

② 운송사업자는 제1항에 따라 운수종사자가 교육을 받는 데에 필요한 조치를 하여야 하며, 그 교육을 받지 아니한 운수종사자를 운전업무에 종사하게 하여서는 아니 된다.

③ 시·도지사는 제1항에 따른 교육을 효율적으로 실시하기 위하여 필요하면 특별시·광역시·특별자치시·도·특별자치도(이하 "시·도"라 한다)의 조례로 정하는 바에 따라 운수종사자 연수기관을 직접 설립하여 운영하거나 지정할 수 있으며, 그 운영에 필요한 비용을 지원할 수 있다. 〈개정 2012.5.23〉

제26조 【운수종사자의 준수 사항】 ① 운수종사자는 다음 각 호의 어느 하나에 해당하는 행위를 하여서는 아니 된다.
1. 정당한 사유 없이 여객의 승차를 거부하거나 여객을 중도에서 내리게 하는 행위
2. 부당한 운임 또는 요금을 받는 행위
3. 일정한 장소에 오랜 시간 정차하여 여객을 유치(誘致)하는 행위
4. 여객을 합승하도록 하는 행위(대통령령으로 정하는 여객자동차운송사업인 경우만 해당한다)
5. 문을 완전히 닫지 아니한 상태에서 자동차를 출발시키거나 운행하는 행위
6. 여객이 승하차하기 전에 자동차를 출발시키거나 승하차할 여객이 있는데도 정차하지 아니하고 정류소를 지나치는 행위

7. 안내방송을 하지 아니하는 행위(국토해양부령으로 정하는 자동차 안내방송 시설이 설치되어 있는 경우만 해당한다)

8. 그 밖에 안전운행과 여객의 편의를 위하여 운수종사자가 지키도록 국토해양부령으로 정하는 사항을 위반하는 행위

② 제21조제1항에 따른 운송사업자의 운수종사자는 운송수입금의 전액을 운송사업자에게 내야 한다.

③ 운수종사자는 차량의 출발 전에 제27조의2에 따라 여객이 좌석안전띠를 착용하도록 안내하여야 한다. 이 경우 안내의 방법, 시기, 그 밖에 필요한 사항은 국토해양부령으로 정한다. 〈개정 2012.5.23〉

제27조【사고기록의 유지관리 등】 ① 국토해양부장관은 운수종사자의 사상사고(死傷事故) 현황과 교통법규 위반사항 및 제24조제3항·제4항에 따른 범죄경력을 경찰청장에게 확인하여 그 기록을 유지·관리하여야 한다.

② 국토해양부장관은 운수종사자의 운전면허가 취소 또는 정지되었거나 여객자동차의 안전운전을 확보하기 위하여 국토해양부령으로 정하는 기준에 해당하는 자가 있을 때에는 해당 시·도지사 및 운송사업자(자동차 1대로 운송사업자가 직접 운전하는 여객자동차운송사업의 경우는 제외한다)에게 그 사실을 알려야 한다. 〈개정 2012.5.23〉

제27조의2【좌석안전띠의 착용】 최고속도, 도로의 여건 등을 고려하여 대통령령으로 정하는 도로에서 운행되는 대통령령으로 정하는 여객자동차운송사업용 자동차에 탑승하는 여객은 좌석안전띠를 착용하여야 한다. 다만, 환자·임산부 등 대통령령으로 정하는 여객은 그러하지 아니하다. 〈본조신설 2012.5.23〉

제 3 장 자동차대여사업

제28조【등록】 ① 자동차대여사업을 경영하려는 자는 사업계획을 작성하여 국토해양부령으로 정하는 바에 따라 시·도지사에게 등록하여야 한다.

② 제1항에 따른 자동차대여사업의 결격사유에 관하여는 제6조를 준용한다.

제29조【등록기준】 자동차대여사업의 등록기준이 되는 자동차 대수, 보유 차고 면적, 영업소, 그 밖에 필요한 사항은 국토해양부령으로 정한다.

제30조【대여사업용 자동차의 종류】 자동차대여사업에 사용할 수 있는 자동차의 종류는 국

토해양부령으로 정한다.

제31조【자동차 대여약관】 ① 제28조제1항에 따라 자동차대여사업을 등록한 자(이하 "자동차대여사업자"라 한다)는 대여약관을 정하여 자동차대여사업을 시작하기 전까지 시·도지사에게 신고하여야 한다. 대여약관을 변경하는 때에도 또한 같다.

② 제1항의 대여약관에 포함되어야 할 내용 등에 필요한 사항은 국토해양부령으로 정한다.

제32조【자동차대여사업의 관리위탁】 ① 자동차대여사업자는 자동차대여사업의 관리를 위탁하려면 시·도지사의 허가를 받아야 한다.

② 자동차대여사업자가 아닌 자에게는 제1항에 따른 관리위탁을 하지 못한다.

제33조【자동차대여사업의 개선명령】 시·도지사는 자동차 임차인의 보호, 안전운행의 확보, 서비스의 향상과 자동차대여사업의 적절한 관리를 위하여 필요하다고 인정하면 자동차대여사업자에게 다음 각 호의 사항을 명할 수 있다.

　1. 사업계획의 변경

　2. 대여약관의 변경

　3. 시설의 개선과 변경

제34조【유상운송의 금지 등】 ① 자동차대여사업자의 사업용 자동차를 임차한 자는 그 자동차를 유상(有償)으로 운송에 사용하거나 다시 남에게 대여하여서는 아니 된다.

② 자동차대여사업자는 자동차 임차인에게 운전자를 알선(斡旋)하여서는 아니 된다. 다만, 외국인이나 장애인 등 대통령령으로 정하는 경우에는 운전자를 알선할 수 있다.

③ 자동차대여사업자는 다른 사람의 수요에 응하여 사업용자동차를 사용하여 유상으로 여객을 운송하거나 이를 알선하여서는 아니 된다.

제35조【준용 규정】 자동차대여사업의 사업계획 변경, 사업계획의 변경제한, 공동운수협정, 명의이용 금지, 사업의 양도·양수 및 법인의 합병, 상속, 사업의 휴업·폐업 등에 관하여는 제10조제2항부터 제4항까지, 제11조, 제12조, 제14조(제2항은 제외한다), 제15조 및 제16조(제1항은 제외한다)를 준용한다.

제 4 장　여객자동차터미널사업

제36조【여객자동차터미널사업의 면허】 ① 여객자동차터미널사업(이하 "터미널사업"이라

한다)을 경영하려는 자는 국토해양부령으로 정하는 바에 따라 시·도지사의 면허를 받아야 한다.

② 터미널사업의 결격사유에 관하여는 제6조를 준용한다.

제37조 【면허기준】 터미널사업의 면허기준은 다음 각 호와 같다.

1. 여객자동차터미널(이하 "터미널"이라 한다)의 위치가 여객이 이용하기 편리하고 다른 교통수단과 쉽게 연계될 것
2. 터미널의 규모가 그 지역의 장기적인 수송 수요에 적합할 것
3. 그 사업을 개시하는 것이 터미널 이용객의 편의를 증진하고 그 지역의 여객자동차운송사업 발전에 도움이 될 것

제38조 【공사시행 인가 등】 ① 제36조제1항에 따라 터미널사업의 면허를 받은 자(이하 "터미널사업자"라 한다)는 시설하려는 터미널의 공사계획을 수립하여 시·도지사가 정하는 기간까지 공사시행 인가를 받아야 한다. 인가받은 사항 중 대통령령으로 정하는 사항을 변경하려는 경우에도 또한 같다.

② 시·도지사는 제1항의 공사계획이 국토해양부령으로 정하는 구조와 설비기준 등에 적합하다고 인정하면 공사시행을 인가하여야 한다.

③ 시·도지사는 터미널사업자가 천재지변이나 그 밖의 부득이한 사유로 제1항에 따른 기간까지 인가를 신청할 수 없으면 터미널사업자의 신청에 따라 그 기간을 연장할 수 있다.

④ 터미널사업자는 제1항에 따라 인가받은 공사를 끝낸 경우 시·도지사의 시설 확인을 받아야 한다.

제39조 【사용 개시】 터미널사업자는 제38조제4항의 시설 확인을 받은 후 시·도지사가 지정한 기간까지 터미널 사용을 시작하여야 한다. 다만, 정당한 사유가 있는 경우에는 시·도지사에게 사용 개시일을 연장하여 줄 것을 신청할 수 있다.

제40조 【사용약관】 ① 터미널사업자는 사용약관을 정하여 시·도지사에게 신고하여야 한다. 사용약관을 변경하는 경우에도 또한 같다.

② 제1항의 사용약관에 포함되어야 할 내용 등에 필요한 사항은 국토해양부령으로 정한다.

제41조 【시설 사용료】 ① 터미널사업자는 그 터미널을 사용하는 운송사업자(이하 "터미널 사용자"라 한다)에게서 시설 사용료를 받으려면 시·도지사의 인가를 받아야 한다. 시설 사용료를 변경하려는 경우에도 또한 같다.

② 제1항에 따른 시설 사용료의 인가기준 등 시설 사용료에 필요한 사항은 국토해양부령으로 정한다.

제42조 【터미널사업자의 준수 사항 등】 ① 터미널사업자는 다음 각 호의 사항을 지켜야 한다.

1. 부당하게 터미널 시설의 사용을 제한하지 아니할 것
2. 터미널 사용료를 부당하게 차별하지 아니할 것
3. 대합실 · 화장실 등 부대시설을 터미널사용자 및 터미널이용객이 편리하게 사용할 수 있도록 유지 · 관리할 것

② 터미널사업자는 터미널의 구조와 설비를 제38조제2항의 기준에 맞게 유지 · 관리하여야 한다.

③ 시 · 도지사는 터미널사업자가 제1항에 해당하는 금지행위를 한 경우 그 행위를 중지할 것을 명하여야 하며, 제2항에 따른 유지 · 관리를 하지 아니한 경우 그것을 시정(是正)하도록 명하여야 한다.

제43조 【위치 · 규모와 구조 · 설비의 변경 등】 ① 터미널사업자는 터미널의 위치 · 규모 및 구조 · 설비 등을 변경하려면 시 · 도지사의 인가를 받아야 한다. 다만, 국토해양부령으로 정하는 경미한 사항을 변경하는 경우에는 그러하지 아니하다.

② 제1항의 인가에 관하여는 제37조부터 제39조까지의 규정을 준용한다.

제44조 【터미널사업의 개선명령】 시 · 도지사는 터미널사용자 및 터미널 이용객의 교통 편익을 해치거나 터미널사업을 개선하기 위하여 필요하다고 인정되면 그 터미널사업자에게 다음 각 호의 사항을 명할 수 있다.

1. 터미널의 규모 및 구조의 변경과 설비의 개선 · 변경
2. 사용약관 · 시설사용료 또는 승차권 위탁판매 수수료의 변경
3. 터미널사용자와 터미널 이용객에 대한 서비스 개선, 질서 유지, 안전 확보를 위한 조치
4. 교육 등 종사원의 자질 향상을 위한 조치
5. 휴일이 이어지는 등 수송 수요가 수송 능력을 현저히 초과하는 경우 원활한 수송에 필요한 조치
6. 터미널사업자가 경영부실 등으로 승차권을 판매할 수 없는 경우 승차권 판매에 필요한 조치

제45조 【사용명령】 ① 시 · 도지사는 터미널이 있는 주변 지역에 노선을 정하여 여객자동차운송사업을 경영하고 있는 자가 자동차를 정류시키거나 여객을 승하차시키는 데에 그 터미널을 사용하고 있지 아니하면, 공중(公衆)의 편의와 여객자동차운송사업의 운송망(運送網) 정비를 위하여 그 운송사업자에게 그 터미널 사용을 명할 수 있다.

② 제1항에 따라 시 · 도지사가 터미널 사용을 명하는 기준은 국토해양부령으로 정한다.

제46조【승차권 판매 위탁】① 터미널사용자는 터미널사업자에게 승차권 판매를 위탁하여야 한다. 다만, 여객의 편의를 위하여 필요하다고 인정하면 국토해양부령으로 정하는 바에 따라 운송사업자가 직접 판매하거나 터미널사업자가 아닌 자에게 승차권 판매를 위탁할 수 있다.

② 제1항에 따라 승차권 판매를 위탁하는 경우 그 위탁 판매 수수료는 운송사업자와 승차권 판매를 위탁받는 자가 서로 협의하여 정한다.

제47조【다른 법률과의 관계】① 터미널사업자가 제38조의 공사시행 인가를 받은 경우 다음 각 호의 허가 또는 인가 등에 관하여 제3항에 따라 시ㆍ도지사가 관계 행정기관의 장과 협의한 사항은 그 허가 또는 인가 등을 받은 것으로 본다.

1. 「국토의 계획 및 이용에 관한 법률」 제56조에 따른 개발행위의 허가
2. 「국토의 계획 및 이용에 관한 법률」 제81조에 따른 시가화조정구역 안에서의 행위허가
3. 「국토의 계획 및 이용에 관한 법률」 제86조에 따른 도시ㆍ군계획시설사업 시행자의 지정
4. 「국토의 계획 및 이용에 관한 법률」 제88조에 따른 실시계획의 인가
5. 「도로법」 제34조에 따른 도로공사의 시행허가, 같은 법 제38조에 따른 도로의 점용허가
6. 「사도법」 제4조에 따른 사도개설(私道開設)의 허가
7. 「장사 등에 관한 법률」 제27조제1항에 따른 개장허가(改葬許可)
8. 「하수도법」 제16조에 따른 공공하수도공사의 허가

② 터미널사업자가 다음 각 호의 사업을 직접 경영하기 위하여 제38조제4항의 시설확인을 받은 경우에는 그 사업에 대한 다음 각 호의 허가를 받았거나 신고 또는 등록을 한 것으로 본다.

1. 「유통산업발전법」 제8조에 따른 대규모점포의 개설등록
2. 「식품위생법」 제37조에 따른 식품접객업(단란주점 및 유흥주점 영업은 제외한다)의 허가
3. 「석유 및 석유대체연료 사업법」 제10조에 따른 석유판매업 중 주유소의 등록
4. 「체육시설의 설치ㆍ이용에 관한 법률」 제20조에 따른 체육시설업의 신고
5. 「공연법」 제9조에 따른 공연장업의 등록

③ 시ㆍ도지사는 제38조제1항에 따라 공사시행을 인가하거나 같은 조 제4항에 따른 시설확인을 하려면 제2항 각 호의 관계 법령에 적합한지에 관하여 관계 행정기관의 장과 미리

협의하여야 한다.

④ 시 · 도지사는 제38조제1항에 따라 공사시행을 인가하거나 같은 조 제4항에 따라 시설확인을 한 경우 공사시행을 인가하거나 시설확인을 한 날부터 15일 이내에 제2항 각 호의 관계 법령에 따른 관계 행정기관의 장에게 그 내용을 통보하여야 한다. [개정 2009.2.6 2011.4.14]

제48조【준용규정】 터미널사업의 양도 · 양수 및 법인의 합병, 상속, 사업의 휴업 · 폐업 등에 관하여는 제14조(제2항은 제외한다), 제15조 및 제16조(제2항은 제외한다)를 준용한다.

제49조【공영터미널의 설치 · 운영】 ① 특별시장 · 광역시장 · 특별자치시장 · 특별자치도지사 또는 시장 · 군수는 터미널사업을 경영하려는 자가 없는 경우 제36조에도 불구하고 직접 터미널을 설치 · 운영할 수 있다.

② 제1항에 따라 특별시장 · 광역시장 · 특별자치시장 · 특별자치도지사 또는 시장 · 군수가 직접 설치하는 터미널을 관리 · 운영 등을 하는 데에 필요한 사항은 해당 지방자치단체의 조례로 정한다. 〈개정 2012.5.23〉

제 4 장의 2 여객자동차운송가맹사업
〈본장신설 2009.5.27〉

제49조의2【여객자동차운송가맹사업의 면허 등】 ① 여객자동차운송가맹사업을 경영하고자 하는 자는 사업계획을 작성하여 국토해양부령으로 정하는 바에 따라 시 · 도지사에게 면허를 받아야 한다. 다만, 여객자동차운송가맹사업이 2개 이상의 시 · 도에 걸치는 경우에는 국토해양부장관에게 면허를 받아야 한다.

② 제1항에 따라 면허를 받은 운송가맹사업자가 사업계획을 변경하고자 하는 때에는 국토해양부령으로 정하는 바에 따라 국토해양부장관 또는 시 · 도지사의 인가를 받아야 한다. 다만, 국토해양부령으로 정하는 경미한 사항을 변경하는 경우에는 국토해양부령으로 정하는 바에 따라 국토해양부장관 또는 시 · 도지사에게 신고하여야 한다.

③ 제1항 및 제2항 본문에 따른 여객자동차운송가맹사업의 면허 또는 사업계획의 변경은 국토해양부령으로 정하는 기준에 적합한 경우로 한다. 〈개정 2012.2.1〉

제49조의3【운송가맹사업자 및 운송가맹점의 역할 등】 ① 운송가맹사업자는 여객자동차운송가맹사업의 원활한 수행을 위하여 다음 각 호의 사항을 성실히 이행하여야 한다.

1. 운송가맹점에 대한 여객의 공정한 배정
2. 효율적인 여객 배정기법의 개발 및 보급
3. 여객의 원활한 운송을 위한 공동전산망의 설치 · 운영
4. 여객운송 부가서비스의 신규 개발

② 운송가맹점은 여객자동차운송가맹사업의 원활한 수행을 위하여 다음 각 호의 사항을 성실히 이행하여야 한다.
1. 운송가맹사업자가 정한 기준에 적합한 운송서비스 및 운송부가서비스의 제공
2. 여객의 원활한 운송을 위한 차량위치의 통지

제49조의4【운송가맹약관】 ① 제49조의2제1항에 따라 여객자동차운송가맹사업의 면허를 받은 자는 운송가맹약관을 정하여 국토해양부장관 또는 시 · 도지사에게 신고하여야 한다. 운송약관을 변경하려는 때에도 또한 같다.

② 제1항의 운송가맹약관에 포함되어야 할 내용, 그 밖에 필요한 사항은 국토해양부령으로 정한다. 〈개정 2012.2.1〉

제49조의5【개선명령】 국토해양부장관 및 시 · 도지사는 안전운행의 확보, 운송질서의 확립 및 여객의 편의를 도모하기 위하여 필요하다고 인정하는 때에는 운송가맹사업자에게 다음 각 호의 사항을 명할 수 있다.
1. 운송가맹약관의 변경
2. 여객의 안전운송을 위한 조치
3. 제49조의8에서 준용하는 「가맹사업거래의 공정화에 관한 법률」 제7조 · 제10조 · 제11조 및 제13조에 따른 정보공개서의 제공의무 등, 가맹금의 반환, 가맹계약서의 기재사항 등, 가맹계약의 갱신 등의 통지4. 그 밖에 여객자동차운송가맹사업의 서비스 개선을 위하여 필요한 사항으로서 대통령령으로 정하는 사항

제49조의6【여객자동차운송가맹사업의 면허취소 등】 ① 국토해양부장관 또는 시 · 도지사는 운송가맹사업자가 다음 각 호의 어느 하나에 해당하는 때에는 그 면허를 취소하거나 6개월 이내의 기간을 정하여 그 사업의 전부 또는 일부의 정지를 명할 수 있다. 다만, 제2호 및 제6호의 경우에는 그 면허를 취소하여야 한다.
1. 제24조에 따른 여객자동차운송사업의 운전업무 종사자격이 없는 자에게 여객을 운송하게 한 경우
2. 거짓이나 그 밖의 부정한 방법으로 제49조의2제1항에 따른 면허를 받은 경우
3. 거짓이나 그 밖의 부정한 방법으로 제49조의2제2항에 따른 사업계획의 변경인가를

받은 경우

4. 제49조의2제3항에 따른 면허의 기준을 충족하지 못하게 된 경우. 다만, 3개월 이내에 그 기준을 충족시킨 경우에는 그러하지 아니하다.

5. 정당한 사유 없이 제49조의5에 따른 개선명령을 이행하지 아니한 경우

6. 제49조의7에서 준용하는 제6조 각 호의 어느 하나에 해당하게 된 경우. 다만, 법인의 임원 중 제6조 각 호의 어느 하나에 해당하는 자가 있는 경우 3개월 이내에 그 임원을 개임하면 취소하지 아니한다.

7. 제49조의8에서 준용하는 「가맹사업거래의 공정화에 관한 법률」 제7조, 제9조부터 제11조까지, 제13조 및 제14조를 위반한 경우(제49조의5에 따라 개선명령을 받은 경우는 제외한다)

8. 이 조에 따른 사업정지명령을 위반한 경우

9. 그 밖에 이 법 또는 이 법에 따른 명령이나 처분을 위반한 경우

② 제1항에 따른 면허취소 · 사업정지 명령의 기준 · 절차, 그 밖에 필요한 사항은 대통령령으로 정한다.

제49조의7【준용규정】 여객자동차운송가맹사업의 결격사유, 명의이용 금지, 사업의 양도 · 양수 및 법인의 합병, 상속, 사업의 휴업 · 폐업, 과징금의 부과 등에 관하여는 제6조, 제12조, 제14조(제2항은 제외한다), 제15조 및 제16조(제1항은 제외한다), 제88조를 준용한다.

제49조의8【「가맹사업거래의 공정화에 관한 법률」의 준용】 운송가맹사업자와 운송가맹점 간의 정보의 제공, 가맹금의 반환, 가맹계약 등에 관하여는 「가맹사업거래의 공정화에 관한 법률」 제7조, 제9조부터 제11조까지, 제13조 및 제14조를 준용한다. 이 경우 "가맹희망자"는 "운송가맹점으로 가입하려는 자"로, "가맹점사업자"는 "운송가맹점"으로 보고, "가맹본부", 같은 법 제7조제1항의 "가맹본부(가맹지역본부 또는 가맹중개인이 가맹점사업자를 모집하는 경우를 포함한다. 이하 같다)" 및 같은 조 제3항의 "가맹본부 또는 가맹본부로 구성된 사업자단체"는 각각 "운송가맹사업자"로 보며, 같은 법 제10조제1항에 따른 "제2조제6호가목 및 나목의 가맹금"은 "명칭이나 지급형태를 가리지 아니하고 운송가맹점으로 가입할 때 영업표지 사용허가의 대가로 운송가맹사업자에게 지급한 금전"으로 본다.

제 5 장   여객자동차 운수사업의 진흥

제50조【재정 지원】 ① 국가는 여객자동차 운수사업자가 다음 각 호의 어느 하나에 해당하는 사업을 수행하는 경우에 재정적 지원이 필요하다고 인정하면 대통령령으로 정하는 바에 따라 그 여객자동차 운수사업자에게 필요한 자금의 일부를 보조하거나 융자할 수 있다.

1. 자동차의 고급화나 터미널의 현대화
2. 수익성이 없는 노선의 운행
3. 공동시설이나 안전관리시설의 확충과 개선
4. 낡은 차량의 대체(代替)
5. 터미널의 이전이나 규모 · 구조 · 설비의 확충 · 개선
6. 여객자동차 운수사업의 서비스 향상을 위한 시설 · 장비의 확충 또는 개선
7. 여객자동차운송가맹사업을 위하여 필요한 시설 · 설비의 설치 및 개선
8. 경제적 · 환경친화적 안전운전 및 관리를 지원하는 시설 · 장비의 확충과 개선
9. 그 밖에 여객자동차 운수사업을 진흥하기 위한 것으로서 국토해양부령으로 정하는 사항

② 시 · 도는 다음 각 호의 어느 하나에 해당하는 사유가 있으면 여객자동차 운수사업자에게 필요한 자금의 일부를 보조하거나 융자할 수 있다. 이 경우 보조 또는 융자의 대상 및 방법과 보조금 또는 융자금의 상환 등에 관하여 필요한 사항은 해당 시 · 도의 조례로 정한다.

1. 여객자동차 운수사업자가 제1항 각 호의 어느 하나에 해당하는 사업을 수행하는 경우
2. 여객의 안전을 위한 교통안전시설을 확충하기 위하여 필요한 경우
3. 대중교통을 활성화하기 위하여 버스교통체계를 개선하는 경우
4. 터미널이용객의 편의를 증진하기 위하여 경영이 어려운 터미널사업을 계속하게 할 필요가 있는 경우
5. 여객자동차운송사업(대통령령으로 정하는 여객자동차운송사업인 경우만 해당한다)의 폐업 또는 감차를 통한 구조조정이 필요할 경우

③ 국가는 지방자치단체가 제5조제3항의 지역별 수송력 공급계획을 초과하는 차량에 대하여 감차보상을 하는 경우 대통령령으로 정하는 바에 따라 이에 소요되는 비용의 일부를 지원할 수 있다.

④ 특별시장 · 광역시장 · 특별자치도지사 또는 시장 · 군수는 대통령령으로 정하는 운송

사업자에게 유류(油類)에 부과되는 다음 각 호에 따른 세금 등의 인상액에 상당한 금액의
전부 또는 일부를 보조할 수 있다. 이 경우 보조금의 지급기준·지급방법 및 지급절차는
국토해양부장관이 정하여 고시한다.

　　1. 「교육세법」 제5조제1항, 「교통·에너지·환경세법」 제2조제1항제2호, 「지방세법」 제
　　　 136조제1항에 따라 경유에 각각 부과되는 교육세, 교통·에너지·환경세, 자동차 주
　　　 행에 대한 자동차세

　　2. 「개별소비세법」 제1조제2항제4호바목, 「교육세법」 제5조제1항, 「석유 및 석유대체연
　　　 료 사업법」 제18조제2항제1호에 따라 석유가스 중 부탄에 각각 부과되는 개별소비
　　　 세·교육세·부과금 〈개정 2009.5.27, 시행일 2012.2.1〉

제51조 【보조금의 사용 등】 ① 제50조에 따라 보조 또는 융자를 받은 자는 그 자금을 보조
받거나 융자받은 목적이 아닌 용도로 사용하지 못한다.

② 국토해양부장관, 시·도지사 또는 시장·군수는 제50조에 따라 보조 또는 융자를 받은
자가 그 자금을 적정하게 사용하도록 감독하여야 한다.

③ 국토해양부장관, 시·도지사 또는 시장·군수는 여객자동차 운수사업자가 거짓이나
부정한 방법으로 제50조에 따른 보조금 또는 융자금을 받은 경우 여객자동차 운수사업자
에게 보조금 또는 융자금을 반환할 것을 명하여야 하며, 그 여객자동차 운수사업자가 이
에 따르지 아니하면 국세 또는 지방세 체납처분의 예에 따라 보조금 또는 융자금을 회수
할 수 있다. 〈개정 2012.2.1〉

제51조의2 【유가보조금의 지급정지】 특별시장·광역시장·특별자치도지사 또는 시장·군
수는 운송사업자가 다음 각 호의 어느 하나에 해당하는 경우 1년의 범위에서 제50조제4항
에 따른 보조금(이하 "유가보조금"이라 한다)의 지급을 정지하여야 한다.

　　1. 실제로 운행한 거리 또는 연료의 사용량보다 부풀려서 유가보조금을 청구하여 지급
　　　 받은 경우

　　2. 여객자동차운송사업이 아닌 다른 목적에 사용한 유류분에 대하여 유가보조금을 지
　　　 급받은 경우

　　3. 실제 주유·충전한 유종(油種)과 다른 유종의 단가를 적용하여 유가보조금을 지급받
　　　 은 경우

　　4. 유가보조금의 지급과 직접 관련하여 행하는 제79조에 따른 서류제출 명령에 따르지
　　　 아니하거나 검사나 질문을 거부·기피 또는 방해하는 경우

　　5. 제1호부터 제4호까지에서 규정한 사항 외에 국토해양부령으로 정하는 사항 〈본조신

설 2012.2.1〉

제51조의3 【포상금의 지급】 특별시장·광역시장·특별자치도지사 또는 시장·군수는 제
51조의2제1호부터 제3호까지 및 제5호 중 어느 하나에 해당하는 자를 신고하거나 고발한
자에 대하여 해당 지방자치단체의 조례로 정하는 바에 따라 포상금을 지급할 수 있다.〈본
조신설 2012.2.1〉

제52조 【조세 감면】 국가는 여객을 원활히 운송하고 여객자동차 운수사업을 진흥하기 위
하여 「조세특례제한법」으로 정하는 바에 따라 조세를 감면한다.

제6장 여객자동차 운수사업자단체

제53조 【조합의 설립】 ① 여객자동차 운수사업자는 여객자동차 운수사업의 건전한 발전과
여객자동차 운수사업자의 지위 향상을 위하여 시·도지사의 인가를 받아 조합(이하 "조
합"이라 한다)을 설립할 수 있다.

② 조합은 법인으로 한다.

③ 조합은 주된 사무소의 소재지에서 설립등기를 함으로써 성립된다.

④ 조합을 설립하려면 그 조합의 조합원이 될 자격이 있는 자의 5분의 1 이상이 발기(發
起)하고, 조합원이 될 자격이 있는 자의 2분의 1 이상의 동의를 받아 창립총회에서 정관을
작성한 후 시·도지사에게 인가를 신청하여야 한다.

⑤ 여객자동차 운수사업자는 정관으로 정하는 바에 따라 조합에 가입할 수 있다.

⑥ 조합에 관하여 이 법에 규정된 사항 외에는 「민법」 중 사단법인에 관한 규정을 준용한다.

제54조 【정관】 ① 조합의 정관에는 다음 각 호의 사항이 모두 포함되어야 한다.

1. 목적
2. 명칭
3. 사무소의 소재지
4. 조합원의 자격에 관한 사항
5. 총회에 관한 사항
6. 임원에 관한 사항
7. 업무에 관한 사항
8. 회계에 관한 사항

9. 해산에 관한 사항

10. 그 밖에 조합 운영에 관한 중요 사항

② 조합의 정관을 변경하려면 시 · 도지사의 인가를 받아야 한다.

제55조【사업】 조합은 다음 각 호의 사업을 행한다.

1. 여객자동차 운수사업의 건전한 발전과 여객자동차 운수사업자의 공동 이익을 도모하는 사업

2. 여객자동차 운수사업의 진흥과 발전에 필요한 통계의 작성 · 관리, 외국 자료의 수집 및 조사 · 연구 사업

3. 경영자 및 종사원의 교육훈련

4. 여객자동차 운수사업자의 경영 개선을 위한 지도에 관한 사항

5. 국가 또는 지방자치단체로부터 위탁받은 업무의 처리

6. 제1호부터 제4호까지의 사업에 따르는 사업

제56조【정관변경 등의 명령】 시 · 도지사는 조합이 제55조 각 호의 사업을 적정하게 수행하지 아니한다고 인정하면 다음 각 호의 조치 등 필요한 조치를 하도록 조합에 명할 수 있다.

1. 정관의 변경

2. 임원의 개선

3. 조합의 해산

제57조【감독】 조합의 사업은 시 · 도지사가 감독한다.

제58조【대의원회】 ① 조합원의 수가 1천명을 넘는 조합은 정관으로 정하는 바에 따라 총회를 갈음하는 대의원회를 둘 수 있다.

② 대의원은 조합원이어야 한다.

③ 대의원회의 구성 및 운영에 관하여 필요한 사항은 대통령령으로 정한다.

제59조【연합회】 ① 조합은 국토해양부령으로 정하는 바에 따라 공동 목적을 달성하기 위하여 국토해양부장관의 인가를 받아 연합회(이하 "연합회"라 한다)를 설립할 수 있다.

② 연합회의 설립, 정관, 사업, 정관변경 등의 명령 및 감독 등에 관하여는 제53조제2항부터 제6항 및 제54조부터 제57조까지의 규정을 준용한다. 이 경우 "시 · 도지사"는 "국토해양부장관"으로 본다.

제60조【조합 및 연합회의 공제사업】 ① 조합과 연합회는 대통령령으로 정하는 바에 따라 국토해양부장관의 허가를 받아 공제사업을 할 수 있다.

② 제1항에 따른 공제사업의 분담금, 운영위원회, 공제사업의 범위, 공제규정(共濟規程),

보고 · 검사, 개선명령, 공제사업을 관리 · 운영하는 조합 및 연합회의 임직원에 대한 제재, 재무건전성의 유지 등에 관하여는 제61조제5항, 제63조, 제64조(제1항제7호는 제외한다) 및 제65조부터 제68조까지의 규정을 준용한다.

제 7 장 공제조합

제61조【공제조합의 설립 등】 ① 여객자동차 운수사업자(터미널사업자는 제외한다. 이하이 조에서 같다)는 상호 간의 협동조직을 통하여 조합원이 자주적인 경제 활동을 영위할수 있도록 지원하고 조합원의 자동차 사고로 생긴 손해를 배상(賠償)하기 위하여 대통령령으로 정하는 바에 따라 국토해양부장관의 인가를 받아 업종별로 공제조합(이하 "공제조합"이라 한다)을 설립할 수 있다.
② 공제조합은 법인으로 한다.
③ 공제조합은 주된 사무소의 소재지에 설립등기를 함으로써 성립된다.
④ 여객자동차 운수사업자는 정관으로 정하는 바에 따라 공제조합에 가입할 수 있다.
⑤ 공제조합의 조합원은 공제사업에 필요한 분담금을 부담하여야 한다.
⑥ 조합원의 자격과 임원에 관한 사항, 그 밖에 공제조합의 운영에 필요한 사항은 정관으로 정한다.
⑦ 정관의 기재 사항, 그 밖에 공제조합의 감독에 필요한 사항은 대통령령으로 정한다.
제62조【공제조합의 설립인가 절차 등】 ① 공제조합을 설립하려면 공제조합의 조합원 자격이 있는 자의 10분의 1 이상이 발기하고, 조합원 자격이 있는 자 200명 이상의 동의를 받아 창립총회에서 정관을 작성한 후 국토해양부장관에게 인가를 신청하여야 한다.
② 국토해양부장관은 제1항에 따른 인가를 한 경우 이를 공고하여야 한다.
제63조【공제조합의 운영위원회】 ① 공제조합은 제64조에 따른 공제사업에 관한 사항을 심의 · 의결하고 그 업무집행을 감독하기 위하여 운영위원회를 둔다.
② 운영위원회 위원은 조합원, 운수사업 · 금융 · 보험 · 회계 · 법률 분야 전문가, 관계 공무원 및 그 밖에 여객자동차 운수사업 관련 이해관계자로 구성하되, 그 수는 25명 이내로 한다.다만, 제60조에 따라 연합회가 공제사업을 하는 경우의 운영위원회 위원은 시 · 도 조합대표 전원을 포함하는 35명 이내로 한다.
③ 그 밖에 운영위원회의 구성과 운영에 필요한 사항은 대통령령으로 정한다. 〈개정

2011.5.19〉

제63조의2 【운영위원회 위원의 결격사유】 ① 다음 각 호의 어느 하나에 해당하는 사람은 제63조제2항에 따른 위원이 될 수 없다.

1. 미성년자, 금치산자 또는 한정치산자
2. 파산선고를 받고 복권되지 아니한 사람
3. 이 법을 위반하여 금고 이상의 형의 집행유예를 선고받고 그 유예기간 중에 있는 사람
4. 이 법을 위반하여 금고 이상의 실형을 선고받고 그 집행이 끝나거나(집행이 끝난 것으로 보는 경우를 포함한다) 집행이 면제된 날부터 3년이 지나지 아니한 사람
5. 이 법에 따른 공제조합의 업무와 관련하여 벌금 이상의 형을 선고받고 그 집행이 끝나거나(집행이 끝난 것으로 보는 경우를 포함한다) 집행이 면제된 날부터 3년이 지나지 아니한 사람
6. 제67조에 따른 징계·해임의 처분을 받은 후 3년이 지나지 아니한 사람

② 제63조제2항에 따른 위원이 제1항 각 호의 어느 하나에 해당하게 된 때에는 그 날로 위원의 자격을 잃는다.

③ 국토해양부장관은 제1항제3호부터 제5호까지의 범죄경력 자료의 조회를 경찰청장에게 요청하여 공제조합에 제공할 수 있다. 〈본조신설 2012.5.23〉

제64조 【공제사업】 ① 공제조합은 다음 각 호의 사업을 한다.

1. 조합원의 사업용자동차의 사고로 생긴 배상 책임에 대한 공제
2. 조합원이 사업용자동차를 소유·사용·관리하는 동안 발생한 사고로 그 자동차에 생긴 손해에 대한 공제
3. 운수종사자가 조합원의 사업용자동차를 소유·사용·관리하는 동안에 발생한 사고로 입은 자기 신체의 손해에 대한 공제
4. 공제조합에 고용된 자의 업무상 재해로 인한 손실을 보상하기 위한 공제
5. 공동이용시설의 설치·운영 및 관리, 그 밖에 조합원의 편의 및 복지 증진을 위한 사업
6. 여객자동차 운수사업의 경영 개선을 위한 조사·연구 사업
7. 제1호부터 제6호까지의 사업에 따르는 사업으로서 정관으로 정하는 사업

② 공제조합은 제1항제1호부터 제4호까지의 규정에 따른 공제사업을 하려면 공제규정을 정하여 국토해양부장관의 인가를 받아야 한다. 인가받은 사항을 변경하려는 경우에도 또한 같다.

③ 제2항의 공제규정에는 공제사업의 범위, 공제계약의 내용과 분담금·공제금·공제금

에 충당하기 위한 책임준비금·지급준비금의 계상(計上) 및 적립 등 공제사업의 운영에 필요한 사항이 포함되어야 한다.

④ 공제조합은 결산기(決算期)마다 그 사업의 종류에 따라 제3항의 책임준비금 및 지급준비금을 계상하고 이를 적립하여야 한다.

⑤ 제1항제1호부터 제4호까지의 규정에 따른 공제사업에는 「보험업법」(제208조는 제외한다)을 적용하지 아니한다.

제65조 【보고서의 제출 등】 ① 국토해양부장관은 필요하다고 인정하면 공제조합에 대하여 다음 각 호의 조치를 할 수 있다.

   1. 교통사고 피해자에 대한 피해보상 명령

   2. 공제자금의 운용이나 그 밖에 공제사업과 관련된 사항에 관한 보고서의 제출 명령

   3. 소속 공무원에게 공제조합의 업무 또는 회계의 상황을 조사하게 하는 조치4. 소속 공무원에게 공제조합의 장부나 그 밖의 서류를 검사하게 하는 조치

② 제1항에 따른 조사나 검사를 하려면 조사 또는 검사 7일 전에 조사 또는 검사할 내용, 일시, 이유 등에 대한 계획서를 공제조합에 알려야 한다. 다만, 긴급한 경우 또는 사전통지를 하면 증거인멸 등으로 조사목적을 달성할 수 없다고 인정하는 경우에는 그러하지 아니하다.

③ 제1항에 따라 조사나 검사를 하는 공무원은 그 권한을 표시하는 증표를 지니고 이를 관계인에게 내보여야 하며, 출입할 때에는 출입자의 성명, 출입시간, 출입목적 등이 표시된 문서를 관계인에게 내주어야 한다.

제66조 【공제조합업무의 개선명령】 국토해양부장관은 공제조합의 업무 운영이 적정하지 아니하거나 자산상황이 불량하여 교통사고 피해자 및 공제 가입자 등의 권익을 해칠 우려가 있다고 인정되면 다음 각 호의 조치를 명할 수 있다.

   1. 업무집행방법의 변경

   2. 자산예탁기관의 변경

   3. 자산의 장부가격의 변경

   4. 불건전한 자산에 대한 적립금의 보유

   5. 가치가 없다고 인정되는 자산의 손실 처리

제67조 【공제조합 임직원에 대한 제재 등】 국토해양부장관은 공제조합의 임직원이 다음 각 호의 어느 하나에 해당하여 공제사업을 건전하게 운영하지 못할 우려가 있다고 인정되면 임직원에 대한 징계·해임을 요구하거나 해당 위반행위를 시정하도록 명할 수 있다.

1. 제64조제2항에 따른 공제규정을 위반하여 업무를 처리한 경우
2. 제66조에 따른 개선명령을 이행하지 아니한 경우
3. 제68조에 따른 재무건전성 기준을 지키지 아니한 경우

제68조【재무건전성의 유지】 ① 공제조합은 공제금 지급능력과 경영의 건전성을 확보하기 위하여 다음 각 호의 사항에 관하여 대통령령으로 정하는 재무건전성 기준을 지켜야 한다.
1. 자본의 적정성에 관한 사항
2. 자산의 건전성에 관한 사항
3. 유동성의 확보에 관한 사항

② 국토해양부장관은 공제조합이 제1항의 기준을 지키지 아니하여 경영의 건전성을 해칠 우려가 있다고 인정되면 대통령령으로 정하는 바에 따라 자본금의 증액을 명하거나 주식 등 위험자산의 소유를 제한하는 조치를 취할 수 있다.

제69조【다른 법률과의 관계】 공제조합에 관하여 이 법에 규정된 사항 외에는 「민법」 중 사단법인에 관한 규정과 「상법」 제3편제4장제7절(주식회사의 계산)의 규정을 준용한다.

제 8 장   공제에 관한 분쟁의 조정

제70조【공제분쟁조정위원회】 ① 다음 각 호의 조합 등과, 자동차사고 피해자나 그 밖의 이해관계인 사이에 발생하는 분쟁을 조정(調停)하기 위하여 국토해양부에 공제분쟁조정위원회(이하 "위원회"라 한다)를 설치한다.
1. 제60조에 따라 공제사업을 하는 조합 및 연합회
2. 제61조에 따른 공제조합
3. 「화물자동차 운수사업법」 제51조에 따라 공제사업을 하는 자

② 위원회는 분쟁 당사자의 신청에 따라 다음 각 호의 분쟁을 조정한다.
1. 공제계약에 관한 분쟁
2. 공제금의 지급에 관한 분쟁
3. 자동차 사고에 따른 피해자의 손해사정에 관한 분쟁
4. 다른 법령에 따라 위원회에 조정을 신청할 수 있는 분쟁
5. 그 밖에 공제와 관련하여 대통령령으로 정하는 사항에 관한 분쟁

제71조【위원회의 구성 등】 ① 위원회는 위원장 1명을 포함하여 15명 이내의 위원으로 구성

한다.

② 위원회의 위원은 다음 각 호의 자 중에서 국토해양부장관이 위촉한다.

1. 「고등교육법」에 따른 대학에서 법률학을 가르치는 부교수 이상으로 재직하거나 재직하였던 자

2. 판사 · 검사 또는 변호사 자격이 있는 자

3. 전문의(專門醫) 자격이 있는 의사

4. 「소비자기본법」에 따른 한국소비자원이나 같은 법 제29조에 따라 등록한 소비자단체의 임원이거나 임원이었던 자

5. 교통 관계 기관 또는 단체에서 15년 이상 근무한 경력이 있는 자6. 교통 분야, 교통 관련 법률 또는 손해사정(損害査定)에 관한 학식과 경험이 있는 자

③ 위원장은 위원 중에서 호선(互選)한다.

④ 위원의 임기는 2년으로 하되, 연임(連任)할 수 있다.

⑤ 위원회의 운영 및 사무 처리를 위한 조직 · 운영 등에 관하여 필요한 사항은 대통령령으로 정한다.

제72조【조정 절차 등】① 위원회는 분쟁 조정을 신청 받은 경우 지체 없이 그 신청 내용을 상대방에게 알려야 한다.

② 위원회는 분쟁 조정을 신청 받은 날부터 30일 이내에 조정안을 작성하여야 한다. 다만, 부득이한 사정이 있으면 위원회의 의결로써 30일의 범위에서 그 기간을 연장할 수 있다.

③ 위원회는 제2항 단서에 따라 기간을 연장한 경우 기간 연장의 내용 및 사유 등을 분쟁 당사자에게 알려야 한다.

제73조【조정의 거부 및 통보】① 위원회는 분쟁의 성질상 위원회에서 조정하는 것이 적합하지 아니하다고 인정되거나 부정한 목적으로 조정을 신청하였다고 인정되면 그 조정을 거부할 수 있다. 이 경우 신청인에게 조정 거부 사유를 알려야 한다.

② 위원회는 분쟁 당사자가 소(訴)를 제기한 경우 조정을 중지하고 이를 당사자에게 알려야 한다.

제74조【조정의 효력 등】① 위원회는 조정안을 작성한 경우 각 당사자에게 이를 지체 없이 제시하여야 한다.

② 제1항에 따라 조정안을 제시받은 당사자는 제시받은 날부터 15일 이내에 그 수락(受諾) 여부를 위원회에 알려야 한다.

③ 위원회는 각 당사자가 조정안을 수락하면 즉시 조정조서(調停調書)를 작성하여야 하

며, 위원회의 위원장과 각 당사자는 이에 서명하거나 날인하여야 한다.

④ 각 당사자가 조정안을 수락한 경우에는 당사자 간에 조정조서와 동일한 내용의 합의가 성립된 것으로 본다.

제 9 장 보 칙

제75조【권한의 위임】 ① 국토해양부장관은 이 법에 따른 권한의 일부를 대통령령으로 정하는 바에 따라 시·도지사에게 위임할 수 있다.

② 시·도지사는 제1항에 따라 국토해양부장관으로부터 위임받은 권한의 일부를 국토해양부장관의 승인을 받아 시장·군수 또는 구청장에게 다시 위임할 수 있다.

제76조【권한의 위탁 등】 ① 국토해양부장관 또는 시·도지사는 이 법에 따른 권한의 일부를 대통령령으로 정하는 바에 따라 조합, 연합회, 공제조합, 「교통안전공단법」에 따른 교통안전공단 또는 대통령령으로 정하는 전문 검사기관에 위탁할 수 있다.

② 제1항에 따라 위탁받은 업무에 종사하는 조합, 연합회, 공제조합, 「교통안전공단법」에 따른 교통안전공단 또는 전문 검사기관의 임원 및 직원은 「형법」 제129조부터 제132조까지의 규정에 따른 벌칙을 적용하는 경우 공무원으로 본다.

제77조【운임·요금의 기준과 요율 등에 관한 협의】 제75조제1항에 따라 국토해양부장관으로부터 제8조의 운임·요금의 기준 및 요율의 결정에 관한 권한을 위임받은 시·도지사가 운임·요금의 기준 및 요율을 정한 경우에는 「물가안정에 관한 법률」 제4조제2항에 따라 기획재정부장관과 협의한 것으로 본다.

제78조【협의·조정 등】 ① 제75조제1항에 따라 국토해양부장관으로부터 여객자동차운송사업의 사업계획변경, 개선명령, 사업구역조정 등에 관한 권한을 위임받은 시·도지사는 그 사업계획변경, 개선명령, 사업구역조정 등이 둘 이상의 시·도에 걸칠 경우 국토해양부령으로 정하는 바에 따라 관계 시·도지사와 협의하여야 한다. 이 경우 시·도지사는 협의가 성립되지 아니하면 국토해양부장관에게 조정(調整)을 신청하여야 한다.

② 국토해양부장관은 제1항에 따른 신청을 받으면 국토해양부령으로 정하는 바에 따라 조정한 후 관계 시·도지사에게 통보하여야 하며, 관계 시·도지사가 조정된 내용대로 따르지 아니하면 조정된 내용대로 직접 처분할 수 있다.

③ 제1항의 조정을 신청하는 절차 등에 필요한 사항은 국토해양부령으로 정한다.

제79조【보고·검사 등】 ① 국토해양부장관 또는 시·도지사는 필요하다고 인정하면 여객자동차 운수사업자에게 그 사업에 관한 사항이나 자동차의 소유 또는 사용에 관한 사항에 대하여 보고하거나 서류를 제출하도록 명할 수 있다.

② 국토해양부장관 또는 시·도지사는 필요하다고 인정하면 소속 공무원으로 하여금 여객자동차 운수사업자 또는 운수종사자의 장부·서류, 그 밖의 물건을 검사하게 하거나 관계인에게 질문하게 할 수 있다.

③ 제2항의 경우에 그 공무원은 그 권한을 표시하는 증표를 지니고 이를 관계인에게 내보여야 한다.

제80조【수수료】 이 법에 따라 면허·등록·허가·인가 등을 신청하거나 신고를 하려는 자는 국토해양부령으로 정하는 수수료를 내야 한다. 다만, 국토해양부장관이 제76조제1항에 따라 권한을 위탁한 경우에는 그 수탁 기관이 정하는 수수료를 해당 수탁 기관에 내야 한다.

제81조【자가용 자동차의 유상운송 금지】 ① 사업용 자동차가 아닌 자동차(이하 "자가용자동차"라 한다)를 유상(자동차 운행에 필요한 경비를 포함한다. 이하 이 조에서 같다)으로 운송용으로 제공하거나 임대하여서는 아니 된다. 다만, 다음 각 호의 어느 하나에 해당하는 경우에는 유상으로 운송용으로 제공하거나 임대할 수 있다.

1. 출퇴근 때 승용자동차를 함께 타는 경우
2. 천재지변, 긴급 수송, 교육 목적을 위한 운행, 그 밖에 국토해양부령으로 정하는 사유에 해당되는 경우로서 특별자치도지사·시장·군수·구청장(자치구의 구청장을 말한다. 이하 같다)의 허가를 받은 경우

② 제1항제2호의 유상운송 허가의 대상 및 기간 등은 국토해양부령으로 정한다.

제82조【자가용자동차의 노선운행 금지】 ① 자가용자동차는 고객을 유치할 목적으로 노선을 정하여 운행하여서는 아니 된다. 다만, 다음 각 호의 어느 하나에 해당하는 경우에는 노선을 정하여 운행할 수 있다.

1. 학교, 학원, 유치원, 「영유아보육법」에 따른 어린이집, 호텔, 교육·문화·예술·체육시설(「유통산업발전법」제2조제3호에 따른 대규모점포에 부설된 시설은 제외한다), 종교시설, 금융기관 또는 병원 이용자를 위하여 운행하는 경우
2. 대중교통수단이 없는 지역 등 대통령령으로 정하는 사유에 해당하는 경우로서 특별자치도지사·시장·군수·구청장의 허가를 받은 경우

② 제1항제2호의 허가의 대상 및 조건 등에 관하여 필요한 사항은 국토해양부령으로 정한

다. 〈개정 2011.6.7〉

제83조 【자가용자동차 사용의 제한 또는 금지】 ① 특별자치도지사 · 시장 · 군수 또는 구청장은 자가용자동차를 사용하는 자가 다음 각 호의 어느 하나에 해당하면 6개월 이내의 기간을 정하여 그 자동차의 사용을 제한하거나 금지할 수 있다.

1. 자가용자동차를 사용하여 여객자동차운송사업을 경영한 경우
2. 제81조제1항제2호에 따른 허가를 받지 아니하고 자가용자동차를 유상으로 운송에 사용하거나 임대한 경우

② 특별자치도지사 · 시장 · 군수 또는 구청장이 제1항에 따라 자가용자동차의 사용을 금지한 경우에는 제89조를 준용한다. 〈개정 2012.2.1〉

제84조 【자동차의 차령 제한 등】 ① 여객자동차 운수사업에 사용되는 자동차는 자동차의 종류와 여객자동차 운수사업의 종류에 따라 대통령령으로 정하는 연한(이하 "차령(車齡)"이라 한다)을 넘겨 운행하지 못한다. 다만, 시 · 도지사는 해당 시 · 도의 여객자동차 운수사업용 자동차의 운행여건 등을 고려하여 대통령령으로 정하는 안전성 요건이 충족되는 경우에는 2년의 범위에서 차령을 연장할 수 있다.

② 여객자동차 운수사업의 면허, 등록, 증차 또는 대폐차(代廢車: 차령이 만료된 차량 등을 다른 차량으로 대체하는 것을 말한다)에 충당되는 자동차는 자동차의 종류와 여객자동차 운수사업의 종류에 따라 3년을 넘지 아니하는 범위에서 대통령령으로 정하는 연한(이하 "차량충당연한" 이라 한다) 이내로 하여야 한다. 다만, 다음 각 호의 어느 하나에 해당하는 경우에는 그러하지 아니하다.

1. 노선 여객자동차운송사업의 면허를 받거나 등록을 한 자가 보유 차량으로 노선 여객자동차운송사업 범위에서 업종 변경을 위하여 면허를 받거나 등록을 하는 경우
2. 대통령령으로 정하는 노선 여객자동차운송사업자가 대폐차하는 경우에는 기존의 자동차보다 차령이 낮은 자동차로서 그 차령이 6년 이내인 여객자동차운송사업용 자동차로 충당하는 경우
3. 여객자동차 운수사업에 사용되는 자동차의 도난으로 말소등록이 되었음에도 불구하고 여객자동차 운수사업자가 「자동차관리법」 제43조제1항제4호에 따른 임시검사에 합격한 자동차를 다시 등록하는 경우. 다만, 차령을 초과한 자동차는 제외한다.

③ 국토해양부장관은 자동차의 제작 · 조립이 중단되거나 출고가 지연되는 등 부득이한 사유로 자동차를 공급하는 것이 현저히 곤란하다고 인정하면 6개월의 범위에서 제1항에 따른 차령을 초과하여 운행하게 할 수 있다.

④ 제1항에 따른 차령과 그 연장요건, 제2항에 따른 차령충당연한의 기산일(起算日) 및 계산 방법 등에 관하여 필요한 사항은 대통령령으로 정한다.〈개정 2012.5.23〉

제85조【면허취소 등】① 국토해양부장관 또는 시·도지사(터미널사업·자동차대여사업 및 대통령령으로 정하는 여객자동차운송사업인 경우만 해당한다)는 여객자동차 운수사업자가 다음 각 호의 어느 하나에 해당하면 면허·허가·인가 또는 등록을 취소하거나 6개월 이내의 기간을 정하여 사업의 전부 또는 일부를 정지하도록 명하거나 노선폐지 또는 감차 등이 따르는 사업계획 변경을 명할 수 있다. 다만, 제5호·제8호 및 제39호의 경우에는 면허 또는 등록을 취소하여야 한다.

1. 면허·허가 또는 인가를 받거나 등록한 사항을 정당한 사유 없이 실시하지 아니한 경우
2. 사업경영의 불확실, 자산상태의 현저한 불량, 그 밖의 사유로 사업을 계속하는 것이 적합하지 아니하여 국민의 교통편의를 해치는 경우
3. 중대한 교통사고 또는 빈번한 교통사고로 많은 사람을 죽거나 다치게 한 경우
4. 제4조에 따른 면허를 받거나 등록한 여객자동차운송사업용 자동차를 타인에게 대여한 경우
5. 거짓이나 그 밖의 부정한 방법으로 제4조·제28조 또는 제36조에 따른 여객자동차운송사업·자동차대여사업 또는 터미널사업의 면허(변경면허를 포함한다)를 받거나 등록을 한 경우
6. 제4조·제28조 또는 제36조에 따라 면허를 받거나 등록한 업종의 범위·노선·운행계통·사업구역·업무범위 및 면허기간(한정면허의 경우에만 해당한다) 등을 위반하여 사업을 한 경우
7. 제5조·제29조 또는 제37조에 따른 여객자동차운송사업·자동차대여사업 또는 터미널사업의 면허기준이나 등록기준을 충족하지 못하게 된 경우. 다만, 3개월 이내에 그 기준을 충족시킨 경우에는 그러하지 아니하다.
8. 운송사업자·자동차대여사업자 또는 터미널사업자가 제6조 각 호의 어느 하나에 해당하게 된 경우. 다만, 법인의 임원 중 그 사유에 해당하는 자가 있는 경우로서 3개월 이내에 그 임원을 개임(改任)한 경우와 피상속인이 사망한 날부터 60일 이내에 상속인이 여객자동차 운수사업을 다른 사람에게 양도한 경우에는 그러하지 아니하다.
9. 제7조를 위반하여 국토해양부장관 또는 시·도지사가 지정한 기일 또는 기간 내에 운송을 시작하지 아니 한 경우

10. 제8조를 위반하여 운임·요금의 신고 또는 변경신고를 하지 아니하거나 부당한 요금을 받은 경우 또는 1년에 3회 이상 6세 미만인 아이의 무상운송을 거절한 경우

11. 제9조 또는 제31조를 위반하여 운송약관 또는 대여약관의 신고 또는 변경신고를 하지 아니하거나 신고한 약관을 이행하지 아니한 경우

12. 제10조(제35조에서 준용하는 경우를 포함한다)를 위반하여 인가·등록 또는 신고를 하지 아니하고 사업계획을 변경한 경우

13. 제12조(제35조에서 준용하는 경우를 포함한다)에 따른 명의이용 금지를 위반한 경우

14. 제13조를 위반하여 신고하지 아니하고 여객자동차운송사업을 관리위탁하거나 운송사업자가 아닌 자에게 관리위탁한 경우

15. 제14조(제35조 및 제48조에서 준용하는 경우를 포함한다)를 위반하여 인가를 받지 아니하거나 신고를 하지 아니하고 여객자동차운송사업을 양도·양수하거나 법인을 합병한 경우

16. 제16조(제35조 및 제48조에서 준용하는 경우를 포함한다)를 위반하여 허가를 받지 아니하거나 신고를 하지 아니하고 여객자동차운송사업을 휴업 또는 폐업하거나 휴업기간이 지난 후에도 사업을 재개(再開)하지 아니한 경우

17. 제17조를 위반하여 1년에 3회 이상 사업용자동차의 표시를 하지 아니한 경우

18. 삭제〈2012.2.1〉

19. 제21조제1항에 따른 준수 사항을 위반하여 과태료 처분을 받은 날부터 1년 이내에 다시 3회 이상 위반한 경우

20. 제21조제2항을 위반하여 운수종사자의 자격요건을 갖추지 아니한 자를 운전업무에 종사하게 한 경우20의2. 제21조제3항을 위반하여 둘 이상의 운송가맹점으로 가입한 경우20의3. 제21조제4항을 위반하여 상호를 변경하지 아니하거나 상호변경 신고를 하지 아니한 경우

21. 제21조제7항에 따른 준수 사항을 위반한 경우

22. 제23조·제33조 또는 제44조에 따른 개선명령 또는 운행명령을 이행하지 아니한 경우

23. 제25조제2항에 따른 운수종사자의 교육에 필요한 조치를 하지 아니한 경우

24. 제28조에 따른 등록 시 부여한 유예기간 내에 제29조에 따른 등록기준을 충족하지 아니하거나 사업을 시작하지 아니한 경우

25. 제32조를 위반하여 관리위탁 허가를 받지 아니하고 자동차대여사업을 관리위탁하

거나 자동차대여사업자가 아닌 자에게 관리위탁한 경우

26. 제34조제3항을 위반하여 자동차대여사업자가 사업용자동차를 사용하여 유상으로 여객을 운송하거나 이를 알선한 경우

27. 제38조제1항에 따른 공사시행의 인가(변경인가를 포함한다)를 받지 아니하고 터미널 시설에 관한 공사를 하거나 지정된 기간까지 공사를 마치지 아니한 경우

28. 제39조를 위반하여 제38조제4항에 따른 시설확인을 받지 아니하고 터미널의 사용을 시작한 경우

29. 정당한 사유 없이 제39조를 위반하여 시·도지사가 정한 기간 내에 터미널의 사용을 시작하지 아니한 경우

30. 제40조를 위반하여 신고 또는 변경신고를 하지 아니하고 터미널사용약관을 시행한 경우

31. 제42조제1항에 따른 터미널사업자의 준수 사항을 위반한 경우 또는 같은 조 제3항에 따른 중지명령이나 시정명령을 이행하지 아니한 경우

32. 제43조에 따른 변경인가를 받지 아니하고 터미널의 위치·규모 또는 구조·설비를 변경한 경우

33. 1년에 3회 이상 제79조제1항에 따른 보고나 서류제출을 하지 아니하거나 거짓으로 한 경우

34. 제79조제2항에 따른 검사를 거부·방해 또는 기피하거나 질문에 응하지 아니하거나 거짓으로 진술을 한 경우

35. 제83조에 따른 자가용자동차의 사용제한 또는 사용금지를 위반한 경우

36. 제84조에 따른 차령을 초과하여 운행한 경우. 다만, 같은 조 제3항에 따라 차령을 초과하여 운행하는 경우는 제외한다.

37. 대통령령으로 정하는 여객자동차운송사업의 경우 운수종사자의 운전면허가 취소되거나 제87조제1항제2호 또는 제3호에 해당되어 운수종사자의 자격이 취소된 경우

38. 이 법에 따른 면허·허가 또는 인가 등에 붙인 조건을 위반한 경우

39. 이 조에 따른 사업정지명령을 위반하여 사업정지기간 중에 사업을 경영한 경우

40. 이 조에 따른 노선폐지·감차 등을 수반하는 사업계획의 변경명령을 이행하지 아니한 경우

② 제1항제3호에 따른 중대한 교통사고는 1건의 교통사고로 대통령령으로 정하는 수 이상의 사상자가 발생한 경우를 말하고, 빈번한 교통사고는 사상자가 발생한 교통사고가 대

통령령으로 정하는 교통사고건수 또는 교통사고지수(교통사고건수를 여객자동차 운수사업자가 소유한 자동차의 대수로 나눈 비율을 말한다)에 해당하게 된 경우를 말한다.

③ 제1항에 따른 처분의 기준 및 절차, 그 밖에 필요한 사항은 대통령령으로 정한다.

④ 국토해양부장관 또는 시·도지사는 대통령령으로 정하는 운송사업자가 다음 각 호의 어느 하나에 해당하는 경우 대통령령으로 정하는 바에 따라 그 위반의 내용 및 정도 등에 따라 벌점을 부과할 수 있으며, 그 벌점이 대통령령으로 정하는 기간 동안 일정한 점수를 초과하는 경우에는 대통령령으로 정하는 바에 따라 면허를 취소하거나 감차 등을 수반하는 사업계획의 변경을 명할 수 있다.

1. 제21조를 위반하여 이 법에 따른 처분을 받은 경우
2. 1대의 자동차를 본인이 직접 운전하는 운송사업자가 제26조를 위반하여 이 법에 따른 처분을 받은 경우
3. 운송사업자가 채용한 운수종사자가 제26조를 위반하여 이 법에 따른 처분을 받은 경우〈개정 2009.5.27, 2012.2.1, 2012.5.23〉

제86조【청문】 국토해양부장관 또는 시·도지사는 제85조제1항에 따라 제4조, 제28조 또는 제36조에 따른 여객자동차운송사업, 자동차대여사업 또는 터미널사업의 면허 또는 등록을 취소하려면 청문을 하여야 한다.

제87조【운수종사자의 자격 취소 등】 ① 국토해양부장관 또는 시·도지사는 제24조제1항의 자격을 취득한 자가 다음 각 호의 어느 하나에 해당하면 그 자격을 취소하거나 6개월 이내의 기간을 정하여 그 자격의 효력을 정지시킬 수 있다. 다만, 제3호에 해당하는 경우에는 그 자격을 취소하여야 한다.

1. 제6조제1호부터 제4호까지의 규정 중 어느 하나에 해당하는 경우
2. 부정한 방법으로 제24조제1항의 자격을 취득한 경우
3. 제24조제3항 또는 제4항에 해당하게 된 경우
4. 제26조제1항에 따른 준수 사항을 지키지 아니한 경우
5. 제26조제2항에 따른 준수 사항을 위반하여 과태료 처분을 받은 날부터 1년 이내에 다시 3회 이상 위반한 경우
6. 교통사고로 대통령령으로 정하는 수 이상으로 사람을 죽거나 다치게 한 경우
7. 운전업무와 관련하여 부정이나 비위(非違) 사실이 있는 경우
8. 이 법이나 이 법에 따른 명령 또는 처분을 위반한 경우

② 제1항에 따른 처분의 기준과 절차 등에 관하여 필요한 사항은 국토해양부령으로 정한

다. 〈개정 2012.2.1〉

제88조 【과징금 처분】 ① 국토해양부장관 또는 시ㆍ도지사는 여객자동차 운수사업자가 제49조의6제1항 또는 제85조제1항 각 호의 어느 하나에 해당하여 사업정지 처분을 하여야 하는 경우에 그 사업정지 처분이 그 여객자동차 운수사업을 이용하는 사람들에게 심한 불편을 주거나 공익을 해칠 우려가 있는 때에는 그 사업정지 처분을 갈음하여 5천만원 이하의 과징금을 부과ㆍ징수할 수 있다.

② 제1항에 따라 과징금을 부과하는 위반행위의 종류ㆍ정도 등에 따른 과징금의 액수, 그 밖에 필요한 사항은 대통령령으로 정한다.

③ 국토해양부장관 또는 시ㆍ도지사는 제1항에 따라 과징금 부과 처분을 받은 자가 과징금을 기한 내에 내지 아니하는 경우 국세 또는 지방세 체납처분의 예에 따라 징수한다.

④ 제1항에 따라 징수한 과징금은 다음 각 호 외의 용도로는 사용할 수 없다.

1. 벽지노선이나 그 밖에 수익성이 없는 노선으로서 대통령령으로 정하는 노선을 운행하여서 생긴 손실의 보전(補塡)
2. 운수종사자의 양성, 교육훈련, 그 밖의 자질 향상을 위한 시설과 운수종사자에 대한 지도 업무를 수행하기 위한 시설의 건설 및 운영
3. 지방자치단체가 설치하는 터미널을 건설하는 데에 필요한 자금의 지원
4. 터미널 시설의 정비ㆍ확충
5. 여객자동차 운수사업의 경영 개선이나 그 밖에 여객자동차 운수사업의 발전을 위하여 필요한 사업
6. 제1호부터 제5호까지의 규정 중 어느 하나의 목적을 위한 보조나 융자
7. 이 법을 위반하는 행위를 예방 또는 근절하기 위하여 지방자치단체가 추진하는 사업

⑤ 시ㆍ도지사는 국토해양부령으로 정하는 바에 따라 과징금으로 징수한 금액의 운용 계획을 수립하여 시행하여야 한다.

⑥ 제4항과 제5항에 따른 과징금 사용의 절차ㆍ대상, 운용 계획의 수립ㆍ시행, 그 밖에 필요한 사항은 대통령령으로 정한다. 〈개정 2009.5.27, 2012.2.1〉

제89조 【자동차의 사용정지】 ① 운송사업자는 다음 각 호의 어느 하나에 해당하면 그 자동차의 자동차 등록증과 자동차 등록번호판을 시ㆍ도지사에게 반납하여야 한다.

1. 제4조제3항에 따라 면허 기간을 정하여 받은 한정면허의 면허 기간이 끝난 경우
2. 제16조제1항 및 제2항(제35조에서 준용하는 경우를 포함한다)에 따라 휴업ㆍ폐업의 허가를 받거나 신고를 한 경우

3. 제85조제1항에 따라 면허 · 등록 · 허가 또는 인가의 취소, 사업정지 처분이나 감차
   가 따르는 사업계획 변경명령을 받은 경우
② 시 · 도지사는 운송사업자가 제1항을 이행하지 아니하는 경우에는 그 자동차의 자동차
등록증과 자동차 등록번호판을 영치(領置)하여야 한다.
③ 시 · 도지사는 다음 각 호의 어느 하나에 해당하는 경우 제1항에 따라 반납 받은 자동차
등록증과 자동차 등록번호판을 그 운송사업자에게 되돌려 주어야 한다.
   1. 제16조(제35조에서 준용하는 경우를 포함한다)에 따른 휴업 기간이 끝난 경우
   2. 제85조제1항에 따른 사업정지 처분 기간이 끝난 경우
④ 제3항에 따라 자동차 등록번호판을 되돌려 받은 운송사업자는 이를 그 자동차에 달고
시 · 도지사의 봉인(封印)을 받아야 한다.

제 10 장   벌 칙

제90조 【벌칙】 다음 각 호의 어느 하나에 해당하는 자는 2년 이하의 징역 또는 2천만원 이
하의 벌금에 처한다.
   1. 제4조제1항에 따른 면허를 받지 아니하거나 등록을 하지 아니하고 여객자동차운송
      사업을 경영한 자 또는 제2조에서 정한 자동차 이외의 자동차(「자동차관리법」 제3조
      에 따른 화물자동차 · 특수자동차 · 이륜자동차를 말한다)를 사용하여 여객자동차운
      송사업 형태의 행위를 한 자
   2. 부정한 방법으로 제4조제1항에 따른 여객자동차운송사업의 면허를 받거나 등록을
      한 자
   3. 제12조(제35조에서 준용하는 경우를 포함한다)에 따른 명의이용 금지를 위반한 자
   4. 제28조제1항에 따른 등록을 하지 아니하고 자동차대여사업을 경영한 자
   5. 부정한 방법으로 제28조제1항에 따른 자동차대여사업을 등록한 자
   6. 제32조제1항에 따른 관리위탁 허가를 받지 아니하거나 부정한 방법으로 관리위탁
      허가를 받아 자동차대여사업을 관리위탁한 자와 이 자로부터 관리위탁을 받은 자
   7. 제34조제3항을 위반하여 사업용자동차를 사용하여 유상으로 여객을 운송하거나 이
      를 알선한 자동차대여사업자
   8. 제81조를 위반하여 자가용자동차를 유상으로 운송용으로 제공하거나 임대한 자

9. 제82조제1항을 위반하여 고객을 유치할 목적으로 노선을 정하여 자가용자동차를 운행한 자
10. 제85조제1항에 따른 사업정지 처분 기간 중에 여객자동차 운수사업을 경영한 자 〈개정 2008.3.28〉

제91조【벌칙】 제36조에 따른 면허(변경면허를 포함한다)를 받지 아니하고 터미널사업을 경영하거나 부정한 방법으로 면허(변경면허를 포함한다)를 받은 자는 1년 이하의 징역 또는 1천만원 이하의 벌금에 처한다.

제92조【벌칙】 다음 각 호의 어느 하나에 해당하는 자는 1천만원 이하의 벌금에 처한다.

1. 삭제〈2009.5.27〉
2. 제9조제1항에 따른 운송약관을 신고하지 아니하거나 신고한 운송약관을 이행하지 아니한 자
3. 제10조(제35조에서 준용하는 경우를 포함한다)에 따른 인가를 받지 아니하거나 등록 또는 신고를 하지 아니하고 사업계획을 변경한 자
4. 제11조(제35조에서 준용하는 경우를 포함한다)를 위반하여 공동운수협정을 체결하거나 변경한 자
5. 제13조제1항에 따른 관리위탁 신고를 하지 아니하거나 거짓 신고를 하고 여객자동차운송사업을 관리위탁한 자
6. 제14조(제35조와 제48조에서 준용하는 경우를 포함한다)에 따른 인가를 받지 아니하거나 신고를 하지 아니하고 여객자동차 운수사업을 양도·양수하거나 법인을 합병한 자
7. 삭제〈2009.5.27〉
8. 제16조(제35조와 제48조에서 준용하는 경우를 포함한다)에 따른 허가를 받지 아니하거나 신고를 하지 아니하고 여객자동차 운수사업을 휴업하거나 폐업한 자
9. 제21조제2항을 위반하여 운수종사자의 자격요건을 갖추지 아니한 사람을 운전업무에 종사하게 한 자
10. 자동차대여사업을 시작하기 전까지 제31조제1항에 따른 대여약관을 신고하지 아니하거나 신고한 대여약관을 이행하지 아니한 자
11. 제34조제1항을 위반하여 임차한 자동차를 유상 운송에 사용하거나 다시 남에게 대여한 자
12. 제34조제2항을 위반하여 운전자를 알선한 자

13. 제38조제4항을 위반하여 시설확인을 받지 아니하고 터미널 사용을 시작한 자
14. 제40조제1항에 따른 사용약관을 신고하지 아니하거나 신고한 사용약관을 위반한 자
15. 제41조에 따라 시설사용료에 관한 인가를 받지 아니한 자
16. 제43조에 따른 인가를 받지 아니하고 터미널의 위치·규모와 구조·설비 등을 변경한 자〈개정 2012.2.1〉

제93조 【양벌규정】 법인의 대표자나 법인 또는 개인의 대리인, 사용인, 그 밖의 종업원이 그 법인 또는 개인의 업무에 관하여 제90조부터 제92조까지의 어느 하나에 해당하는 위반행위를 하면 그 행위자를 벌하는 외에 그 법인 또는 개인에게도 해당 조문의 벌금형을 과(科)한다. 다만, 법인 또는 개인이 그 위반행위를 방지하기 위하여 해당 업무에 관하여 상당한 주의와 감독을 게을리하지 아니한 경우에는 그러하지 아니하다.〈전문개정 2009.5.27〉

제94조 【과태료】 ① 다음 각 호의 어느 하나에 해당하는 자에게는 1천만원 이하의 과태료를 부과한다.
1. 제8조를 위반하여 운임·요금을 신고하지 아니한 자
2. 제15조제1항(제35조와 제48조에서 준용하는 경우를 포함한다)에 따른 상속 신고를 하지 아니한 자
3. 제21조제1항을 위반하여 운수종사자로부터 운송수입금의 전액을 납부받지 아니한 자
4. 제66조(제60조제2항에서 준용하는 경우를 포함한다)에 따른 개선명령을 따르지 아니한 자
5. 제67조(제60조제2항에서 준용하는 경우를 포함한다)에 따른 임직원에 대한 징계·해임의 요구에 따르지 아니하거나 시정명령을 따르지 아니한 자

② 다음 각 호의 어느 하나에 해당하는 자에게는 500만원 이하의 과태료를 부과한다.
1. 제8조제4항을 위반하여 어린이의 운임을 받은 자. 다만, 제85조제1항제10호에 따라 처분을 받은 자에 대하여는 해당 위반행위에 대한 과태료를 부과하지 아니한다.
2. 제17조를 위반하여 사업용 자동차의 표시를 하지 아니한 자. 다만, 제85조제1항제17호에 따라 처분을 받은 자에 대하여는 해당 위반행위에 대한 과태료를 부과하지 아니한다.
3. 제19조제2항에 따른 보고를 하지 아니하거나 거짓 보고를 한 자
4. 제22조를 위반하여 운수종사자 취업현황을 알리지 아니한 자
5. 삭제〈2012.2.1〉

6. 제24조제1항의 운수종사자의 요건을 갖추지 아니하고 여객자동차운송사업의 운전 업무에 종사한 자

7 · 8. 삭제〈2012.2.1〉

9. 제45조에 따른 터미널 사용명령을 위반한 자

10. 제56조에 따른 정관변경 등의 명령을 따르지 아니한 자

11. 제65조제1항(제60조제2항에서 준용하는 경우를 포함한다)에 따른 보고서를 제출하지 아니하거나 거짓 보고서를 제출한 자 또는 조사나 검사를 거부 · 방해 또는 기피한 자

12. 제79조제1항에 따른 보고를 하지 아니하거나 거짓으로 보고한 자. 다만, 제85조제1항제33호에 따라 처분을 받은 자에 대하여는 해당 위반행위에 대한 과태료를 부과하지 아니한다.

13. 제79조제1항에 따른 서류 제출을 하지 아니하거나 거짓 서류를 제출한 자. 다만, 제85조제1항제33호에 따라 처분을 받은 자에 대하여는 해당 위반행위에 대한 과태료를 부과하지 아니한다.

14. 정당한 사유 없이 제79조제2항에 따른 검사 또는 질문에 불응하거나 이를 방해 또는 기피한 자

15. 제83조에 따른 자가용자동차의 사용 제한 또는 금지에 관한 명령을 위반한 자

16. 제89조제1항을 위반하여 자동차 등록증과 자동차 등록번호판을 반납하지 아니한 자

③ 다음 각 호의 어느 하나에 해당하는 자에게는 50만원 이하의 과태료를 부과한다.

1. 제21조제5항을 위반하여 좌석안전띠가 정상적으로 작동될 수 있는 상태를 유지하지 아니한 자

2. 제21조제6항을 위반하여 운수종사자에게 여객의 좌석안전띠 착용에 관한 교육을 하지 아니한 자

3. 제26조제1항 또는 제2항을 위반한 자

④ 제26조제3항을 위반한 자에게는 10만원 이하의 과태료를 부과한다. 다만, 「도로교통법」 제160조제2항제2호에 따라 과태료 처분을 받은 경우에는 그러하지 아니하다.

⑤ 제1항부터 제4항까지의 규정에 따른 과태료는 대통령령으로 정하는 바에 따라 국토해양부장관 또는 시 · 도지사가 부과 · 징수한다.

⑥ · ⑦ 삭제〈2009.5.27〉〈개정 2009.5.27, 2012.2.1, 2012.5.23〉

제95조【과태료 규정의 적용 특례】 제94조의 과태료 규정을 적용할 때 제88조에 따라 과징

금을 부과 받은 자에게는 그 위반행위에 대하여 과태료를 부과할 수 없다.

부 칙

제1조【시행일】 이 법은 2008년 7월 14일부터 시행한다.

제2조【자동차대여사업자의 의무위반에 따른 면허취소 등에 관한 적용례】 제85조제1항제26호 및 제90조제7호의 개정규정은 법률 제8511호 여객자동차 운수사업법 일부개정법률의 시행일인 2008년 1월 14일 이후 최초로 제34조제3항의 개정규정을 위반한 경우부터 적용한다.

제3조【운수종사자의 자격취소에 따른 사업면허의 취소에 관한 적용례】 제85조제1항제37호의 개정규정은 법률 제8511호 여객자동차 운수사업법 일부개정법률의 시행일인 2008년 1월 14일 이후 최초로 운수종사자의 자격이 취소되는 것부터 적용한다.

제4조【운수종사자의 자격 취소 등에 관한 경과조치】 2006년 6월 8일 전에 제24조제2항과 제3항에 따라 자격을 취득한 자에 대하여는 제24조제4항과 제87조제1항제3호의 개정규정을 적용하지 아니한다. 다만, 2006년 6월 8일 이후 제24조제4항의 개정규정에 해당하는 경우에는 제87조제1항제3호의 개정규정을 적용한다.

제5조【처분 등에 관한 일반적 경과조치】 이 법 시행 당시 종전의 규정에 따른 행정기관의 행위나 행정기관에 대한 행위는 그에 해당하는 이 법에 따른 행정기관의 행위나 행정기관에 대한 행위로 본다.

제6조【벌칙이나 과태료에 관한 경과조치】 이 법 시행 전의 행위에 대하여 벌칙이나 과태료 규정을 적용할 때에는 종전의 규정에 따른다.

제7조【다른 법률의 개정】 〈해당 법령에 정리〉

제8조【다른 법령과의 관계】 이 법 시행 당시 다른 법령에서 종전의 「여객자동차 운수사업법」 또는 그 규정을 인용한 경우에 이 법 가운데 그에 해당하는 규정이 있으면 종전의 규정을 갈음하여 이 법 또는 이 법의 해당 규정을 인용한 것으로 본다.

부 칙 〈2008.3.28〉

이 법은 2008년 7월 14일부터 시행한다.

부 칙〈2009.5.27〉

① 【시행일】 이 법은 공포 후 6개월이 경과한 날부터 시행한다.
② 【국가의 감차보상에 관한 특례】 국가는 제50조제3항의 개정규정에 따라 감차보상을 하는 경우 제5조제3항의 개정규정에 따라 최초로 수립되는 수송력 공급계획을 초과하는 차량에 대한 감차보상에 소요되는 비용에 한하여 지원할 수 있다.
③ 【여객자동차운송사업의 양도 · 양수 및 상속 제한에 관한 경과조치】 이 법 시행일 전에 종전의 규정에 따라 여객자동차운송사업의 면허를 받은 경우에 그 양도 · 양수 및 상속의 제한에 관하여는 제14조제3항 및 제15조제1항 단서의 개정규정에도 불구하고 종전의 규정에 따른다.
④ 【벌칙에 관한 경과조치】 이 법 시행 전의 행위에 대하여 벌칙을 적용할 때에는 종전의 규정에 따른다.

부 칙〈2011.5.19〉

이 법은 공포 후 3개월이 경과한 날부터 시행한다.

부 칙〈2012.2.1〉

제1조 【시행일】 이 법은 공포 후 6개월이 경과한 날부터 시행한다.
제2조 【여객자동차운송사업의 운전업무 종사자격에 관한 적용례】 제24조제3항 또는 제4항의 개정규정은 이 법 시행 후 형을 선고받은 사람부터 적용한다.
제3조 【여객자동차운송사업의 운전업무 종사자격에 관한 경과조치】 ① 이 법 공포 당시 종전의 규정에 따라 여객자동차운송사업의 운전업무에 종사하고 있던 사람으로서 이 법 시행일 이후에도 계속하여 해당 운전업무에 종사하려는 사람은 이 법 시행일부터 6개월 이내에 국토해양부장관이 정하는 바에 따라 국토해양부장관에게 신고하여야 한다.
② 국토해양부장관은 제1항에 따라 신고한 사람에 대하여는 제24조의 개정규정에도 불구하고 여객자동차운송사업의 운전업무 종사자격이 있는 것으로 보아 그 자격을 부여하여야 한다.
③ 이 법 공포일의 다음 날부터 이 법 시행일의 전일까지 종전의 규정에 따라 여객자동차

운송사업의 운전업무에 종사하는 사람은 제24조의 개정규정에도 불구하고 이 법 시행 후 6개월이 되는 날까지는 여객자동차운송사업의 운전업무에 종사할 수 있다.

부　칙〈2012.5.23〉

제1조 【시행일】 이 법은 공포 후 6개월이 경과한 날부터 시행한다.

제2조 【공제조합 운영위원회 위원의 결격사유에 관한 적용례】 제63조의2제1항 및 제2항의 개정규정은 이 법 시행 후 최초로 공제조합 운영위원회 위원으로 위촉되거나 선임되는 사람부터 적용한다. 다만, 이 법 시행 당시 공제조합 운영위원회 위원의 경우에는 이 법 시행 후 최초로 발생하는 사유로 인하여 공제조합 운영위원회 위원의 결격사유에 해당하게 되는 경우부터 적용한다.

2. 도로교통법

$$\begin{pmatrix} 2005년 \quad 5월 \quad 31일 \\ 법 \quad 률 \quad 제7545호 \quad 전문개정 \end{pmatrix}$$

개정

2005.8. 4 법 7666호	2006. 4.28 법 7936호
2006.7.19 법 7969호	2007.12.21 법 8736호
2008.1.17 법 8845호	
2008.2.29 법 8852호(정부조직법)	
2008.3.21 법 8976호(도로법)	2008. 6.13 법 9115호
2009.4. 1 법 9580호	2009.12.29 법 9845호
2010.1.18 법 9932호(정부조직법)	2010. 7.23 법 10382호
2011.6. 8 법 10790호	
2012.2.10 법 11298호(난민법)	2012. 3.21 법 11402호

제 1 장 총 칙

제1조【목적】 이 법은 도로에서 일어나는 교통상의 모든 위험과 장해를 방지하고 제거하여 안전하고 원활한 교통을 확보함을 목적으로 한다.

제2조 (정의) 이 법에서 사용하는 용어의 뜻은 다음과 같다.

1. "도로"란 다음 각 목에 해당하는 곳을 말한다.

가. 「도로법」에 따른 도로

나. 「유료도로법」에 따른 유료도로

다. 「농어촌도로 정비법」에 따른 농어촌도로

라. 그 밖에 현실적으로 불특정 다수의 사람 또는 차마(차마)가 통행할 수 있도록 공개된 장소로서 안전하고 원활한 교통을 확보할 필요가 있는 장소

2. "자동차전용도로"란 자동차만 다닐 수 있도록 설치된 도로를 말한다.

3. "고속도로"란 자동차의 고속 운행에만 사용하기 위하여 지정된 도로를 말한다.

4. "차도"(차도)란 연석선(차도와 보도를 구분하는 돌 등으로 이어진 선을 말한다. 이하 같다), 안전표지 또는 그와 비슷한 인공구조물을 이용하여 경계(경계)를 표시하여 모든 차가 통행할 수 있도록 설치된 도로의 부분을 말한다.

5. "중앙선"이란 차마의 통행 방향을 명확하게 구분하기 위하여 도로에 황색 실선(실선)이나 황색 점선 등의 안전표지로 표시한 선 또는 중앙분리대나 울타리 등으로 설치한 시설물을 말한다. 다만, 제14조제1항 후단에 따라 가변차로(가변차로)가 설치된 경우에는 신호기가 지시하는 진행방향의 가장 왼쪽에 있는 황색 점선을 말한다.

6. "차로"란 차마가 한 줄로 도로의 정하여진 부분을 통행하도록 차선(차선)으로 구분한 차도의 부분을 말한다.

7. "차선"이란 차로와 차로를 구분하기 위하여 그 경계지점을 안전표지로 표시한 선을 말한다.

8. "자전거도로"란 안전표지, 위험방지용 울타리나 그와 비슷한 인공구조물로 경계를 표시하여 자전거가 통행할 수 있도록 설치된 「자전거이용 활성화에 관한 법률」 제3조 각 호의 도로를 말한다.

9. "자전거횡단도"란 자전거가 일반도로를 횡단할 수 있도록 안전표지로 표시한 도로의 부분을 말한다.

10. "보도"(보도)란 연석선, 안전표지나 그와 비슷한 인공구조물로 경계를 표시하여 보

행자(유모차와 행정안전부령으로 정하는 보행보조용 의자차를 포함한다. 이하 같다)가 통행할 수 있도록 한 도로의 부분을 말한다.

11. "길가장자리구역"이란 보도와 차도가 구분되지 아니한 도로에서 보행자의 안전을 확보하기 위하여 안전표지 등으로 경계를 표시한 도로의 가장자리 부분을 말한다.

12. "횡단보도"란 보행자가 도로를 횡단할 수 있도록 안전표지로 표시한 도로의 부분을 말한다.

13. "교차로"란 '십' 자로, 'T' 자로나 그 밖에 둘 이상의 도로(보도와 차도가 구분되어 있는 도로에서는 차도를 말한다)가 교차하는 부분을 말한다.

14. "안전지대"란 도로를 횡단하는 보행자나 통행하는 차마의 안전을 위하여 안전표지나 이와 비슷한 인공구조물로 표시한 도로의 부분을 말한다.

15. "신호기"란 도로교통에서 문자 · 기호 또는 등화(등화)를 사용하여 진행 · 정지 · 방향전환 · 주의 등의 신호를 표시하기 위하여 사람이나 전기의 힘으로 조작하는 장치를 말한다.

16. "안전표지"란 교통안전에 필요한 주의 · 규제 · 지시 등을 표시하는 표지판이나 도로의 바닥에 표시하는 기호 · 문자 또는 선 등을 말한다.

17. "차마"란 다음 각 목의 차와 우마를 말한다.

가. "차"란 다음의 어느 하나에 해당하는 것을 말한다.

1) 자동차

2) 건설기계

3) 원동기장치자전거

4) 자전거

5) 사람 또는 가축의 힘이나 그 밖의 동력(동력)으로 도로에서 운전되는 것. 다만, 철길이나 가설(가설)된 선을 이용하여 운전되는 것, 유모차와 행정안전부령으로 정하는 보행보조용 의자차는 제외한다.

나. "우마"란 교통이나 운수(운수)에 사용되는 가축을 말한다.

18. "자동차"란 철길이나 가설된 선을 이용하지 아니하고 원동기를 사용하여 운전되는 차(견인되는 자동차도 자동차의 일부로 본다)로서 다음 각 목의 차를 말한다.

가. 「자동차관리법」 제3조에 따른 다음의 자동차. 다만, 원동기장치자전거는 제외한다.

1) 승용자동차

2) 승합자동차

3) 화물자동차

4) 특수자동차

5) 이륜자동차나. 「건설기계관리법」 제26조제1항 단서에 따른 건설기계

19. "원동기장치자전거"란 다음 각 목의 어느 하나에 해당하는 차를 말한다.가. 「자동차관리법」 제3조에 따른 이륜자동차 가운데 배기량 125시시 이하의 이륜자동차나. 배기량 50시시 미만(전기를 동력으로 하는 경우에는 정격출력 0.59킬로와트 미만)의 원동기를 단 차

20. "자전거"란 「자전거이용 활성화에 관한 법률」 제2조제1호에 따른 자전거를 말한다.

21. "자동차등"이란 자동차와 원동기장치자전거를 말한다.

22. "긴급자동차"란 다음 각 목의 자동차로서 그 본래의 긴급한 용도로 사용되고 있는 자동차를 말한다.

가. 소방차

나. 구급차

다. 혈액 공급차량

라. 그 밖에 대통령령으로 정하는 자동차

23. "어린이통학버스"란 다음 각 목의 시설 가운데 어린이(13세 미만인 사람을 말한다. 이하 같다)를 교육 대상으로 하는 시설에서 어린이의 통학 등에 이용되는 자동차로서 제52조에 따라 신고한 자동차를 말한다.

가. 「유아교육법」에 따른 유치원, 「초·중등교육법」에 따른 초등학교 및 특수학교

나. 「영유아보육법」에 따른 어린이집

다. 「학원의 설립·운영 및 과외교습에 관한 법률」에 따라 설립된 학원

라. 「체육시설의 설치·이용에 관한 법률」에 따라 설립된 체육시설

24. "주차"란 운전자가 승객을 기다리거나 화물을 싣거나 차가 고장 나거나 그 밖의 사유로 차를 계속 정지 상태에 두는 것 또는 운전자가 차에서 떠나서 즉시 그 차를 운전할 수 없는 상태에 두는 것을 말한다.

25. "정차"란 운전자가 5분을 초과하지 아니하고 차를 정지시키는 것으로서 주차 외의 정지 상태를 말한다.

26. "운전"이란 도로(제44조·제45조·제54조제1항·제148조 및 제148조의2의 경우에는 도로 외의 곳을 포함한다)에서 차마를 그 본래의 사용방법에 따라 사용하는 것(조종을 포함한다)을 말한다.

27. "초보운전자"란 처음 운전면허를 받은 날(처음 운전면허를 받은 날부터 2년이 지나기 전에 운전면허의 취소처분을 받은 경우에는 그 후 다시 운전면허를 받은 날을 말한다)부터 2년이 지나지 아니한 사람을 말한다. 이 경우 원동기장치자전거면허만 받은 사람이 원동기장치자전거면허 외의 운전면허를 받은 경우에는 처음 운전면허를 받은 것으로 본다.

28. "서행"(서행)이란 운전자가 차를 즉시 정지시킬 수 있는 정도의 느린 속도로 진행하는 것을 말한다.

29. "앞지르기"란 차의 운전자가 앞서가는 다른 차의 옆을 지나서 그 차의 앞으로 나가는 것을 말한다.

30. "일시정지"란 차의 운전자가 그 차의 바퀴를 일시적으로 완전히 정지시키는 것을 말한다.

31. "보행자전용도로"란 보행자만 다닐 수 있도록 안전표지나 그와 비슷한 인공구조물로 표시한 도로를 말한다.

32. "자동차운전학원"이란 자동차등의 운전에 관한 지식 · 기능을 교육하는 시설로서 다음 각 목의 시설 외의 시설을 말한다.

　가. 교육 관계 법령에 따른 학교에서 소속 학생 및 교직원의 연수를 위하여 설치한 시설

　나. 사업장 등의 시설로서 소속 직원의 연수를 위한 시설

　다. 전산장치에 의한 모의운전 연습시설

　라. 지방자치단체 등이 신체장애인의 운전교육을 위하여 설치하는 시설 가운데 지방경찰청장이 인정하는 시설

　마. 대가(대가)를 받지 아니하고 운전교육을 하는 시설

　바. 운전면허를 받은 사람을 대상으로 다양한 운전경험을 체험할 수 있도록 하기 위하여 도로가 아닌 장소에서 운전교육을 하는 시설

33. "모범운전자"란 제146조에 따라 무사고운전자 또는 유공운전자의 표시장을 받거나 2년 이상 사업용 자동차 운전에 종사하면서 교통사고를 일으킨 전력이 없는 사람으로서 경찰청장이 정하는 바에 따라 선발되어 교통안전 봉사활동에 종사하는 사람을 말한다. [전문개정 2011.6.8] [개정 2012.3.21]

제3조【신호기 등의 설치 및 관리】 ① 특별시장 · 광역시장 · 제주특별자치도지사 또는 시장 · 군수(광역시의 군수는 제외한다. 이하 "시장등"이라 한다)는 도로에서의 위험을 방지하고 교통의 안전과 원활한 소통을 확보하기 위하여 필요하다고 인정하는 경우에는 신호

기 및 안전표지(이하 "교통안전시설"이라 한다)를 설치·관리하여야 한다. 다만, 「유료도로법」 제6조에 따른 유료도로에서는 시장등의 지시에 따라 그 도로관리자가 교통안전시설을 설치·관리하여야 한다.

② 도(도)는 제1항에 따라 시장이나 군수가 교통안전시설을 설치·관리하는 데에 드는 비용의 전부 또는 일부를 시(시)나 군(군)에 보조할 수 있다.

③ 시장등은 대통령령으로 정하는 사유로 도로에 설치된 교통안전시설을 철거하거나 원상회복이 필요한 경우에는 그 사유를 유발한 사람으로 하여금 해당 공사에 드는 비용의 전부 또는 일부를 부담하게 할 수 있다.

④ 제3항에 따른 부담금의 부과기준 및 환급에 관하여 필요한 사항은 대통령령으로 정한다.

⑤ 시장등은 제3항에 따라 부담금을 납부하여야 하는 사람이 지정된 기간에 이를 납부하지 아니하면 지방세 체납처분의 예에 따라 징수한다. 〈전문개정 2011.6.8〉

제4조【교통안전시설의 종류 등】 교통안전시설의 종류, 교통안전시설을 만드는 방식과 설치하는 곳, 그 밖에 교통안전시설에 관하여 필요한 사항은 행정안전부령으로 정한다. 〈전문개정 2011.6.8〉

제4조의2【무인 교통단속용 장비의 설치 및 관리】 ① 지방경찰청장, 경찰서장 또는 시장등은 이 법을 위반한 사실을 기록·증명하기 위하여 무인(무인) 교통단속용 장비를 설치·관리할 수 있다.

② 무인 교통단속용 장비의 철거 또는 원상회복 등에 관하여는 제3조제3항부터 제5항까지의 규정을 준용한다. 이 경우 "교통안전시설"은 "무인 교통단속용 장비"로 본다. 〈전문개정 2011.6.8〉

제5조【신호 또는 지시에 따를 의무】 ① 도로를 통행하는 보행자와 차마의 운전자는 교통안전시설이 표시하는 신호 또는 지시와 다음 각 호의 어느 하나에 해당하는 사람이 하는 신호 또는 지시를 따라야 한다.

  1. 교통정리를 하는 국가경찰공무원(전투경찰순경을 포함한다. 이하 같다) 및 제주특별
    자치도의 자치경찰공무원(이하 "자치경찰공무원"이라 한다)

  2. 국가경찰공무원 및 자치경찰공무원(이하 "경찰공무원"이라 한다)을 보조하는 사람
    으로서 대통령령으로 정하는 사람(이하 "경찰보조자"라 한다)

② 도로를 통행하는 보행자와 모든 차마의 운전자는 제1항에 따른 교통안전시설이 표시하는 신호 또는 지시와 교통정리를 하는 국가경찰공무원·자치경찰공무원 또는 경찰보조자(이하 "경찰공무원등"이라 한다)의 신호 또는 지시가 서로 다른 경우에는 경찰공무원등의

신호 또는 지시에 따라야 한다. 〈전문개정 2011.6.8〉

제5조의2【모범운전자연합회】 모범운전자들의 상호협력을 증진하고 교통안전 봉사활동을 효율적으로 운영하기 위하여 모범운전자연합회를 설립할 수 있다. 〈본조신설 2012.3.21〉

제5조의3【모범운전자에 대한 지원 등】 ① 국가는 예산의 범위에서 모범운전자에게 대통령령으로 정하는 바에 따라 교통정리 등의 업무를 수행하는 데 필요한 복장 및 장비를 지원할 수 있다.

② 국가는 모범운전자가 교통정리 등의 업무를 수행하는 도중 부상을 입거나 사망한 경우에 이를 보상할 수 있도록 보험에 가입할 수 있다. 〈본조신설 2012.3.21〉

제6조【통행의 금지 및 제한】 ① 지방경찰청장은 도로에서의 위험을 방지하고 교통의 안전과 원활한 소통을 확보하기 위하여 필요하다고 인정할 때에는 구간(구간)을 정하여 보행자나 차마의 통행을 금지하거나 제한할 수 있다. 이 경우 지방경찰청장은 보행자나 차마의 통행을 금지하거나 제한한 도로의 관리청에 그 사실을 알려야 한다.

② 경찰서장은 도로에서의 위험을 방지하고 교통의 안전과 원활한 소통을 확보하기 위하여 필요하다고 인정할 때에는 우선 보행자나 차마의 통행을 금지하거나 제한한 후 그 도로관리자와 협의하여 금지 또는 제한의 대상과 구간 및 기간을 정하여 도로의 통행을 금지하거나 제한할 수 있다.

③ 지방경찰청장이나 경찰서장은 제1항이나 제2항에 따른 금지 또는 제한을 하려는 경우에는 행정안전부령으로 정하는 바에 따라 그 사실을 공고하여야 한다.

④ 경찰공무원은 도로의 파손, 화재의 발생이나 그 밖의 사정으로 인한 도로에서의 위험을 방지하기 위하여 긴급히 조치할 필요가 있을 때에는 필요한 범위에서 보행자나 차마의 통행을 일시 금지하거나 제한할 수 있다. 〈전문개정 2011.6.8〉

제7조【교통 혼잡을 완화시키기 위한 조치】 경찰공무원은 보행자나 차마의 통행이 밀려서 교통 혼잡이 뚜렷하게 우려될 때에는 혼잡을 덜기 위하여 필요한 조치를 할 수 있다. 〈전문개정 2011.6.8〉

제 2 장 보행자의 통행방법
〈본장전문개정 2011.6.8〉

제8조【보행자의 통행】 ① 보행자는 보도와 차도가 구분된 도로에서는 언제나 보도로 통행

하여야 한다. 다만, 차도를 횡단하는 경우, 도로공사 등으로 보도의 통행이 금지된 경우나 그 밖의 부득이한 경우에는 그러하지 아니하다.

② 보행자는 보도와 차도가 구분되지 아니한 도로에서는 차마와 마주보는 방향의 길가장 자리 또는 길가장자리구역으로 통행하여야 한다. 다만, 도로의 통행방향이 일방통행인 경 우에는 차마를 마주보지 아니하고 통행할 수 있다.

③ 보행자는 보도에서는 우측통행을 원칙으로 한다.

제9조 【행렬등의 통행】 ① 학생의 대열과 그 밖에 보행자의 통행에 지장을 줄 우려가 있다 고 인정하여 대통령령으로 정하는 사람이나 행렬(이하 "행렬등"이라 한다)은 제8조제1항 본문에도 불구하고 차도로 통행할 수 있다. 이 경우 행렬등은 차도의 우측으로 통행하여 야 한다.

② 행렬등은 사회적으로 중요한 행사에 따라 시가를 행진하는 경우에는 도로의 중앙을 통 행할 수 있다.

③ 경찰공무원은 도로에서의 위험을 방지하고 교통의 안전과 원활한 소통을 확보하기 위 하여 필요하다고 인정할 때에는 행렬등에 대하여 구간을 정하고 그 구간에서 행렬등이 도 로 또는 차도의 우측(자전거도로가 설치되어 있는 차도에서는 자전거도로를 제외한 부분 의 우측을 말한다)으로 붙어서 통행할 것을 명하는 등 필요한 조치를 할 수 있다.

제10조 【도로의 횡단】 ① 지방경찰청장은 도로를 횡단하는 보행자의 안전을 위하여 행정안 전부령으로 정하는 기준에 따라 횡단보도를 설치할 수 있다.

② 보행자는 제1항에 따른 횡단보도, 지하도, 육교나 그 밖의 도로 횡단시설이 설치되어 있는 도로에서는 그 곳으로 횡단하여야 한다. 다만, 지하도나 육교 등의 도로 횡단시설을 이용할 수 없는 지체장애인의 경우에는 다른 교통에 방해가 되지 아니하는 방법으로 도로 횡단시설을 이용하지 아니하고 도로를 횡단할 수 있다.

③ 보행자는 제1항에 따른 횡단보도가 설치되어 있지 아니한 도로에서는 가장 짧은 거리 로 횡단하여야 한다.

④ 보행자는 모든 차의 바로 앞이나 뒤로 횡단하여서는 아니 된다. 다만, 횡단보도를 횡단 하거나 신호기 또는 경찰공무원등의 신호나 지시에 따라 도로를 횡단하는 경우에는 그러 하지 아니하다.

⑤ 보행자는 안전표지 등에 의하여 횡단이 금지되어 있는 도로의 부분에서는 그 도로를 횡단하여서는 아니 된다.

제11조 【어린이 등에 대한 보호】 ① 어린이의 보호자는 교통이 빈번한 도로에서 어린이를

놀게 하여서는 아니 되며, 유아(6세 미만인 사람을 말한다. 이하 같다)의 보호자는 교통이 빈번한 도로에서 유아가 혼자 보행하게 하여서는 아니 된다.

② 앞을 보지 못하는 사람(이에 준하는 사람을 포함한다. 이하 같다)의 보호자는 그 사람이 도로를 보행할 때에는 흰색 지팡이를 갖고 다니도록 하거나 앞을 보지 못하는 사람에게 길을 안내하는 개로서 행정안전부령으로 정하는 개(이하 "맹인안내견"이라 한다)를 동반하도록 하여야 한다.

③ 어린이의 보호자는 도로에서 어린이가 자전거를 타거나 행정안전부령으로 정하는 위험성이 큰 움직이는 놀이기구를 타는 경우에는 어린이의 안전을 위하여 행정안전부령으로 정하는 인명보호 장구(裝具)를 착용하도록 하여야 한다.

④ 경찰공무원은 신체에 장애가 있는 사람이 도로를 통행하거나 횡단하기 위하여 도움을 요청하거나 도움이 필요하다고 인정하는 경우에는 그 사람이 안전하게 통행하거나 횡단할 수 있도록 필요한 조치를 하여야 한다.

⑤ 경찰공무원은 다음 각 호의 어느 하나에 해당하는 사람을 발견한 경우에는 그들의 안전을 위하여 적절한 조치를 하여야 한다.

1. 교통이 빈번한 도로에서 놀고 있는 어린이
2. 보호자 없이 도로를 보행하는 유아
3. 앞을 보지 못하는 사람으로서 흰색 지팡이를 가지지 아니하거나 맹인안내견을 동반하지 아니하고 다니는 사람
4. 횡단보도나 교통이 빈번한 도로에서 보행에 어려움을 겪고 있는 노인(65세 이상인 사람을 말한다. 이하 같다)

제12조 【어린이 보호구역의 지정 및 관리】 ① 시장등은 교통사고의 위험으로부터 어린이를 보호하기 위하여 필요하다고 인정하는 경우에는 다음 각 호의 어느 하나에 해당하는 시설의 주변도로 가운데 일정 구간을 어린이 보호구역으로 지정하여 자동차등의 통행속도를 시속 30킬로미터 이내로 제한할 수 있다.

1. 「유아교육법」 제2조에 따른 유치원, 「초·중등교육법」 제38조 및 제55조에 따른 초등학교 또는 특수학교
2. 「영유아보육법」 제10조에 따른 어린이집 가운데 행정안전부령으로 정하는 어린이집
3. 「학원의 설립·운영 및 과외교습에 관한 법률」 제2조에 따른 학원 가운데 행정안전부령으로 정하는 학원

② 제1항에 따른 어린이 보호구역의 지정절차 및 기준 등에 관하여 필요한 사항은 교육과

학기술부, 행정안전부 및 국토해양부의 공동부령으로 정한다.

③ 차마의 운전자는 어린이 보호구역에서 제1항에 따른 조치를 준수하고 어린이의 안전에 유의하면서 운행하여야 한다.

제12조의2 【노인 및 장애인 보호구역의 지정 및 관리】 ① 시장등은 교통사고의 위험으로부터 노인 또는 장애인을 보호하기 위하여 필요하다고 인정하는 경우에는 제1호부터 제3호까지 및 제3호의2에 따른 시설의 주변도로 가운데 일정 구간을 노인 보호구역으로, 제4호에 따른 시설의 주변도로 가운데 일정 구간을 장애인 보호구역으로 각각 지정하여 차마의 통행을 제한하거나 금지하는 등 필요한 조치를 할 수 있다.

1. 「노인복지법」 제31조에 따른 노인복지시설 중 행정안전부령으로 정하는 시설
2. 「자연공원법」 제2조제1호에 따른 자연공원 또는 「도시공원 및 녹지 등에 관한 법률」 제2조제3호에 따른 도시공원
3. 「체육시설의 설치·이용에 관한 법률」 제6조에 따른 생활체육시설3의2. 그 밖에 노인이 자주 왕래하는 곳으로서 조례로 정하는 시설
4. 「장애인복지법」 제58조에 따른 장애인복지시설 중 행정안전부령으로 정하는 시설

② 제1항에 따른 노인 보호구역 또는 장애인 보호구역의 지정절차 및 기준 등에 관하여 필요한 사항은 보건복지부, 행정안전부 및 국토해양부의 공동부령으로 정한다.

③ 차마의 운전자는 노인 보호구역 또는 장애인 보호구역에서 제1항에 따른 조치를 준수하고 노인 또는 장애인의 안전에 유의하면서 운행하여야 한다.

제 3 장   차마의 통행방법 등

제13조 【차마의 통행】 ① 차마의 운전자는 보도와 차도가 구분된 도로에서는 차도로 통행하여야 한다. 다만, 도로 외의 곳으로 출입할 때에는 보도를 횡단하여 통행할 수 있다.

② 제1항 단서의 경우 차마의 운전자는 보도를 횡단하기 직전에 일시정지하여 좌측과 우측 부분 등을 살핀 후 보행자의 통행을 방해하지 아니하도록 횡단하여야 한다.

③ 차마의 운전자는 도로(보도와 차도가 구분된 도로에서는 차도를 말한다)의 중앙(중앙선이 설치되어 있는 경우에는 그 중앙선을 말한다. 이하 같다) 우측 부분을 통행하여야 한다.

④ 차마의 운전자는 제3항에도 불구하고 다음 각 호의 어느 하나에 해당하는 경우에는 도로의 중앙이나 좌측 부분을 통행할 수 있다.

1. 도로가 일방통행인 경우
2. 도로의 파손, 도로공사나 그 밖의 장애 등으로 도로의 우측 부분을 통행할 수 없는 경우
3. 도로 우측 부분의 폭이 6미터가 되지 아니하는 도로에서 다른 차를 앞지르려는 경우. 다만, 다음 각 목의 어느 하나에 해당하는 경우에는 그러하지 아니하다.
   가. 도로의 좌측 부분을 확인할 수 없는 경우
   나. 반대 방향의 교통을 방해할 우려가 있는 경우다. 안전표지 등으로 앞지르기를 금지하거나 제한하고 있는 경우
4. 도로 우측 부분의 폭이 차마의 통행에 충분하지 아니한 경우
5. 가파른 비탈길의 구부러진 곳에서 교통의 위험을 방지하기 위하여 지방경찰청장이 필요하다고 인정하여 구간 및 통행방법을 지정하고 있는 경우에 그 지정에 따라 통행하는 경우

⑤ 차마의 운전자는 안전지대 등 안전표지에 의하여 진입이 금지된 장소에 들어가서는 아니 된다.

⑥ 차마(자전거는 제외한다)의 운전자는 안전표지로 통행이 허용된 장소를 제외하고는 자전거도로 또는 길가장자리구역으로 통행하여서는 아니 된다. 〈전문개정 2011.6.8〉

제13조의2 【자전거의 통행방법의 특례】 ① 자전거의 운전자는 자전거도로(제15조제1항에 따라 자전거만 통행할 수 있도록 설치된 전용차로를 포함한다. 이하 이 조에서 같다)가 따로 있는 곳에서는 그 자전거도로로 통행하여야 한다.

② 자전거의 운전자는 자전거도로가 설치되지 아니한 곳에서는 도로 우측 가장자리에 붙어서 통행하여야 한다.

③ 자전거의 운전자는 길가장자리구역(안전표지로 자전거의 통행을 금지한 구간은 제외한다)을 통행할 수 있다. 이 경우 자전거의 운전자는 보행자의 통행에 방해가 될 때에는 서행하거나 일시정지하여야 한다.

④ 자전거의 운전자는 제1항 및 제13조제1항에도 불구하고 다음 각 호의 어느 하나에 해당하는 경우에는 보도를 통행할 수 있다. 이 경우 자전거의 운전자는 보도 중앙으로부터 차도 쪽 또는 안전표지로 지정된 곳으로 서행하여야 하며, 보행자의 통행에 방해가 될 때에는 일시정지하여야 한다.

1. 어린이, 노인, 그 밖에 행정안전부령으로 정하는 신체장애인이 자전거를 운전하는 경우
2. 안전표지로 자전거 통행이 허용된 경우

3. 도로의 파손, 도로공사나 그 밖의 장애 등으로 도로를 통행할 수 없는 경우

⑤ 자전거의 운전자는 안전표지로 통행이 허용된 경우를 제외하고는 2대 이상이 나란히 차도를 통행하여서는 아니 된다.

⑥ 자전거의 운전자가 횡단보도를 이용하여 도로를 횡단할 때에는 자전거에서 내려서 자전거를 끌고 보행하여야 한다. 〈전문개정 2011.6.8〉

제14조【차로의 설치 등】 ① 지방경찰청장은 차마의 교통을 원활하게 하기 위하여 필요한 경우에는 도로에 행정안전부령으로 정하는 차로를 설치할 수 있다. 이 경우 지방경찰청장은 시간대에 따라 양방향의 통행량이 뚜렷하게 다른 도로에는 교통량이 많은 쪽으로 차로의 수가 확대될 수 있도록 신호기에 의하여 차로의 진행방향을 지시하는 가변차로를 설치할 수 있다.

② 차마의 운전자는 차로가 설치되어 있는 도로에서는 이 법이나 이 법에 따른 명령에 특별한 규정이 있는 경우를 제외하고는 그 차로를 따라 통행하여야 한다. 다만, 지방경찰청장이 통행방법을 따로 지정한 경우에는 그 방법으로 통행하여야 한다.

③ 차로가 설치된 도로를 통행하려는 경우로서 차의 너비가 행정안전부령으로 정하는 차로의 너비보다 넓어 교통의 안전이나 원활한 소통에 지장을 줄 우려가 있는 경우 그 차의 운전자는 도로를 통행하여서는 아니 된다. 다만, 행정안전부령으로 정하는 바에 따라 그 차의 출발지를 관할하는 경찰서장의 허가를 받은 경우에는 그러하지 아니하다.

④ 차마의 운전자는 안전표지가 설치되어 특별히 진로 변경이 금지된 곳에서는 차마의 진로를 변경하여서는 아니 된다. 다만, 도로의 파손이나 도로공사 등으로 인하여 장애물이 있는 경우에는 그러하지 아니하다. 〈전문개정 2011.6.8〉

제15조【전용차로의 설치】 ① 시장등은 원활한 교통을 확보하기 위하여 특히 필요한 경우에는 지방경찰청장이나 경찰서장과 협의하여 도로에 전용차로(차의 종류나 승차 인원에 따라 지정된 차만 통행할 수 있는 차로를 말한다. 이하 같다)를 설치할 수 있다.

② 전용차로의 종류, 전용차로로 통행할 수 있는 차와 그 밖에 전용차로의 운영에 필요한 사항은 대통령령으로 정한다.

③ 제2항에 따라 전용차로로 통행할 수 있는 차가 아니면 전용차로로 통행하여서는 아니 된다. 다만, 긴급자동차가 그 본래의 긴급한 용도로 운행되고 있는 경우 등 대통령령으로 정하는 경우에는 그러하지 아니하다. 〈전문개정 2011.6.8〉

제15조의2【자전거횡단도의 설치 등】 ① 지방경찰청장은 도로를 횡단하는 자전거 운전자의 안전을 위하여 행정안전부령으로 정하는 기준에 따라 자전거횡단도를 설치할 수 있다.

② 자전거 운전자가 자전거를 타고 자전거횡단도가 따로 있는 도로를 횡단할 때에는 자전거횡단도를 이용하여야 한다.

③ 차마의 운전자는 자전거가 자전거횡단도를 통행하고 있을 때에는 자전거의 횡단을 방해하거나 위험하게 하지 아니하도록 그 자전거횡단도 앞(정지선이 설치되어 있는 곳에서는 그 정지선을 말한다)에서 일시정지하여야 한다. 〈전문개정 2011.6.8〉

제16조 삭제〈2009.12.29〉

제17조【자동차등의 속도】 ① 자동차등의 도로 통행 속도는 행정안전부령으로 정한다.

② 경찰청장이나 지방경찰청장은 도로에서 일어나는 위험을 방지하고 교통의 안전과 원활한 소통을 확보하기 위하여 필요하다고 인정하는 경우에는 다음 각 호의 구분에 따라 구역이나 구간을 지정하여 제1항에 따라 정한 속도를 제한할 수 있다.

　1. 경찰청장: 고속도로

　2. 지방경찰청장: 고속도로를 제외한 도로

③ 자동차등의 운전자는 제1항과 제2항에 따른 최고속도보다 빠르게 운전하거나 최저속도보다 느리게 운전하여서는 아니 된다. 다만, 교통이 밀리거나 그 밖의 부득이한 사유로 최저속도보다 느리게 운전할 수밖에 없는 경우에는 그러하지 아니하다. 〈전문개정 2011.6.8〉

제18조【횡단 등의 금지】 ① 차마의 운전자는 보행자나 다른 차마의 정상적인 통행을 방해할 우려가 있는 경우에는 차마를 운전하여 도로를 횡단하거나 유턴 또는 후진하여서는 아니 된다.

② 지방경찰청장은 도로에서의 위험을 방지하고 교통의 안전과 원활한 소통을 확보하기 위하여 특히 필요하다고 인정하는 경우에는 도로의 구간을 지정하여 차마의 횡단이나 유턴 또는 후진을 금지할 수 있다.

③ 차마의 운전자는 길가의 건물이나 주차장 등에서 도로에 들어갈 때에는 일단 정지한 후에 안전한지 확인하면서 서행하여야 한다. 〈전문개정 2011.6.8〉

제19조【안전거리 확보 등】 ① 모든 차의 운전자는 같은 방향으로 가고 있는 앞차의 뒤를 따르는 경우에는 앞차가 갑자기 정지하게 되는 경우 그 앞차와의 충돌을 피할 수 있는 필요한 거리를 확보하여야 한다.

② 자동차등의 운전자는 같은 방향으로 가고 있는 자전거 옆을 지날 때에는 그 자전거와의 충돌을 피할 수 있는 필요한 거리를 확보하여야 한다.

③ 모든 차의 운전자는 차의 진로를 변경하려는 경우에 그 변경하려는 방향으로 오고 있

는 다른 차의 정상적인 통행에 장애를 줄 우려가 있을 때에는 진로를 변경하여서는 아니
된다.

④ 모든 차의 운전자는 위험방지를 위한 경우와 그 밖의 부득이한 경우가 아니면 운전하
는 차를 갑자기 정지시키거나 속도를 줄이는 등의 급제동을 하여서는 아니 된다.〈전문개
정 2011.6.8〉

제20조【진로 양보의 의무】① 모든 차(긴급자동차는 제외한다)의 운전자는 뒤에서 따라오
는 차보다 느린 속도로 가려는 경우에는 도로의 우측 가장자리로 피하여 진로를 양보하여
야 한다. 다만, 통행 구분이 설치된 도로의 경우에는 그러하지 아니하다.

② 좁은 도로에서 긴급자동차 외의 자동차가 서로 마주보고 진행할 때에는 다음 각 호의
구분에 따른 자동차가 도로의 우측 가장자리로 피하여 진로를 양보하여야 한다.

  1. 비탈진 좁은 도로에서 자동차가 서로 마주보고 진행하는 경우에는 올라가는 자동차
  2. 비탈진 좁은 도로 외의 좁은 도로에서 사람을 태웠거나 물건을 실은 자동차와 동승
     자(同乘者)가 없고 물건을 싣지 아니한 자동차가 서로 마주보고 진행하는 경우에는
     동승자가 없고 물건을 싣지 아니한 자동차〈전문개정 2011.6.8〉

제21조【앞지르기 방법 등】① 모든 차의 운전자는 다른 차를 앞지르려면 앞차의 좌측으로
통행하여야 한다.

② 자전거의 운전자는 서행하거나 정지한 다른 차를 앞지르려면 제1항에도 불구하고 앞차
의 우측으로 통행할 수 있다. 이 경우 자전거의 운전자는 정지한 차에서 승차하거나 하차
하는 사람의 안전에 유의하여 서행하거나 필요한 경우 일시정지하여야 한다.

③ 제1항과 제2항의 경우 앞지르려고 하는 모든 차의 운전자는 반대방향의 교통과 앞차
앞쪽의 교통에도 주의를 충분히 기울여야 하며, 앞차의 속도ㆍ진로와 그 밖의 도로상황에
따라 방향지시기ㆍ등화 또는 경음기(警音機)를 사용하는 등 안전한 속도와 방법으로 앞지
르기를 하여야 한다.

④ 모든 차의 운전자는 제1항부터 제3항까지 또는 제60조제2항에 따른 방법으로 앞지르
기를 하는 차가 있을 때에는 속도를 높여 경쟁하거나 그 차의 앞을 가로막는 등의 방법으
로 앞지르기를 방해하여서는 아니 된다.〈전문개정 2011.6.8〉

제22조【앞지르기 금지의 시기 및 장소】① 모든 차의 운전자는 다음 각 호의 어느 하나에
해당하는 경우에는 앞차를 앞지르지 못한다.

  1. 앞차의 좌측에 다른 차가 앞차와 나란히 가고 있는 경우
  2. 앞차가 다른 차를 앞지르고 있거나 앞지르려고 하는 경우

② 모든 차의 운전자는 다음 각 호의 어느 하나에 해당하는 다른 차를 앞지르지 못한다.
　1. 이 법이나 이 법에 따른 명령에 따라 정지하거나 서행하고 있는 차
　2. 경찰공무원의 지시에 따라 정지하거나 서행하고 있는 차
　3. 위험을 방지하기 위하여 정지하거나 서행하고 있는 차
③ 모든 차의 운전자는 다음 각 호의 어느 하나에 해당하는 곳에서는 다른 차를 앞지르지 못한다.
　1. 교차로
　2. 터널 안
　3. 다리 위
　4. 도로의 구부러진 곳, 비탈길의 고갯마루 부근 또는 가파른 비탈길의 내리막 등 지방경찰청장이 도로에서의 위험을 방지하고 교통의 안전과 원활한 소통을 확보하기 위하여 필요하다고 인정하는 곳으로서 안전표지로 지정한 곳〈전문개정 2011.6.8〉

제23조【끼어들기의 금지】 모든 차의 운전자는 제22조제2항 각 호의 어느 하나에 해당하는 다른 차 앞으로 끼어들지 못한다. 〈전문개정 2011.6.8〉

제24조【철길 건널목의 통과】 ① 모든 차의 운전자는 철길 건널목(이하 "건널목"이라 한다)을 통과하려는 경우에는 건널목 앞에서 일시정지하여 안전한지 확인한 후에 통과하여야 한다. 다만, 신호기 등이 표시하는 신호에 따르는 경우에는 정지하지 아니하고 통과할 수 있다.
② 모든 차의 운전자는 건널목의 차단기가 내려져 있거나 내려지려고 하는 경우 또는 건널목의 경보기가 울리고 있는 동안에는 그 건널목으로 들어가서는 아니 된다.
③ 모든 차의 운전자는 건널목을 통과하다가 고장 등의 사유로 건널목 안에서 차를 운행할 수 없게 된 경우에는 즉시 승객을 대피시키고 비상신호기 등을 사용하거나 그 밖의 방법으로 철도공무원이나 경찰공무원에게 그 사실을 알려야 한다. 〈전문개정 2011.6.8〉

제25조【교차로 통행방법】 ① 모든 차의 운전자는 교차로에서 우회전을 하려는 경우에는 미리 도로의 우측 가장자리를 서행하면서 우회전하여야 한다. 이 경우 우회전하는 차의 운전자는 신호에 따라 정지하거나 진행하는 보행자 또는 자전거에 주의하여야 한다.
② 모든 차의 운전자는 교차로에서 좌회전을 하려는 경우에는 미리 도로의 중앙선을 따라 서행하면서 교차로의 중심 안쪽을 이용하여 좌회전하여야 한다. 다만, 지방경찰청장이 교차로의 상황에 따라 특히 필요하다고 인정하여 지정한 곳에서는 교차로의 중심 바깥쪽을 통과할 수 있다.

③ 제2항에도 불구하고 자전거의 운전자는 교차로에서 좌회전하려는 경우에는 미리 도로의 우측 가장자리로 붙어 서행하면서 교차로의 가장자리 부분을 이용하여 좌회전하여야 한다.

④ 제1항부터 제3항까지의 규정에 따라 우회전이나 좌회전을 하기 위하여 손이나 방향지시기 또는 등화로써 신호를 하는 차가 있는 경우에 그 뒤차의 운전자는 신호를 한 앞차의 진행을 방해하여서는 아니 된다.

⑤ 모든 차의 운전자는 신호기로 교통정리를 하고 있는 교차로에 들어가려는 경우에는 진행하려는 진로의 앞쪽에 있는 차의 상황에 따라 교차로(정지선이 설치되어 있는 경우에는 그 정지선을 넘은 부분을 말한다)에 정지하게 되어 다른 차의 통행에 방해가 될 우려가 있는 경우에는 그 교차로에 들어가서는 아니 된다.

⑥ 모든 차의 운전자는 교통정리를 하고 있지 아니하고 일시정지나 양보를 표시하는 안전표지가 설치되어 있는 교차로에 들어가려고 할 때에는 다른 차의 진행을 방해하지 아니하도록 일시정지하거나 양보하여야 한다. 〈전문개정 2011.6.8〉

제26조【교통정리가 없는 교차로에서의 양보운전】 ① 교통정리를 하고 있지 아니하는 교차로에 들어가려고 하는 차의 운전자는 이미 교차로에 들어가 있는 다른 차가 있을 때에는 그 차에 진로를 양보하여야 한다.

② 교통정리를 하고 있지 아니하는 교차로에 들어가려고 하는 차의 운전자는 그 차가 통행하고 있는 도로의 폭보다 교차하는 도로의 폭이 넓은 경우에는 서행하여야 하며, 폭이 넓은 도로로부터 교차로에 들어가려고 하는 다른 차가 있을 때에는 그 차에 진로를 양보하여야 한다.

③ 교통정리를 하고 있지 아니하는 교차로에 동시에 들어가려고 하는 차의 운전자는 우측 도로의 차에 진로를 양보하여야 한다.

④ 교통정리를 하고 있지 아니하는 교차로에서 좌회전하려고 하는 차의 운전자는 그 교차로에서 직진하거나 우회전하려는 다른 차가 있을 때에는 그 차에 진로를 양보하여야 한다. 〈전문개정 2011.6.8〉

제27조【보행자의 보호】 ① 모든 차의 운전자는 보행자(제13조의2제6항에 따라 자전거에서 내려서 자전거를 끌고 통행하는 자전거 운전자를 포함한다)가 횡단보도를 통행하고 있을 때에는 보행자의 횡단을 방해하거나 위험을 주지 아니하도록 그 횡단보도 앞(정지선이 설치되어 있는 곳에서는 그 정지선을 말한다)에서 일시정지하여야 한다.

② 모든 차의 운전자는 교통정리를 하고 있는 교차로에서 좌회전이나 우회전을 하려는 경

우에는 신호기 또는 경찰공무원등의 신호나 지시에 따라 도로를 횡단하는 보행자의 통행을 방해하여서는 아니 된다.

③ 모든 차의 운전자는 교통정리를 하고 있지 아니하는 교차로 또는 그 부근의 도로를 횡단하는 보행자의 통행을 방해하여서는 아니 된다.

④ 모든 차의 운전자는 도로에 설치된 안전지대에 보행자가 있는 경우와 차로가 설치되지 아니한 좁은 도로에서 보행자의 옆을 지나는 경우에는 안전한 거리를 두고 서행하여야 한다.

⑤ 모든 차의 운전자는 보행자가 제10조제3항에 따라 횡단보도가 설치되어 있지 아니한 도로를 횡단하고 있을 때에는 안전거리를 두고 일시정지하여 보행자가 안전하게 횡단할 수 있도록 하여야 한다. 〈전문개정 2011.6.8〉

제28조 【보행자전용도로의 설치】 ① 지방경찰청장이나 경찰서장은 보행자의 통행을 보호하기 위하여 특히 필요한 경우에는 도로에 보행자전용도로를 설치할 수 있다.

② 차마의 운전자는 제1항에 따른 보행자전용도로를 통행하여서는 아니 된다. 다만, 지방경찰청장이나 경찰서장은 특히 필요하다고 인정하는 경우에는 보행자전용도로에 차마의 통행을 허용할 수 있다.

③ 제2항 단서에 따라 보행자전용도로의 통행이 허용된 차마의 운전자는 보행자를 위험하게 하거나 보행자의 통행을 방해하지 아니하도록 차마를 보행자의 걸음 속도로 운행하거나 일시정지하여야 한다. 〈전문개정 2011.6.8〉

제29조 【긴급자동차의 우선 통행】 ① 긴급자동차는 제13조제3항에도 불구하고 긴급하고 부득이한 경우에는 도로의 중앙이나 좌측 부분을 통행할 수 있다.

② 긴급자동차는 이 법이나 이 법에 따른 명령에 따라 정지하여야 하는 경우에도 불구하고 긴급하고 부득이한 경우에는 정지하지 아니할 수 있다.

③ 긴급자동차의 운전자는 제1항이나 제2항의 경우에 교통안전에 특히 주의하면서 통행하여야 한다.

④ 모든 차의 운전자는 교차로나 그 부근에서 긴급자동차가 접근하는 경우에는 교차로를 피하여 도로의 우측 가장자리에 일시정지하여야 한다. 다만, 일방통행으로 된 도로에서 우측 가장자리로 피하여 정지하는 것이 긴급자동차의 통행에 지장을 주는 경우에는 좌측 가장자리로 피하여 정지할 수 있다.

⑤ 모든 차의 운전자는 제4항에 따른 곳 외의 곳에서 긴급자동차가 접근한 경우에는 도로의 우측 가장자리로 피하여 진로를 양보하여야 한다. 다만, 일방통행으로 된 도로에서 우측 가장자리로 피하는 것이 긴급자동차의 통행에 지장을 주는 경우에는 좌측 가장자리로

피하여 양보할 수 있다. 〈전문개정 2011.6.8〉

제30조【긴급자동차에 대한 특례】 긴급자동차에 대하여는 다음 각 호의 사항을 적용하지 아니한다.

　　1. 제17조에 따른 자동차등의 속도 제한. 다만, 제17조에 따라 긴급자동차에 대하여 속도를 제한한 경우에는 같은 조의 규정을 적용한다.

　　2. 제22조에 따른 앞지르기의 금지

　　3. 제23조에 따른 끼어들기의 금지〈전문개정 2011.6.8〉

제31조【서행 또는 일시정지할 장소】 ① 모든 차의 운전자는 다음 각 호의 어느 하나에 해당하는 곳에서는 서행하여야 한다.

　　1. 교통정리를 하고 있지 아니하는 교차로

　　2. 도로가 구부러진 부근

　　3. 비탈길의 고갯마루 부근

　　4. 가파른 비탈길의 내리막

　　5. 지방경찰청장이 도로에서의 위험을 방지하고 교통의 안전과 원활한 소통을 확보하기 위하여 필요하다고 인정하여 안전표지로 지정한 곳

② 모든 차의 운전자는 다음 각 호의 어느 하나에 해당하는 곳에서는 일시정지하여야 한다.

　　1. 교통정리를 하고 있지 아니하고 좌우를 확인할 수 없거나 교통이 빈번한 교차로

　　2. 지방경찰청장이 도로에서의 위험을 방지하고 교통의 안전과 원활한 소통을 확보하기 위하여 필요하다고 인정하여 안전표지로 지정한 곳〈전문개정 2011.6.8〉

제32조【정차 및 주차의 금지】 모든 차의 운전자는 다음 각 호의 어느 하나에 해당하는 곳에서는 차를 정차하거나 주차하여서는 아니 된다. 다만, 이 법이나 이 법에 따른 명령 또는 경찰공무원의 지시를 따르는 경우와 위험방지를 위하여 일시정지하는 경우에는 그러하지 아니하다.

　　1. 교차로 · 횡단보도 · 건널목이나 보도와 차도가 구분된 도로의 보도(「주차장법」에 따라 차도와 보도에 걸쳐서 설치된 노상주차장은 제외한다)

　　2. 교차로의 가장자리나 도로의 모퉁이로부터 5미터 이내인 곳

　　3. 안전지대가 설치된 도로에서는 그 안전지대의 사방으로부터 각각 10미터 이내인 곳

　　4. 버스여객자동차의 정류지(停留地)임을 표시하는 기둥이나 표지판 또는 선이 설치된 곳으로부터 10미터 이내인 곳. 다만, 버스여객자동차의 운전자가 그 버스여객자동차의 운행시간 중에 운행노선에 따르는 정류장에서 승객을 태우거나 내리기 위하여 차

를 정차하거나 주차하는 경우에는 그러하지 아니하다.

5. 건널목의 가장자리 또는 횡단보도로부터 10미터 이내인 곳6. 지방경찰청장이 도로
   에서의 위험을 방지하고 교통의 안전과 원활한 소통을 확보하기 위하여 필요하다고
   인정하여 지정한 곳〈전문개정 2011.6.8〉

제33조【주차금지의 장소】 모든 차의 운전자는 다음 각 호의 어느 하나에 해당하는 곳에 차
를 주차하여서는 아니 된다.

1. 터널 안 및 다리 위
2. 화재경보기로부터 3미터 이내인 곳
3. 다음 각 목의 곳으로부터 5미터 이내인 곳
   가. 소방용 기계·기구가 설치된 곳
   나. 소방용 방화(防火) 물통
   다. 소화전(消火栓) 또는 소화용 방화 물통의 흡수구나 흡수관(흡 수관)을 넣는 구멍
   라. 도로공사를 하고 있는 경우에는 그 공사 구역의 양쪽 가장자리
4. 지방경찰청장이 도로에서의 위험을 방지하고 교통의 안전과 원활한 소통을 확보하
   기 위하여 필요하다고 인정하여 지정한 곳〈전문개정 2011.6.8〉

제34조【정차 또는 주차의 방법 및 시간의 제한】 도로 또는 노상주차장에 정차하거나 주차하
려고 하는 차의 운전자는 차를 차도의 우측 가장자리에 정차하는 등 대통령령으로 정하는
정차 또는 주차의 방법·시간과 금지사항 등을 지켜야 한다.〈전문개정 2011.6.8〉

제34조의2【정차 또는 주차를 금지하는 장소의 특례】 제32조제6호 또는 제33조제4호에 따른
정차나 주차가 금지된 장소 중 지방경찰청장이 안전표지로 구역·시간·방법 및 차의 종
류를 정하여 정차나 주차를 허용한 곳에서는 제32조제6호 또는 제33조제4호에도 불구하
고 정차하거나 주차할 수 있다.〈전문개정 2011.6.8〉

제35조【주차위반에 대한 조치】 ① 다음 각 호의 어느 하나에 해당하는 사람은 제32조·제
33조 또는 제34조를 위반하여 주차하고 있는 차가 교통에 위험을 일으키게 하거나 방해될
우려가 있을 때에는 차의 운전자 또는 관리 책임이 있는 사람에게 주차 방법을 변경하거
나 그 곳으로부터 이동할 것을 명할 수 있다.

1. 경찰공무원
2. 시장등(도지사를 포함한다. 이하 이 조에서 같다)이 대통령령으로 정하는 바에 따라
   임명하는 공무원(이하 "시·군공무원"이라 한다)

② 경찰서장이나 시장등은 제1항의 경우 차의 운전자나 관리 책임이 있는 사람이 현장에

없을 때에는 도로에서 일어나는 위험을 방지하고 교통의 안전과 원활한 소통을 확보하기 위하여 필요한 범위에서 그 차의 주차방법을 직접 변경하거나 변경에 필요한 조치를 할 수 있으며, 부득이한 경우에는 관할 경찰서나 경찰서장 또는 시장등이 지정하는 곳으로 이동하게 할 수 있다.

③ 경찰서장이나 시장등은 제2항에 따라 주차위반 차를 관할 경찰서나 경찰서장 또는 시장등이 지정하는 곳으로 이동시킨 경우에는 선량한 관리자로서의 주의의무를 다하여 보관하여야 하며, 그 사실을 차의 사용자(소유자 또는 소유자로부터 차의 관리에 관한 위탁을 받은 사람을 말한다. 이하 같다)나 운전자에게 신속히 알리는 등 반환에 필요한 조치를 하여야 한다.

④ 제3항의 경우 차의 사용자나 운전자의 성명·주소를 알 수 없을 때에는 대통령령으로 정하는 방법에 따라 공고하여야 한다.

⑤ 경찰서장이나 시장등은 제3항과 제4항에 따라 차의 반환에 필요한 조치 또는 공고를 하였음에도 불구하고 그 차의 사용자나 운전자가 조치 또는 공고를 한 날부터 1개월 이내에 그 반환을 요구하지 아니할 때에는 대통령령으로 정하는 바에 따라 그 차를 매각하거나 폐차할 수 있다.

⑥ 제2항부터 제5항까지의 규정에 따른 주차위반 차의 이동·보관·공고·매각 또는 폐차 등에 들어간 비용은 그 차의 사용자가 부담한다. 이 경우 그 비용의 징수에 관하여는 「행정대집행법」 제5조 및 제6조를 적용한다.

⑦ 제5항에 따라 차를 매각하거나 폐차한 경우 그 차의 이동·보관·공고·매각 또는 폐차 등에 들어간 비용을 충당하고 남은 금액이 있는 경우에는 그 금액을 그 차의 사용자에게 지급하여야 한다. 다만, 그 차의 사용자에게 지급할 수 없는 경우에는 「공탁법」에 따라 그 금액을 공탁하여야 한다. 〈전문개정 2011.6.8〉

제36조【차의 견인 및 보관업무 등의 대행】 ① 경찰서장이나 시장등은 제35조에 따라 견인하도록 한 차의 견인·보관 및 반환 업무의 전부 또는 일부를 그에 필요한 인력·시설·장비 등 자격요건을 갖춘 법인·단체 또는 개인(이하 "법인등"이라 한다)으로 하여금 대행하게 할 수 있다.

② 제1항에 따라 차의 견인·보관 및 반환 업무를 대행하는 법인등이 갖추어야 하는 인력·시설 및 장비 등의 요건과 그 밖에 업무의 대행에 필요한 사항은 대통령령으로 정한다.

③ 경찰서장이나 시장등은 제1항에 따라 차의 견인·보관 및 반환 업무를 대행하게 하는 경우에는 그 업무의 수행에 필요한 조치와 교육을 명할 수 있다.

④ 제1항에 따라 차의 견인 · 보관 및 반환 업무를 대행하는 법인등의 담당 임원 및 직원은 「형법」제129조 부터 제132조까지의 규정을 적용할 때에는 공무원으로 본다.〈전문개정 2011.6.8〉

제37조【차의 등화】① 모든 차의 운전자는 다음 각 호의 어느 하나에 해당하는 경우에는 대통령령으로 정하는 바에 따라 전조등(前照燈), 차폭등(車幅燈), 미등(尾燈)과 그 밖의 등화를 켜야 한다.

    1. 밤(해가 진 후부터 해가 뜨기 전까지를 말한다. 이하 같다)에 도로에서 차를 운행하거나 고장이나 그 밖의 부득이한 사유로 도로에서 차를 정차 또는 주차하는 경우

    2. 안개가 끼거나 비 또는 눈이 올 때에 도로에서 차를 운행하거나 고장이나 그 밖의 부득이한 사유로 도로에서 차를 정차 또는 주차하는 경우

    3. 터널 안을 운행하거나 고장 또는 그 밖의 부득이한 사유로 터널 안 도로에서 차를 정차 또는 주차하는 경우

② 모든 차의 운전자는 밤에 차가 서로 마주보고 진행하거나 앞차의 바로 뒤를 따라가는 경우에는 대통령령으로 정하는 바에 따라 등화의 밝기를 줄이거나 잠시 등화를 끄는 등의 필요한 조작을 하여야 한다.〈전문개정 2011.6.8〉

제38조【차의 신호】① 모든 차의 운전자는 좌회전 · 우회전 · 횡단 · 유턴 · 서행 · 정지 또는 후진을 하거나 같은 방향으로 진행하면서 진로를 바꾸려고 하는 경우에는 손이나 방향지시기 또는 등화로써 그 행위가 끝날 때까지 신호를 하여야 한다.

② 제1항의 신호를 하는 시기와 방법은 대통령령으로 정한다.〈전문개정 2011.6.8〉

제39조【승차 또는 적재의 방법과 제한】① 모든 차의 운전자는 승차 인원, 적재중량 및 적재용량에 관하여 대통령령으로 정하는 운행상의 안전기준을 넘어서 승차시키거나 적재한 상태로 운전하여서는 아니 된다. 다만, 출발지를 관할하는 경찰서장의 허가를 받은 경우에는 그러하지 아니하다.

② 모든 차의 운전자는 운전 중 타고 있는 사람 또는 타고 내리는 사람이 떨어지지 아니하도록 하기 위하여 문을 정확히 여닫는 등 필요한 조치를 하여야 한다.

③ 모든 차의 운전자는 운전 중 실은 화물이 떨어지지 아니하도록 덮개를 씌우거나 묶는 등 확실하게 고정될 수 있도록 필요한 조치를 하여야 한다.

④ 모든 차의 운전자는 유아나 동물을 안고 운전 장치를 조작하거나 운전석 주위에 물건을 싣는 등 안전에 지장을 줄 우려가 있는 상태로 운전하여서는 아니 된다.

⑤ 지방경찰청장은 도로에서의 위험을 방지하고 교통의 안전과 원활한 소통을 확보하기

위하여 필요하다고 인정하는 경우에는 차의 운전자에 대하여 승차 인원, 적재중량 또는 적재용량을 제한할 수 있다. 〈전문개정 2011.6.8〉

제40조【정비불량차의 운전 금지】 모든 차의 사용자, 정비책임자 또는 운전자는 「자동차관리법」, 「건설기계관리법」이나 그 법에 따른 명령에 의한 장치가 정비되어 있지 아니한 차(이하 "정비불량차"라 한다)를 운전하도록 시키거나 운전하여서는 아니 된다. 〈전문개정 2011.6.8〉

제41조【정비불량차의 점검】 ① 경찰공무원은 정비불량차에 해당한다고 인정하는 차가 운행되고 있는 경우에는 우선 그 차를 정지시킨 후, 운전자에게 그 차의 자동차등록증 또는 자동차 운전면허증을 제시하도록 요구하고 그 차의 장치를 점검할 수 있다.

② 경찰공무원은 제1항에 따라 점검한 결과 정비불량 사항이 발견된 경우에는 그 정비불량 상태의 정도에 따라 그 차의 운전자로 하여금 응급조치를 하게 한 후에 운전을 하도록 하거나 도로 또는 교통 상황을 고려하여 통행구간, 통행로와 위험방지를 위한 필요한 조건을 정한 후 그에 따라 운전을 계속하게 할 수 있다.

③ 지방경찰청장은 제2항에도 불구하고 정비 상태가 매우 불량하여 위험발생의 우려가 있는 경우에는 그 차의 자동차등록증을 보관하고 운전의 일시정지를 명할 수 있다. 이 경우 필요하면 10일의 범위에서 정비기간을 정하여 그 차의 사용을 정지시킬 수 있다.

④ 제1항부터 제3항까지의 규정에 따른 장치의 점검 및 사용의 정지에 필요한 사항은 대통령령으로 정한다. 〈전문개정 2011.6.8〉

제42조【유사 표지의 제한 및 운행금지】 ① 누구든지 자동차등에 교통단속용자동차·범죄수사용자동차나 그 밖의 긴급자동차와 유사하거나 혐오감을 주는 도색(塗色)이나 표지 등을 하거나 그러한 도색이나 표지 등을 한 자동차등을 운전하여서는 아니 된다.

② 제1항에 따라 제한되는 도색이나 표지 등의 범위는 대통령령으로 정한다. 〈전문개정 2011.6.8〉

제4장 운전자 및 고용주 등의 의무

제43조【무면허운전 등의 금지】 누구든지 제80조에 따라 지방경찰청장으로부터 운전면허를 받지 아니하거나 운전면허의 효력이 정지된 경우에는 자동차등을 운전하여서는 아니 된다. 〈전문개정 2011.6.8〉

제44조 【술에 취한 상태에서의 운전 금지】 ① 누구든지 술에 취한 상태에서 자동차등(「건설기계관리법」 제26조제1항 단서에 따른 건설기계 외의 건설기계를 포함한다. 이하 이 조, 제45조, 제47조, 제93조제1항제1호부터 제4호까지 및 제148조의2에서 같다)을 운전하여서는 아니 된다.

② 경찰공무원(자치경찰공무원은 제외한다. 이하 이 항에서 같다)은 교통의 안전과 위험 방지를 위하여 필요하다고 인정하거나 제1항을 위반하여 술에 취한 상태에서 자동차등을 운전하였다고 인정할 만한 상당한 이유가 있는 경우에는 운전자가 술에 취하였는지를 호흡조사로 측정할 수 있다. 이 경우 운전자는 경찰공무원의 측정에 응하여야 한다.

③ 제2항에 따른 측정 결과에 불복하는 운전자에 대하여는 그 운전자의 동의를 받아 혈액 채취 등의 방법으로 다시 측정할 수 있다.

④ 제1항에 따라 운전이 금지되는 술에 취한 상태의 기준은 운전자의 혈중알코올농도가 0.05퍼센트 이상인 경우로 한다. 〈전문개정 2011.6.8〉

제45조 【과로한 때 등의 운전 금지】 자동차등의 운전자는 제44조에 따른 술에 취한 상태 외에 과로, 질병 또는 약물(마약, 대마 및 향정신성의약품과 그 밖에 행정안전부령으로 정하는 것을 말한다. 이하 같다)의 영향과 그 밖의 사유로 정상적으로 운전하지 못할 우려가 있는 상태에서 자동차등을 운전하여서는 아니 된다. 〈전문개정 2011.6.8〉

제46조 【공동 위험행위의 금지】 ① 자동차등의 운전자는 도로에서 2명 이상이 공동으로 2대 이상의 자동차등을 정당한 사유 없이 앞뒤로 또는 좌우로 줄지어 통행하면서 다른 사람에게 위해(危害)를 끼치거나 교통상의 위험을 발생하게 하여서는 아니 된다.

② 자동차등의 동승자는 제1항에 따른 공동 위험행위를 주도하여서는 아니 된다. 〈전문개정 2011.6.8〉

제46조의2 【교통단속용 장비의 기능방해 금지】 누구든지 교통단속을 회피할 목적으로 교통단속용 장비의 기능을 방해하는 장치를 제작·수입·판매 또는 장착하여서는 아니 된다. 〈전문개정 2011.6.8〉

제47조 【위험방지를 위한 조치】 ① 경찰공무원은 자동차등의 운전자가 제43조 부터 제45조까지의 규정을 위반하여 자동차등을 운전하고 있다고 인정되는 경우에는 차를 일시정지 시키고 그 운전자에게 자동차 운전면허증(이하 "운전면허증" 이라 한다)을 제시할 것을 요구할 수 있다.

② 경찰공무원은 제44조 및 제45조를 위반하여 자동차등을 운전하는 사람에 대하여는 정상적으로 운전할 수 있는 상태가 될 때까지 운전의 금지를 명하고 그 밖의 필요한 조치를

할 수 있다. 〈전문개정 2011.6.8〉

제48조【안전운전 및 친환경 경제운전의 의무】 ① 모든 차의 운전자는 차의 조향장치(操向裝置)와 제동장치, 그 밖의 장치를 정확하게 조작하여야 하며, 도로의 교통상황과 차의 구조 및 성능에 따라 다른 사람에게 위험과 장해를 주는 속도나 방법으로 운전하여서는 아니 된다.

② 모든 차의 운전자는 차를 친환경적이고 경제적인 방법으로 운전하여 연료소모와 탄소배출을 줄이도록 노력하여야 한다. 〈전문개정 2011.6.8〉

제49조【모든 운전자의 준수사항 등】 ① 모든 차의 운전자는 다음 각 호의 사항을 지켜야 한다.

1. 물이 고인 곳을 운행할 때에는 고인 물을 튀게 하여 다른 사람에게 피해를 주는 일이 없도록 할 것
2. 다음 각 목의 어느 하나에 해당하는 경우에는 일시정지할 것
    가. 어린이가 보호자 없이 도로를 횡단할 때, 어린이가 도로에서 앉아 있거나 서 있을 때 또는 어린이가 도로에서 놀이를 할 때 등 어린이에 대한 교통사고의 위험이 있는 것을 발견한 경우
    나. 앞을 보지 못하는 사람이 흰색 지팡이를 가지거나 맹인안내견을 동반하고 도로를 횡단하고 있는 경우
    다. 지하도나 육교 등 도로 횡단시설을 이용할 수 없는 지체장애인이나 노인 등이 도로를 횡단하고 있는 경우
3. 자동차의 앞면 창유리와 운전석 좌우 옆면 창유리의 가시광선(可視光線)의 투과율이 대통령령으로 정하는 기준보다 낮아 교통안전 등에 지장을 줄 수 있는 차를 운전하지 아니할 것. 다만, 요인(要人) 경호용, 구급용 및 장의용(葬儀用) 자동차는 제외한다.
4. 교통단속용 장비의 기능을 방해하는 장치를 한 차나 그 밖에 안전운전에 지장을 줄 수 있는 것으로서 행정안전부령으로 정하는 기준에 적합하지 아니한 장치를 한 차를 운전하지 아니할 것
5. 도로에서 자동차등을 세워둔 채 시비·다툼 등의 행위를 하여 다른 차마의 통행을 방해하지 아니할 것
6. 운전자가 운전석을 떠나는 경우에는 원동기를 끄고 제동장치를 철저하게 작동시키는 등 차의 정지 상태를 안전하게 유지하고 다른 사람이 함부로 운전하지 못하도록 필요한 조치를 할 것
7. 운전자는 안전을 확인하지 아니하고 차의 문을 열거나 내려서는 아니 되며, 동승자

가 교통의 위험을 일으키지 아니하도록 필요한 조치를 할 것

8. 운전자는 정당한 사유 없이 다음 각 목의 어느 하나에 해당하는 행위를 하여 다른 사람에게 피해를 주는 소음을 발생시키지 아니할 것. 자동차등을 급히 출발시키거나 속도를 급격히 높이는 행위나. 자동차등의 원동기 동력을 차의 바퀴에 전달시키지 아니하고 원동기의 회전수를 증가시키는 행위다. 반복적이거나 연속적으로 경음기를 울리는 행위

9. 운전자는 승객이 차 안에서 안전운전에 현저히 장해가 될 정도로 춤을 추는 등 소란행위를 하도록 내버려두고 차를 운행하지 아니할 것

10. 운전자는 자동차등의 운전 중에는 휴대용 전화(자동차용 전화를 포함한다)를 사용하지 아니할 것. 다만, 다음 각 목의 어느 하나에 해당하는 경우에는 그러하지 아니하다.가. 자동차등이 정지하고 있는 경우나. 긴급자동차를 운전하는 경우다. 각종 범죄 및 재해 신고 등 긴급한 필요가 있는 경우라. 안전운전에 장애를 주지 아니하는 장치로서 대통령령으로 정하는 장치를 이용하는 경우

11. 운전자는 자동차등의 운전 중에는 디지털 멀티미디어 방송을 시청하지 아니할 것

12. 운전자는 자동차의 화물 적재함에 사람을 태우고 운행하지 아니할 것

13. 그 밖에 지방경찰청장이 교통안전과 교통질서 유지에 필요하다고 인정하여 지정·공고한 사항에 따를 것

② 경찰공무원은 제1항제3호 및 제4호를 위반한 자동차를 발견한 경우에는 그 현장에서 운전자에게 위반사항을 제거하게 하거나 필요한 조치를 명할 수 있다. 이 경우 운전자가 그 명령을 따르지 아니할 때에는 경찰공무원이 직접 위반사항을 제거하거나 필요한 조치를 할 수 있다. 〈전문개정 2011.6.8〉

제50조【특정 운전자의 준수사항】 ① 자동차(이륜자동차는 제외한다)의 운전자는 자동차를 운전할 때에는 좌석안전띠를 매어야 하며, 그 옆 좌석의 동승자에게도 좌석안전띠(유아인 경우에는 유아보호용 장구를 장착한 후의 좌석안전띠를 말한다. 이하 같다)를 매도록 하여야 한다. 다만, 질병 등으로 인하여 좌석안전띠를 매는 것이 곤란하거나 행정안전부령으로 정하는 사유가 있는 경우에는 그러하지 아니하다.

② 자동차(이륜자동차는 제외한다)의 운전자는 그 옆 좌석 외의 좌석의 동승자에게도 좌석안전띠를 매도록 주의를 환기하여야 하며, 승용자동차의 운전자는 유아가 운전자 옆 좌석 외의 좌석에 승차하는 경우에는 좌석안전띠를 매도록 하여야 한다.

③ 이륜자동차와 원동기장치자전거의 운전자는 행정안전부령으로 정하는 인명보호 장구

를 착용하고 운행하여야 하며, 동승자에게도 착용하도록 하여야 한다.

④ 자전거의 운전자는 자전거에 어린이를 태우고 운전할 때에는 그 어린이에게 행정안전부령으로 정하는 인명보호 장구를 착용하도록 하여야 한다.

⑤ 운송사업용 자동차나 화물자동차 등으로서 행정안전부령으로 정하는 자동차의 운전자는 다음 각 호의 어느 하나에 해당하는 행위를 하여서는 아니 된다.

　1. 운행기록계가 설치되어 있지 아니하거나 고장 등으로 사용할 수 없는 운행기록계가 설치된 자동차를 운전하는 행위

　2. 운행기록계를 원래의 목적대로 사용하지 아니하고 자동차를 운전하는 행위

⑥ 사업용 승용자동차의 운전자는 합승행위 또는 승차거부를 하거나 신고한 요금을 초과하는 요금을 받아서는 아니 된다.

⑦ 자전거의 운전자는 행정안전부령으로 정하는 크기와 구조를 갖추지 아니하여 교통안전에 위험을 초래할 수 있는 자전거를 운전하여서는 아니 된다.

⑧ 자전거의 운전자는 술에 취한 상태 또는 약물의 영향과 그 밖의 사유로 정상적으로 운전하지 못할 우려가 있는 상태에서 자전거를 운전하여서는 아니 된다.[전문개정 2011.6.8]

제51조【어린이통학버스의 특별보호】 ① 어린이통학버스가 도로에 정차하여 어린이나 유아가 타고 내리는 중임을 표시하는 점멸등 등의 장치를 작동 중일 때에는 어린이통학버스가 정차한 차로와 그 차로의 바로 옆 차로로 통행하는 차의 운전자는 어린이통학버스에 이르기 전에 일시정지하여 안전을 확인한 후 서행하여야 한다.

② 제1항의 경우 중앙선이 설치되지 아니한 도로와 편도 1차로인 도로에서는 반대방향에서 진행하는 차의 운전자도 어린이통학버스에 이르기 전에 일시정지하여 안전을 확인한 후 서행하여야 한다.

③ 모든 차의 운전자는 어린이나 유아를 태우고 있다는 표시를 한 상태로 도로를 통행하는 어린이통학버스를 앞지르지 못한다. 〈전문개정 2011.6.8〉

제52조【어린이통학버스의 신고 등】 ① 어린이의 통학 등에 이용되는 자동차를 운영하는 자가 제51조에 따른 보호를 받으려는 경우에는 미리 관할 경찰서장에게 신고하고 신고증명서를 발급받아야 한다.

② 어린이통학버스를 운영하는 자는 어린이통학버스 안에 제1항에 따라 발급받은 신고증명서를 항상 갖추어 두어야 한다.

③ 제1항에 따라 어린이통학버스로 신고할 수 있는 자동차는 행정안전부령으로 정하는 자동차로 한정한다. 이 경우 그 자동차는 도색·표지, 보험가입, 소유 관계 등 대통령령으로

정하는 요건을 갖추어야 한다.

④ 누구든지 제1항에 따른 신고를 하지 아니하고 어린이통학버스와 비슷한 도색 및 표지를 하거나 이러한 도색 및 표지를 한 자동차를 운전하여서는 아니 된다.〈전문개정 2011.6.8〉

제53조【어린이통학버스 운전자 및 운영자의 의무】 ① 어린이통학버스를 운전하는 사람은 어린이나 유아가 타고 내리는 경우에만 제51조제1항에 따른 점멸등 등의 장치를 작동하여야 하며, 어린이나 유아를 태우고 운행 중인 경우에만 제51조제3항에 따른 표시를 하여야 한다.

② 어린이통학버스를 운전하는 사람은 어린이나 유아가 어린이통학버스를 탈 때에는 어린이나 유아가 좌석에 앉았는지 확인한 후에 출발하여야 하며, 내릴 때에는 보도나 길가장자리구역 등 자동차로부터 안전한 장소에 도착한 것을 확인한 후에 출발하여야 한다.

③ 어린이통학버스를 운영하는 자는 어린이통학버스에 어린이나 유아를 태울 때에는 다음 각 호의 어느 하나에 해당하는 보호자를 함께 태우고 운행하여야 한다.

1. 「유아교육법」에 따른 유치원이나 「초·중등교육법」에 따른 초등학교 또는 특수학교의 교직원
2. 「영유아보육법」 제2조제5호에 따른 보육교직원
3. 「학원의 설립·운영 및 과외교습에 관한 법률」 제13조제1항에 따른 강사
4. 「체육시설의 설치·이용에 관한 법률」에 따른 체육시설의 종사자
5. 그 밖에 어린이통학버스를 운영하는 자가 지명한 사람〈전문개정 2011.6.8〉

제53조의2【어린이통학용자동차 운전자의 의무】 제2조제23호각 목의 시설 가운데 어린이를 교육 대상으로 하는 시설에서 어린이의 통학 등에 이용되는 자동차(제52조에 따라 신고한 자동차는 제외한다. 이하 "어린이통학용자동차"라 한다)를 운전하는 사람은 어린이가 승차 또는 하차하는 때에 자동차에서 하차하여 어린이가 길가장자리구역 등 자동차로부터 안전한 장소에 도착한 것을 확인하여야 한다. 다만, 자동차에 어린이의 승차 또는 하차를 도와주는 성년인 사람이 동승한 경우에는 그러하지 아니하다.〈본조신설 2011.6.8〉

제53조의3【어린이통학버스 및 어린이통학용자동차 운영자 등에 대한 안전교육】 ① 어린이통학버스 및 어린이통학용자동차(이하 "어린이통학버스등"이라 한다)를 운영하는 사람과 운전하는 사람은 어린이통학버스등에 관한 안전교육을 받아야 한다.

② 제1항에 따른 어린이통학버스등에 관한 안전교육의 방법·절차 등에 관하여 필요한 사항은 대통령령으로 정한다.〈본조신설 2011.6.8〉

제54조 (사고발생 시의 조치) ① 차의 운전 등 교통으로 인하여 사람을 사상(死傷)하거나 물건을 손괴(이하 "교통사고"라 한다)한 경우에는 그 차의 운전자나 그 밖의 승무원(이하 "운전자등"이라 한다)은 즉시 정차하여 사상자를 구호하는 등 필요한 조치를 하여야 한다.
② 제1항의 경우 그 차의 운전자등은 경찰공무원이 현장에 있을 때에는 그 경찰공무원에게, 경찰공무원이 현장에 없을 때에는 가장 가까운 국가경찰관서(지구대, 파출소 및 출장소를 포함한다. 이하 같다)에 다음 각 호의 사항을 지체 없이 신고하여야 한다. 다만, 운행 중인 차만 손괴된 것이 분명하고 도로에서의 위험방지와 원활한 소통을 위하여 필요한 조치를 한 경우에는 그러하지 아니하다.
　1. 사고가 일어난 곳
　2. 사상자 수 및 부상 정도
　3. 손괴한 물건 및 손괴 정도
　4. 그 밖의 조치사항 등
③ 제2항에 따라 신고를 받은 국가경찰관서의 경찰공무원은 부상자의 구호와 그 밖의 교통위험 방지를 위하여 필요하다고 인정하면 경찰공무원(자치경찰공무원은 제외한다)이 현장에 도착할 때까지 신고한 운전자등에게 현장에서 대기할 것을 명할 수 있다.
④ 경찰공무원은 교통사고를 낸 차의 운전자등에 대하여 그 현장에서 부상자의 구호와 교통안전을 위하여 필요한 지시를 명할 수 있다.
⑤ 긴급자동차, 부상자를 운반 중인 차 및 우편물자동차 등의 운전자는 긴급한 경우에는 동승자로 하여금 제1항에 따른 조치나 제2항에 따른 신고를 하게 하고 운전을 계속할 수 있다.
⑥ 경찰공무원(자치경찰공무원은 제외한다)은 교통사고가 발생한 경우에는 대통령령으로 정하는 바에 따라 필요한 조사를 하여야 한다. 〈전문개정 2011.6.8〉
제55조 (사고발생 시 조치에 대한 방해의 금지) 교통사고가 일어난 경우에는 누구든지 제54조제1항 및 제2항에 따른 운전자등의 조치 또는 신고행위를 방해하여서는 아니 된다. 〈전문개정 2011.6.8〉
제56조 (고용주등의 의무) ① 차의 운전자를 고용하고 있는 사람이나 직접 운전자나 차를 관리하는 지위에 있는 사람 또는 차의 사용자(이하 "고용주등"이라 한다)는 운전자에게 이 법이나 이 법에 따른 명령을 지키도록 항상 주의시키고 감독하여야 한다.
② 고용주등은 제43조부터 제45조까지의 규정에 따라 운전을 하여서는 아니 되는 운전자가 자동차등을 운전하는 것을 알고도 말리지 아니하거나 그러한 운전자에게 자동차등을

운전하도록 시켜서는 아니 된다. 〈전문개정 2011.6.8〉

제5장 고속도로 및 자동차전용도로에서의 특례
〈본장전문개정 2011.6.8〉

제57조【통칙】 고속도로 또는 자동차전용도로(이하 "고속도로등"이라 한다)에서의 자동차 또는 보행자의 통행방법 등은 이 장에서 정하는 바에 따르고, 이 장에서 규정한 것 외의 사항에 관하여는 제1장부터 제4장까지의 규정에서 정하는 바에 따른다. 〈전문개정 2011.6.8〉

제58조【위험방지 등의 조치】 경찰공무원(자치경찰공무원은 제외한다)은 도로의 손괴, 교통사고의 발생이나 그 밖의 사정으로 고속도로등에서 교통이 위험 또는 혼잡하거나 그러할 우려가 있을 때에는 교통의 위험 또는 혼잡을 방지하고 교통의 안전 및 원활한 소통을 확보하기 위하여 필요한 범위에서 진행 중인 자동차의 통행을 일시 금지 또는 제한하거나 그 자동차의 운전자에게 필요한 조치를 명할 수 있다. 〈전문개정 2011.6.8〉

제59조【교통안전시설의 설치 및 관리】 ① 고속도로의 관리자는 고속도로에서 일어나는 위험을 방지하고 교통의 안전과 원활한 소통을 확보하기 위하여 교통안전시설을 설치·관리하여야 한다. 이 경우 고속도로의 관리자가 교통안전시설을 설치하려면 경찰청장과 협의하여야 한다.

② 경찰청장은 고속도로의 관리자에게 교통안전시설의 관리에 필요한 사항을 지시할 수 있다. 〈전문개정 2011.6.8〉

제60조【갓길 통행금지 등】 ① 자동차의 운전자는 고속도로등에서 자동차의 고장 등 부득이한 사정이 있는 경우를 제외하고는 행정안전부령으로 정하는 차로에 따라 통행하여야 하며, 갓길(「도로법」에 따른 길어깨를 말한다)로 통행하여서는 아니 된다. 다만, 긴급자동차와 고속도로등의 보수·유지 등의 작업을 하는 자동차를 운전하는 경우에는 그러하지 아니하다.

② 자동차의 운전자는 고속도로에서 다른 차를 앞지르려면 방향지시기, 등화 또는 경음기를 사용하여 행정안전부령으로 정하는 차로로 안전하게 통행하여야 한다. 〈전문개정 2011.6.8〉

제61조【고속도로 전용차로의 설치】 ① 경찰청장은 고속도로의 원활한 소통을 위하여 특히

필요한 경우에는 고속도로에 전용차로를 설치할 수 있다.

② 제1항에 따른 고속도로 전용차로의 종류 등에 관하여는 제15조제2항 및 제3항을 준용한다. 〈전문개정 2011.6.8〉

제62조【횡단 등의 금지】 자동차의 운전자는 그 차를 운전하여 고속도로등을 횡단하거나 유턴 또는 후진하여서는 아니 된다. 다만, 긴급자동차 또는 도로의 보수·유지 등의 작업을 하는 자동차 가운데 고속도로등에서의 위험을 방지·제거하거나 교통사고에 대한 응급조치작업을 위한 자동차로서 그 목적을 위하여 반드시 필요한 경우에는 그러하지 아니하다. 〈전문개정 2011.6.8〉

제63조【통행 등의 금지】 자동차(이륜자동차는 긴급자동차만 해당한다) 외의 차마의 운전자 또는 보행자는 고속도로등을 통행하거나 횡단하여서는 아니 된다. 〈전문개정 2011.6.8〉

제64조【고속도로등에서의 정차 및 주차의 금지】 자동차의 운전자는 고속도로등에서 차를 정차하거나 주차시켜서는 아니 된다. 다만, 다음 각 호의 어느 하나에 해당하는 경우에는 그러하지 아니하다.

1. 법령의 규정 또는 경찰공무원(자치경찰공무원은 제외한다)의 지시에 따르거나 위험을 방지하기 위하여 일시 정차 또는 주차시키는 경우
2. 정차 또는 주차할 수 있도록 안전표지를 설치한 곳이나 정류장에서 정차 또는 주차시키는 경우
3. 고장이나 그 밖의 부득이한 사유로 길가장자리구역(갓길을 포함한다)에 정차 또는 주차시키는 경우
4. 통행료를 내기 위하여 통행료를 받는 곳에서 정차하는 경우
5. 도로의 관리자가 고속도로등을 보수·유지 또는 순회하기 위하여 정차 또는 주차시키는 경우
6. 경찰용 긴급자동차가 고속도로등에서 범죄수사, 교통단속이나 그 밖의 경찰임무를 수행하기 위하여 정차 또는 주차시키는 경우
7. 교통이 밀리거나 그 밖의 부득이한 사유로 움직일 수 없을 때에 고속도로등의 차로에 일시 정차 또는 주차시키는 경우〈전문개정 2011.6.8〉

제65조【고속도로 진입 시의 우선순위】 ① 자동차(긴급자동차는 제외한다)의 운전자는 고속도로에 들어가려고 하는 경우에는 그 고속도로를 통행하고 있는 다른 자동차의 통행을 방해하여서는 아니 된다.

② 긴급자동차 외의 자동차의 운전자는 긴급자동차가 고속도로에 들어가는 경우에는 그 진입을 방해하여서는 아니 된다. 〈전문개정 2011.6.8〉

제66조 【고장 등의 조치】 자동차의 운전자는 고장이나 그 밖의 사유로 고속도로등에서 자동차를 운행할 수 없게 되었을 때에는 행정안전부령으로 정하는 표지(이하 "고장자동차의 표지"라 한다)를 설치하여야 하며, 그 자동차를 고속도로등이 아닌 다른 곳으로 옮겨 놓는 등의 필요한 조치를 하여야 한다. 〈전문개정 2011.6.8〉

제67조 【운전자 및 동승자의 고속도로등에서의 준수사항】 ① 고속도로등을 운행하는 자동차 가운데 행정안전부령으로 정하는 자동차의 운전자는 제50조제2항에도 불구하고 모든 동승자에게 좌석안전띠를 매도록 하여야 한다. 다만, 질병 등으로 인하여 좌석안전띠를 매는 것이 곤란하거나 행정안전부령으로 정하는 사유가 있는 경우에는 그러하지 아니하다.

② 고속도로등을 운행하는 자동차의 운전자는 교통의 안전과 원활한 소통을 확보하기 위하여 제66조에 따른 고장자동차의 표지를 항상 비치하며, 고장이나 그 밖의 부득이한 사유로 자동차를 운행할 수 없게 되었을 때에는 자동차를 도로의 우측 가장자리에 정지시키고 행정안전부령으로 정하는 바에 따라 그 표지를 설치하여야 한다. 〈전문개정 2011.6.8〉

제 6 장 도로의 사용

제68조 【도로에서의 금지행위 등】 ① 누구든지 함부로 신호기를 조작하거나 교통안전시설을 철거 · 이전하거나 손괴하여서는 아니 되며, 교통안전시설이나 그와 비슷한 인공구조물을 도로에 설치하여서는 아니 된다.

② 누구든지 교통에 방해가 될 만한 물건을 도로에 함부로 내버려두어서는 아니 된다.

③ 누구든지 다음 각 호의 어느 하나에 해당하는 행위를 하여서는 아니 된다.

1. 술에 취하여 도로에서 갈팡질팡하는 행위
2. 도로에서 교통에 방해되는 방법으로 눕거나 앉거나 서있는 행위
3. 교통이 빈번한 도로에서 공놀이 또는 썰매타기 등의 놀이를 하는 행위
4. 돌 · 유리병 · 쇳조각이나 그 밖에 도로에 있는 사람이나 차마를 손상시킬 우려가 있는 물건을 던지거나 발사하는 행위
5. 도로를 통행하고 있는 차마에서 밖으로 물건을 던지는 행위
6. 도로를 통행하고 있는 차마에 뛰어오르거나 매달리거나 차마에서 뛰어내리는 행위

7. 그 밖에 지방경찰청장이 교통상의 위험을 방지하기 위하여 필요하다고 인정하여 지정·공고한 행위〈전문개정 2011.6.8〉

제69조【도로공사의 신고 및 안전조치 등】 ① 도로관리청 또는 공사시행청의 명령에 따라 도로를 파거나 뚫는 등 공사를 하려는 사람(이하 이 조에서 "공사시행자"라 한다)은 공사 시행 3일 전에 그 일시, 공사구간, 공사기간 및 시행방법, 그 밖에 필요한 사항을 관할 경찰서장에게 신고하여야 한다. 다만, 산사태나 수도관 파열 등으로 긴급히 시공할 필요가 있는 경우에는 그에 알맞은 안전조치를 하고 공사를 시작한 후에 지체 없이 신고하여야 한다.

② 관할 경찰서장은 공사장 주변의 교통정체가 예상하지 못한 수준까지 현저히 증가하고, 교통의 안전과 원활한 소통에 미치는 영향이 중대하다고 판단하면 해당 도로관리청과 사전 협의하여 제1항에 따른 공사시행자에 대하여 공사시간의 제한 등 필요한 조치를 할 수 있다.

③ 공사시행자는 공사기간 중 차마의 통행을 유도하거나 지시 등을 할 필요가 있을 때에는 관할 경찰서장의 지시에 따라 교통안전시설을 설치하여야 한다.

④ 공사시행자는 공사로 인하여 교통안전시설을 훼손한 경우에는 행정안전부령으로 정하는 바에 따라 원상회복하고 그 결과를 관할 경찰서장에게 신고하여야 한다.〈전문개정 2011.6.8〉

제70조【도로의 점용허가 등에 관한 통보 등】 ① 도로관리청이 도로에서 다음 각 호의 어느 하나에 해당하는 행위를 하였을 때에는 고속도로의 경우에는 경찰청장에게 그 내용을 즉시 통보하고, 고속도로 외의 도로의 경우에는 관할 경찰서장에게 그 내용을 즉시 통보하여야 한다.

1. 「도로법」 제38조에 따른 도로의 점용허가
2. 「도로법」 제58조에 따른 통행의 금지나 제한 또는 같은 법 제59조에 따른 차량의 운행제한

② 삭제〈2007.12.21〉

③ 제1항에 따라 통보를 받은 경찰청장이나 관할 경찰서장은 교통의 안전과 원활한 소통을 확보하기 위하여 필요하다고 인정하면 도로관리청에 필요한 조치를 요구할 수 있다. 이 경우 도로관리청은 정당한 사유가 없으면 그 조치를 하여야 한다.〈개정 2007.12.21, 208.3.21, 2011.6.8〉

제71조【도로의 위법 인공구조물에 대한 조치】 ① 경찰서장은 다음 각 호의 어느 하나에 해

당하는 사람에 대하여 위반행위를 시정하도록 하거나 그 위반행위로 인하여 생긴 교통장
해를 제거할 것을 명할 수 있다.

1. 제68조제1항을 위반하여 교통안전시설이나 그 밖에 이와 비슷한 인공구조물을 함부
   로 설치한 사람
2. 제68조제2항을 위반하여 물건을 도로에 내버려 둔 사람
3. 「도로법」 제38조를 위반하여 교통에 방해가 될 만한 인공구조물 등을 설치하거나 그
   공사 등을 한 사람

② 경찰서장은 제1항 각 호의 어느 하나에 해당하는 사람의 성명 · 주소를 알지 못하여 제
1항에 따른 조치를 명할 수 없을 때에는 스스로 그 인공구조물 등을 제거하는 등 조치를
한 후 보관하여야 한다. 이 경우 닳아 없어지거나 파괴될 우려가 있거나 보관하는 것이 매
우 곤란한 인공구조물 등은 매각하여 그 대금을 보관할 수 있다.

③ 제2항에 따른 인공구조물 등의 보관 및 매각 등에 필요한 사항은 대통령령으로 정한
다.〈전문개정 2011.6.8〉

제72조【도로의 지상 인공구조물 등에 대한 위험방지 조치】① 경찰서장은 도로의 지상(地
上) 인공구조물이나 그 밖의 시설 또는 물건이 교통에 위험을 일으키게 하거나 교통에 뚜
렷이 방해될 우려가 있으면 그 인공구조물 등의 소유자 · 점유자 또는 관리자에게 그것을
제거하도록 하거나 그 밖에 교통안전에 필요한 조치를 명할 수 있다.

② 경찰서장은 인공구조물 등의 소유자 · 점유자 또는 관리자의 성명 · 주소를 알지 못하
여 제1항에 따른 조치를 명할 수 없을 때에는 스스로 그 인공구조물 등을 제거하는 등 조
치를 한 후 보관하여야 한다. 이 경우 닳아 없어지거나 파괴될 우려가 있거나 보관하는 것
이 매우 곤란한 인공구조물 등은 매각하여 그 대금을 보관할 수 있다.

③ 제2항에 따른 인공구조물 등의 보관 및 매각 등에 필요한 사항은 대통령령으로 정한
다.〈전문개정 2011.6.8〉

제 7 장 교통안전교육
〈본장전문개정 2011.6.8〉

제73조【교통안전교육】① 운전면허를 받으려는 사람은 대통령령으로 정하는 바에 따라 제
83조제1항제2호와 제3호에 따른 시험에 응시하기 전에 다음 각 호의 사항에 관한 교통안

전교육을 받아야 한다. 다만, 제2항제1호에 따라 특별한 교통안전교육을 받은 사람 또는 제104조제1항에 따른 자동차운전 전문학원에서 학과교육을 수료한 사람은 그러하지 아니하다.

1. 운전자가 갖추어야 하는 기본예절
2. 도로교통에 관한 법령과 지식
3. 안전운전 능력
4. 어린이 · 장애인 및 노인의 교통사고 예방에 관한 사항
5. 친환경 경제운전에 필요한 지식과 기능
6. 그 밖에 교통안전의 확보를 위하여 필요한 사항

② 자동차등의 운전자 또는 운전면허 취소처분이나 운전면허효력 정지처분을 받은 사람으로서 다음 각 호의 어느 하나에 해당하는 사람은 대통령령으로 정하는 바에 따라 특별한 교통안전교육을 받아야 한다. 이 경우 제1호 · 제2호 또는 제3호에 해당하는 경우로서 부득이한 사유가 있으면 대통령령으로 정하는 바에 따라 교육의 연기(延期)를 받을 수 있다.

1. 운전면허 취소처분을 받은 사람으로서 운전면허를 다시 받으려는 사람
2. 공동 위험행위, 교통사고나 술에 취한 상태에서의 운전으로 운전면허효력 정지처분을 받게 되거나 받은 사람으로서 그 정지기간이 끝나지 아니한 사람
3. 운전면허효력 정지처분을 받게 되거나 받은 초보운전자로서 그 정지기간이 끝나지 아니한 사람
4. 교통법규 위반 등 제2호 및 제3호에 따른 사유 외의 사유로 운전면허효력 정지처분을 받게 되거나 받은 사람 가운데 교육받기를 원하는 사람
5. 교통법규 위반 등으로 인하여 운전면허효력 정지처분을 받을 가능성이 있는 사람 가운데 교육받기를 원하는 사람 〈전문개정 2011.6.8〉

제74조【교통안전교육기관의 지정 등】 ① 제73조제1항에 따라 운전면허를 받으려는 사람이 받아야 하는 교통안전교육(이하 "교통안전교육"이라 한다)은 제104조제1항에 따른 자동차운전 전문학원과 제2항에 따라 지방경찰청장이 지정한 기관이나 시설에서 한다.

② 지방경찰청장은 교통안전교육을 하기 위하여 다음 각 호의 어느 하나에 해당하는 기관이나 시설이 대통령령으로 정하는 시설 · 설비 및 강사 등의 요건을 갖추어 신청하는 경우에는 해당 기관이나 시설을 교통안전교육을 하는 기관(이하 "교통안전교육기관"이라 한다)으로 지정할 수 있다.

1. 제99조에 따른 자동차운전학원

2. 제120조 및 제121조에 따른 도로교통공단과 그 지부(支部)·지소 및 교육기관

3. 「평생교육법」 제30조제2항에 따른 평생교육과정이 개설된 대학 부설 평생교육시설

4. 제주특별자치도 또는 시·군·자치구에서 운영하는 교육시설

③ 지방경찰청장은 제2항에 따라 교통안전교육기관을 지정한 경우에는 행정안전부령으로 정하는 지정증을 발급하여야 한다.

④ 지방경찰청장은 다음 각 호의 어느 하나에 해당하는 기관이나 시설을 교통안전교육기관으로 지정하여서는 아니 된다.

1. 제79조에 따라 지정이 취소된 교통안전교육기관을 설립·운영한 자가 그 지정이 취소된 날부터 3년 이내에 설립·운영하는 기관 또는 시설

2. 제79조에 따라 지정이 취소된 날부터 3년 이내에 같은 장소에서 설립·운영되는 기관 또는 시설〈전문개정 2011.6.8〉

제75조 【교통안전교육기관의 운영책임자】 ① 교통안전교육기관의 장은 교육업무를 효율적으로 관리하기 위하여 필요하다고 인정하면 해당 기관의 소속 직원(제76조제1항에 따른 교통안전교육강사는 제외한다) 중에서 교통안전교육기관의 운영책임자를 임명할 수 있다.

② 교통안전교육기관의 장(교통안전교육기관의 장이 제1항에 따라 교통안전교육기관의 운영책임자를 임명한 경우에는 그 운영책임자를 말한다. 이하 같다)은 교통안전교육을 담당하는 강사(이하 "교통안전교육강사"라 한다)를 지도·감독하고 교통안전교육 업무가 공정하게 이루어지도록 관리하여야 한다.

제76조 【교통안전교육강사의 자격기준 등】 ① 교통안전교육기관에는 교통안전교육강사를 두어야 한다.

② 제1항에 따른 교통안전교육강사는 다음 각 호의 어느 하나에 해당하는 사람이어야 한다.

1. 제106조제2항에 따라 경찰청장이 발급한 학과교육 강사자격증을 소지한 사람

2. 도로교통 관련 행정 또는 교육 업무에 2년 이상 종사한 경력이 있는 사람으로서 대통령령으로 정하는 교통안전교육강사 자격교육을 받은 사람

③ 다음 각 호의 어느 하나에 해당하는 사람은 교통안전교육강사가 될 수 없다.

1. 20세 미만인 사람

2. 「교통사고처리 특례법」 제3조제1항 또는 「특정범죄 가중처벌 등에 관한 법률」 제5조의3을 위반하여 금고 이상의 형을 선고받고 그 집행이 끝나거나 집행이 면제된 날부터 2년이 지나지 아니한 사람

3. 「교통사고처리 특례법」 제3조제1항 또는 「특정범죄 가중처벌 등에 관한 법률」 제5조

의3을 위반하여 금고 이상의 형을 선고받고 그 집행유예기간 중에 있는 사람4. 자동차를 운전할 수 있는 운전면허를 받지 아니한 사람 또는 초보운전자

④ 교통안전교육기관의 장은 교통안전교육강사가 아닌 사람으로 하여금 교통안전교육을 하게 하여서는 아니 된다.

⑤ 지방경찰청장은 도로교통 관련 법령이 개정되거나 효과적인 교통안전교육을 위하여 필요하다고 인정하면 교통안전교육강사를 대상으로 대통령령으로 정하는 바에 따라 연수교육을 할 수 있다.

⑥ 교통안전교육기관의 장은 제5항에 따라 교통안전교육강사가 연수교육을 받아야 하는 경우에는 부득이한 사유가 없으면 연수교육을 받을 수 있도록 조치하여야 한다.

제77조【교통안전교육의 수강 확인 등】 ① 교통안전교육강사는 운전면허를 받으려는 사람이 제73조제1항에 따른 교통안전교육을 마치면 개인별 수강 결과를 교통안전교육기관의 장에게 보고하여야 한다.

② 교통안전교육기관의 장은 제1항에 따른 보고를 받은 경우 대통령령으로 정하는 기준에 해당하는 교육을 받은 사람에게 교육확인증을 발급하고 지체 없이 관할 지방경찰청장에게 그 사실을 보고하여야 한다.

제78조【교통안전교육기관 운영의 정지 또는 폐지의 신고】 교통안전교육기관의 장은 해당 교통안전교육기관의 운영을 1개월 이상 정지하거나 폐지하려면 정지 또는 폐지하려는 날의 7일 전까지 행정안전부령으로 정하는 바에 따라 지방경찰청장에게 신고하여야 한다.

제79조【교통안전교육기관의 지정취소 등】 ① 지방경찰청장은 교통안전교육기관이 다음 각 호의 어느 하나에 해당할 때에는 행정안전부령으로 정하는 기준에 따라 지정을 취소하거나 1년 이내의 기간을 정하여 운영의 정지를 명할 수 있다. 다만, 제3호에 해당할 때에는 그 지정을 취소하여야 한다.

  1. 교통안전교육기관이 제74조제2항에 따른 지정기준에 적합하지 아니하여 시정명령을 받고 30일 이내에 시정하지 아니한 경우

  2. 교통안전교육기관의 장이 제76조제6항을 위반하여 교통안전교육강사가 연수교육을 받을 수 있도록 조치하지 아니한 경우

  3. 교통안전교육기관의 장이 제77조제2항을 위반하여 교통안전교육과정을 이수하지 아니한 사람에게 교육확인증을 발급한 경우

  4. 교통안전교육기관의 장이 제141조제2항을 위반하여 자료제출 또는 보고를 하지 아니하거나 거짓으로 자료제출 또는 보고를 한 경우

5. 교통안전교육기관의 장이 제141조제2항을 위반하여 관계 공무원의 출입·검사를 거부·방해 또는 기피한 경우

② 지방경찰청장은 교통안전교육기관이 제1항에 따른 운영정지 명령을 위반하여 계속 운영행위를 할 때에는 행정안전부령으로 정하는 기준에 따라 지정을 취소할 수 있다.

제 8 장 운전면허

제80조 【운전면허】 ① 자동차등을 운전하려는 사람은 지방경찰청장으로부터 운전면허를 받아야 한다. 다만, 제2조제19호나목의 원동기를 단 차 중 「교통약자의 이동편의 증진법」 제2조제1호에 따른 교통약자가 최고속도 시속 20킬로미터 이하로만 운행될 수 있는 차를 운전하는 경우에는 그러하지 아니하다.

② 지방경찰청장은 운전을 할 수 있는 차의 종류를 기준으로 다음 각 호와 같이 운전면허의 범위를 구분하고 관리하여야 한다. 이 경우 운전면허의 범위에 따라 운전할 수 있는 차의 종류는 행정안전부령으로 정한다.

  1. 제1종 운전면허
    가. 대형면허
    나. 보통면허
    다. 소형면허라. 특수면허
  2. 제2종 운전면허
    가. 보통면허
    나. 소형면허
    다. 원동기장치자전거면허
  3. 연습운전면허
    가. 제1종 보통연습면허
    나. 제2종 보통연습면허

③ 지방경찰청장은 운전면허를 받을 사람의 신체 상태 또는 운전 능력에 따라 행정안전부령으로 정하는 바에 따라 운전할 수 있는 자동차등의 구조를 한정하는 등 운전면허에 필요한 조건을 붙일 수 있다.

④ 지방경찰청장은 제87조 및 제88조에 따라 적성검사를 받은 사람의 신체 상태 또는 운

전 능력에 따라 제3항에 따른 조건을 새로 붙이거나 바꿀 수 있다. 〈전문개정 2011.6.8〉

제81조 【연습운전면허의 효력】 연습운전면허는 그 면허를 받은 날부터 1년 동안 효력을 가진다. 다만, 연습운전면허를 받은 날부터 1년 이전이라도 연습운전면허를 받은 사람이 제1종 보통면허 또는 제2종 보통면허를 받은 경우 연습운전면허는 그 효력을 잃는다.

제82조 【운전면허의 결격사유】 ① 다음 각 호의 어느 하나에 해당하는 사람은 운전면허를 받을 수 없다.

1. 18세 미만(원동기장치자전거의 경우에는 16세 미만)인 사람
2. 교통상의 위험과 장해를 일으킬 수 있는 정신질환자 또는 간질환자(癎疾患者)로서 대통령령으로 정하는 사람
3. 듣지 못하는 사람(제1종 운전면허 중 대형면허·특수면허만 해당한다), 앞을 보지 못하는 사람이나 그 밖에 대통령령으로 정하는 신체장애인
4. 양쪽 팔의 팔꿈치관절 이상을 잃은 사람이나 양쪽 팔을 전혀 쓸 수 없는 사람. 다만, 본인의 신체장애 정도에 적합하게 제작된 자동차를 이용하여 정상적인 운전을 할 수 있는 경우에는 그러하지 아니하다.
5. 교통상의 위험과 장해를 일으킬 수 있는 마약·대마·향정신성의약품 또는 알코올 중독자로서 대통령령으로 정하는 사람
6. 제1종 대형면허 또는 제1종 특수면허를 받으려는 경우로서 19세 미만이거나 자동차 (이륜자동차는 제외한다)의 운전경험이 1년 미만인 사람

② 다음 각 호의 어느 하나의 경우에 해당하는 사람은 해당 각 호에 규정된 기간이 지나지 아니하면 운전면허를 받을 수 없다. 이 경우 제1호부터 제5호까지의 규정은 벌금 이상의 형(집행유예를 포함한다)을 선고받은 사람에게만 적용한다.

1. 제43조 또는 제96조제3항을 위반하여 자동차등을 운전한 경우에는 그 위반한 날(운전면허효력 정지기간에 운전하여 취소된 경우에는 그 취소된 날을 말하며, 이하 이 조에서 같다)부터 1년(원동기장치자전거면허를 받으려는 경우에는 6개월로 하되, 제46조를 위반한 경우에는 그 위반한 날부터 1년). 다만, 사람을 사상한 후 제54조제1항에 따른 필요한 조치 및 제2항에 따른 신고를 하지 아니한 경우에는 그 위반한 날부터 5년으로 한다.
2. 제43조 또는 제96조제3항을 3회 이상 위반하여 자동차등을 운전한 경우에는 그 위반한 날부터 2년
3. 제44조, 제45조 또는 제46조를 위반하여 사람을 사상한 후 제54조제1항 및 제2항에

따른 필요한 조치 및 신고를 하지 아니한 경우에는 운전면허가 취소된 날부터 5년

4. 제43조 부터 제46조까지의 규정에 따른 사유가 아닌 다른 사유로 사람을 사상한 후 제54조제1항 및 제2항에 따른 필요한 조치 및 신고를 하지 아니한 경우에는 운전면허가 취소된 날부터 4년

5. 제44조제1항을 위반하여 술에 취한 상태에서 운전을 하다가 3회 이상 교통사고를 일으킨 경우에는 운전면허가 취소된 날부터 3년, 자동차등을 이용하여 범죄행위를 하거나 다른 사람의 자동차등을 훔치거나 빼앗은 사람이 제43조를 위반하여 그 자동차등을 운전한 경우에는 그 위반한 날부터 3년

6. 제44조제1항 또는 제2항을 3회 이상 위반 또는 제46조를 2회 이상 위반하여 각각 운전면허가 취소되거나 제93조제1항제8호 · 제12호 또는 제13호의 사유로 운전면허가 취소된 경우에는 운전면허가 취소된 날부터 2년

7. 제1호부터 제6호까지의 규정에 따른 경우가 아닌 다른 사유로 운전면허가 취소된 경우에는 운전면허가 취소된 날부터 1년(원동기장치자전거면허를 받으려는 경우에는 6개월로 하되, 제46조를 위반하여 운전면허가 취소된 경우에는 1년). 다만, 적성검사를 받지 아니하여 운전면허가 취소된 사람 또는 제1종 운전면허를 받은 사람이 적성검사에 불합격되어 다시 제2종 운전면허를 받으려는 경우에는 그러하지 아니하다.

8. 운전면허효력 정지처분을 받고 있는 경우에는 그 정지기간

③ 제93조에 따라 운전면허 취소처분을 받은 사람은 제2항에 따른 운전면허 결격기간이 끝났다 하여도 그 취소처분을 받은 이후에 제73조제2항에 따른 특별한 교통안전교육을 받지 아니하면 운전면허를 받을 수 없다. 〈전문개정 2011.6.8〉

제83조【운전면허시험 등】① 운전면허시험(제1종 보통면허시험 및 제2종 보통면허시험은 제외한다)은 제120조에 따른 도로교통공단이 다음 각 호의 사항에 대하여 제80조제2항에 따른 운전면허의 구분에 따라 실시한다. 다만, 대통령령으로 정하는 운전면허시험은 대통령령으로 정하는 바에 따라 지방경찰청장이나 도로교통공단이 실시한다.

1. 자동차등의 운전에 필요한 적성
2. 자동차등 및 도로교통에 관한 법령에 대한 지식
3. 자동차등의 관리방법과 안전운전에 필요한 점검의 요령
4. 자동차등의 운전에 필요한 기능
5. 친환경 경제운전에 필요한 지식과 기능

② 제1종 보통면허시험과 제2종 보통면허시험은 도로교통공단이 응시자가 도로에서 자동

차를 운전할 능력이 있는지에 대하여 실시한다. 이 경우 제1종 보통면허시험은 제1종 보통연습면허를 받은 사람을 대상으로 하고, 제2종 보통면허시험은 제2종 보통연습면허를 받은 사람을 대상으로 한다.

③ 제82조에 따라 운전면허를 받을 수 없는 사람은 운전면허시험에 응시할 수 없다.

④ 제1항제2호 및 제3호에 따른 운전면허시험에 응시하려는 사람은 그 운전면허시험에 응시하기 전에 제73조제1항에 따른 교통안전교육 또는 제104조제1항에 따른 자동차운전 전문학원에서 학과교육을 받아야 한다.

⑤ 제1항과 제2항에 따른 운전면허시험의 방법, 절차와 그 밖에 필요한 사항은 대통령령으로 정한다. 〈전문개정 2011.6.8〉

제84조【운전면허시험의 면제】 ① 다음 각 호의 어느 하나에 해당하는 사람에 대하여는 대통령령으로 정하는 바에 따라 운전면허시험의 일부를 면제한다.

1. 대학·전문대학 또는 공업계 고등학교의 기계과나 자동차와 관련된 학과를 졸업한 사람으로서 재학 중 자동차에 관한 과목을 이수한 사람
2. 「국가기술자격법」 제10조에 따라 자동차의 정비 또는 검사에 관한 기술자격시험에 합격한 사람
3. 외국의 권한 있는 기관에서 발급한 운전면허증(이하 "외국면허증"이라 한다)을 가진 사람 가운데 다음 각 목의 어느 하나에 해당되는 사람가. 「주민등록법」 제6조에 따라 주민등록이 된 사람나. 「출입국관리법」 제31조에 따라 외국인등록을 한 사람 또는 외국인등록이 면제된 사람다. 「난민법」에 따른 난민인정자라. 「재외동포의 출입국과 법적 지위에 관한 법률」 제6조에 따라 국내거소신고를 한 사람
4. 군(軍) 복무 중 자동차등에 상응하는 군 소속 차를 6개월 이상 운전한 경험이 있는 사람
5. 제87조제2항 또는 제88조에 따른 적성검사를 받지 아니하여 운전면허가 취소된 후 다시 면허를 받으려는 사람
6. 운전면허를 받은 후 제80조제2항의 구분에 따라 운전할 수 있는 자동차의 종류를 추가하려는 사람
7. 제93조제1항제15호부터 제18호까지의 규정에 따라 운전면허가 취소된 후 다시 운전면허를 받으려는 사람
8. 제108조제5항에 따른 자동차운전 전문학원의 수료증 또는 졸업증을 소지한 사람
9. 군사분계선 이북지역에서 운전면허를 받은 사실이 인정되는 사람

② 제1항제3호에 따른 외국면허증(그 운전면허증을 발급한 국가에서 90일을 초과하여 체

류하면서 그 체류기간 동안 취득한 것으로서 임시면허증 또는 연습면허증이 아닌 것을 말한다)을 가진 사람에 대하여는 해당 국가가 대한민국 운전면허증을 가진 사람에게 적성시험을 제외한 모든 운전면허시험 과정을 면제하는 국가(이하 이 조에서 "국내면허 인정국가"라 한다)인지 여부에 따라 대통령령으로 정하는 바에 따라 면제하는 운전면허시험을 다르게 정할 수 있다. 다만, 외교, 공무(公務) 또는 연구 등 대통령령으로 정하는 목적으로 국내에 체류하고 있는 사람이 가지고 있는 외국면허증은 국내면허 인정국가의 권한 있는 기관에서 발급한 운전면허증으로 보며, 국내면허 인정국가 가운데 우리나라와 운전면허의 상호인정에 관한 약정을 체결한 국가에 대하여는 그 약정한 내용에 따라 운전면허시험의 일부를 면제할 수 있다.

③ 도로교통공단은 제1항제3호 및 제2항에 따라 외국면허증을 가진 사람에게 운전면허시험의 일부를 면제하고 국내운전면허증을 발급하는 경우에는 그 사람의 외국면허증을 회수하여야 한다. 이 경우 그 외국면허증을 발급한 국가의 관계 기관의 요청이 있는 경우에는 그 외국면허증을 해당 국가에 송부할 수 있다. 〈전문개정 2011.6.8, 개정 2012.2.10〉

제85조【운전면허증의 발급 등】 ① 운전면허를 받으려는 사람은 운전면허시험에 합격하여야 한다.

② 지방경찰청장은 운전면허시험에 합격한 사람에 대하여 행정안전부령으로 정하는 운전면허증을 발급하여야 한다.

③ 운전면허의 효력은 본인 또는 대리인이 제2항에 따른 운전면허증을 발급받은 때부터 발생한다. 〈전문개정 2011.6.8〉

제86조【운전면허증의 재발급】 운전면허증을 잃어버렸거나 헐어 못 쓰게 되었을 때에는 행정안전부령으로 정하는 바에 따라 지방경찰청장에게 신청하여 다시 발급받을 수 있다.〈전문개정 2011.6.8〉

제87조【운전면허증의 갱신과 정기 적성검사】 ① 운전면허를 받은 사람은 다음 각 호의 구분에 따른 기간 이내에 대통령령으로 정하는 바에 따라 지방경찰청장으로부터 운전면허증을 갱신하여 발급받아야 한다.

1. 최초의 운전면허증 갱신기간은 제83조제1항 또는 제2항에 따른 운전면허시험에 합격한 날부터 기산하여 10년(운전면허시험 합격일에 65세 이상인 사람은 5년)이 되는 날이 속하는 해의 1월 1일부터 12월 31일까지

2. 제1호 외의 운전면허증 갱신기간은 직전의 운전면허증 갱신일부터 기산하여 매 10년(직전의 운전면허증 갱신일에 65세 이상인 사람은 5년)이 되는 날이 속하는 해의 1

월 1일부터 12월 31일까지

② 다음 각 호의 어느 하나에 해당하는 사람은 제1항에 따른 운전면허증 갱신기간에 대통령령으로 정하는 바에 따라 도로교통공단이 실시하는 정기(定期) 적성검사(適性檢查)를 받아야 한다.

    1. 제1종 운전면허를 받은 사람

    2. 제2종 운전면허를 받은 사람 중 운전면허증 갱신기간에 70세 이상인 사람

③ 제2항에 따른 정기 적성검사를 받지 아니하거나 이에 합격하지 못한 사람은 운전면허증을 갱신하여 받을 수 없다.

④ 제1항 또는 제2항에 따라 운전면허증을 갱신하여 발급받거나 정기 적성검사를 받아야 하는 사람이 해외여행 또는 군 복무 등 대통령령으로 정하는 사유로 그 기간 이내에 운전면허증을 갱신하여 발급받거나 정기 적성검사를 받을 수 없는 때에는 대통령령으로 정하는 바에 따라 이를 미리 받거나 그 연기를 받을 수 있다.〈전문개정 2011.6.8〉

제88조【수시 적성검사】 ① 제1종 운전면허 또는 제2종 운전면허를 받은 사람(제96조제1항에 따른 국제운전면허증을 받은 사람을 포함한다)이 안전운전에 장애가 되는 후천적 신체장애 등 대통령령으로 정하는 사유에 해당되는 경우에는 도로교통공단이 실시하는 수시(隨時) 적성검사를 받아야 한다.

② 제1항에 따른 수시 적성검사의 기간·통지와 그 밖에 수시 적성검사의 실시에 필요한 사항은 대통령령으로 정한다.〈전문개정 2011.6.8〉

제89조【수시 적성검사 관련 개인정보의 통보】 ① 제88조제1항에 따라 수시 적성검사를 받아야 하는 사람의 후천적 신체장애 등에 관한 개인정보를 가지고 있는 기관 가운데 대통령령으로 정하는 기관의 장은 수시 적성검사와 관련이 있는 개인정보를 경찰청장에게 통보하여야 한다.

② 제1항에 따라 경찰청장에게 통보하여야 하는 개인정보의 내용 및 통보방법과 그 밖에 개인정보의 통보에 필요한 사항은 대통령령으로 정한다.〈전문개정 2011.6.8〉

제90조【정신 질환 등이 의심되는 사람에 대한 조치】 도로교통공단은 다음 각 호의 어느 하나에 해당하는 사람이 제82조제1항제2호 또는 제5호에 해당한다고 인정할 만한 상당한 사유가 있는 경우에는 해당 분야 전문의(專門醫)의 정밀진단을 받게 할 수 있다.

    1. 제83조에 따른 운전면허시험 중인 사람

    2. 제87조제2항 또는 제88조제1항에 따른 적성검사를 받는 사람〈전문개정 2011.6.8〉

제91조【임시운전증명서】 ① 지방경찰청장은 다음 각 호의 어느 하나의 경우에 해당하는

사람이 임시운전증명서 발급을 신청하면 행정안전부령으로 정하는 바에 따라 임시운전증명서를 발급할 수 있다. 다만, 제2호의 경우에는 소지하고 있는 운전면허증에 행정안전부령으로 정하는 사항을 기재하여 발급함으로써 임시운전증명서 발급을 갈음할 수 있다.

1. 운전면허증을 받은 사람이 제86조에 따른 재발급 신청을 한 경우
2. 제87조에 따른 정기 적성검사 또는 운전면허증 갱신 발급 신청을 하거나 제88조에 따른 수시 적성검사를 신청한 경우
3. 제93조에 따른 운전면허의 취소처분 또는 정지처분 대상자가 운전면허증을 제출한 경우

② 제1항의 임시운전증명서는 그 유효기간 중에는 운전면허증과 같은 효력이 있다.〈전문개정 2011.6.8〉

제92조【운전면허증 휴대 및 제시 등의 의무】 ① 자동차등을 운전할 때에는 다음 각 호의 어느 하나에 해당하는 운전면허증 등을 지니고 있어야 한다.

1. 운전면허증, 제96조제1항에 따른 국제운전면허증이나 「건설기계관리법」에 따른 건설기계조종사면허증(이하 "운전면허증등"이라 한다)
2. 운전면허증등을 갈음하는 다음 각 목의 증명서가. 제91조에 따른 임시운전증명서나. 제138조에 따른 범칙금 납부통고서 또는 출석지시서나. 제143조제1항에 따른 출석고지서

② 운전자는 운전 중에 교통안전이나 교통질서 유지를 위하여 경찰공무원이 제1항에 따른 운전면허증등 또는 이를 갈음하는 증명서를 제시할 것을 요구하거나 운전자의 신원 및 운전면허 확인을 위한 질문을 할 때에는 이에 응하여야 한다.〈전문개정 2011.6.8〉

제93조【운전면허의 취소·정지】 ① 지방경찰청장은 운전면허(연습운전면허는 제외한다. 이하 이 조에서 같다)를 받은 사람이 다음 각 호의 어느 하나에 해당하면 행정안전부령으로 정하는 기준에 따라 운전면허를 취소하거나 1년 이내의 범위에서 운전면허의 효력을 정지시킬 수 있다. 다만, 제2호, 제3호, 제7호부터 제9호까지(정기 적성검사 기간이 지난 경우는 제외한다), 제12호, 제14호, 제16호부터 제18호까지의 규정에 해당하는 경우에는 운전면허를 취소하여야 한다.

1. 제44조제1항을 위반하여 술에 취한 상태에서 자동차등을 운전한 경우
2. 제44조제1항 또는 제2항 후단을 2회 이상 위반한 사람이 다시 같은 조 제1항을 위반하여 운전면허 정지 사유에 해당된 경우
3. 제44조제2항 후단을 위반하여 술에 취한 상태에 있다고 인정할 만한 상당한 이유가

있음에도 불구하고 경찰공무원의 측정에 응하지 아니한 경우
4. 제45조를 위반하여 약물의 영향으로 인하여 정상적으로 운전하지 못할 우려가 있는 상태에서 자동차등을 운전한 경우
5. 제46조제1항을 위반하여 공동 위험행위를 한 경우
6. 교통사고로 사람을 사상한 후 제54조제1항 또는 제2항에 따른 필요한 조치 또는 신고를 하지 아니한 경우
7. 제82조제1항제2호부터 제5호까지의 규정에 따른 운전면허를 받을 수 없는 사람에 해당된 경우
8. 제82조에 따라 운전면허를 받을 수 없는 사람이 운전면허를 받거나 거짓이나 그 밖의 부정한 수단으로 운전면허를 받은 경우 또는 운전면허효력의 정지기간 중 운전면허증 또는 운전면허증을 갈음하는 증명서를 발급받은 사실이 드러난 경우
9. 제87조제2항 또는 제88조제1항에 따른 적성검사를 받지 아니하거나 그 적성검사에 불합격한 경우
10. 운전 중 고의 또는 과실로 교통사고를 일으킨 경우
11. 운전면허를 받은 사람이 자동차등을 이용하여 살인 또는 강간 등 행정안전부령으로 정하는 범죄행위를 한 경우
12. 다른 사람의 자동차등을 훔치거나 빼앗은 경우
13. 다른 사람이 부정하게 운전면허를 받도록 하기 위하여 제83조에 따른 운전면허시험에 대신 응시한 경우
14. 이 법에 따른 교통단속 임무를 수행하는 경찰공무원등 및 시·군공무원을 폭행한 경우
15. 운전면허증을 다른 사람에게 빌려주어 운전하게 하거나 다른 사람의 운전면허증을 빌려서 사용한 경우
16. 「자동차관리법」에 따라 등록되지 아니하거나 임시운행허가를 받지 아니한 자동차(이륜자동차는 제외한다)를 운전한 경우
17. 제1종 보통면허 및 제2종 보통면허를 받기 전에 연습운전면허의 취소 사유가 있었던 경우
18. 다른 법률에 따라 관계 행정기관의 장이 운전면허의 취소처분 또는 정지처분을 요청한 경우
19. 이 법이나 이 법에 따른 명령 또는 처분을 위반한 경우

② 지방경찰청장은 제1항에 따라 운전면허를 취소하거나 운전면허의 효력을 정지하려고 할 때 그 기준으로 활용하기 위하여 교통법규를 위반하거나 교통사고를 일으킨 사람에 대하여는 행정안전부령으로 정하는 바에 따라 위반 및 피해의 정도 등에 따라 벌점을 부과할 수 있으며, 그 벌점이 행정안전부령으로 정하는 기간 동안 일정한 점수를 초과하는 경우에는 행정안전부령으로 정하는 바에 따라 운전면허를 취소 또는 정지할 수 있다.

③ 지방경찰청장은 연습운전면허를 발급받은 사람이 운전 중 고의 또는 과실로 교통사고를 일으키거나 이 법이나 이 법에 따른 명령 또는 처분을 위반한 경우에는 연습운전면허를 취소하여야 한다. 다만, 본인에게 귀책사유(歸責事由)가 없는 경우 등 대통령령으로 정하는 경우에는 그러하지 아니하다.

④ 지방경찰청장은 제1항 또는 제2항에 따라 운전면허의 취소처분 또는 정지처분을 하려고 하거나 제3항에 따라 연습운전면허 취소처분을 하려면 그 처분을 하기 전에 미리 행정안전부령으로 정하는 바에 따라 처분의 당사자에게 처분 내용과 의견제출 기한 등을 통지하여야 하며, 그 처분을 하는 때에는 행정안전부령으로 정하는 바에 따라 처분의 이유와 행정심판을 제기할 수 있는 기간 등을 통지하여야 한다. 다만, 제87조제2항 또는 제88조제1항에 따른 적성검사를 받지 아니하였다는 이유로 운전면허를 취소하려면 행정안전부령으로 정하는 바에 따라 처분의 당사자에게 적성검사를 할 수 있는 날의 만료일 전까지 적성검사를 받지 아니하면 운전면허가 취소된다는 사실의 조건부 통지를 함으로써 처분의 사전 및 사후 통지를 갈음할 수 있다. 〈전문개정 2011.6.8〉

제94조【운전면허 처분에 대한 이의신청】① 제93조제1항 또는 제2항에 따른 운전면허의 취소처분 또는 정지처분이나 같은 조 제3항에 따른 연습운전면허 취소처분에 대하여 이의(異議)가 있는 사람은 그 처분을 받은 날부터 60일 이내에 행정안전부령으로 정하는 바에 따라 지방경찰청장에게 이의를 신청할 수 있다.

② 지방경찰청장은 제1항에 따른 이의를 심의하기 위하여 행정안전부령으로 정하는 바에 따라 운전면허행정처분 이의심의위원회를 두어야 한다.

③ 제1항에 따라 이의를 신청한 사람은 그 이의신청과 관계없이 「행정심판법」에 따른 행정심판을 청구할 수 있다. 이 경우 이의를 신청하여 그 결과를 통보받은 사람(결과를 통보받기 전에 「행정심판법」에 따른 행정심판을 청구한 사람은 제외한다)은 통보받은 날부터 90일 이내에 「행정심판법」에 따른 행정심판을 청구할 수 있다. 〈전문개정 2011.6.8〉

제95조【운전면허증의 반납】① 운전면허증을 받은 사람이 다음 각 호의 어느 하나에 해당하면 그 사유가 발생한 날부터 7일 이내(제4호 및 제5호의 경우 새로운 운전면허증을 받기

위하여 운전면허증을 제출한 때)에 주소지를 관할하는 지방경찰청장에게 운전면허증을 반납하여야 한다.

  1. 운전면허 취소처분을 받은 경우

  2. 운전면허효력 정지처분을 받은 경우

  3. 운전면허증을 잃어버리고 다시 발급받은 후 그 잃어버린 운전면허증을 찾은 경우

  4. 연습운전면허증을 받은 사람이 제1종 보통면허증 또는 제2종 보통면허증을 받은 경우

  5. 운전면허증 갱신을 받은 경우

② 경찰공무원은 제1항을 위반하여 운전면허증을 반납하지 아니한 사람이 소지한 운전면허증을 직접 회수할 수 있다.

③ 지방경찰청장이 제1항제2호에 따라 운전면허증을 반납받았거나 제2항에 따라 제1항제2호에 해당하는 사람으로부터 운전면허증을 회수하였을 때에는 이를 보관하였다가 정지기간이 끝난 즉시 돌려주어야 한다.〈전문개정 2011.6.8〉

제 9 장 국제운전면허증
〈본장전문개정 2011.6.8〉

제96조【국제운전면허증에 의한 자동차등의 운전】 ① 외국의 권한 있는 기관에서 다음 각 호의 어느 하나에 해당하는 협약에 따른 운전면허증(이하 "국제운전면허증" 이라 한다)을 발급받은 사람은 제80조제1항에도 불구하고 국내에 입국한 날부터 1년 동안만 그 국제운전면허증으로 자동차등을 운전할 수 있다. 이 경우 운전할 수 있는 자동차의 종류는 그 국제운전면허증에 기재된 것으로 한정한다.

  1. 1949년 제네바에서 체결된 「도로교통에 관한 협약」

  2. 1968년 비엔나에서 체결된 「도로교통에 관한 협약」

② 국제운전면허증을 외국에서 발급받은 사람은 「여객자동차 운수사업법」또는 「화물자동차 운수사업법」에 따른 사업용 자동차를 운전할 수 없다. 다만, 「여객자동차 운수사업법」에 따른 대여사업용 자동차를 임차(賃借)하여 운전하는 경우에는 그러하지 아니하다.

③ 제82조제2항에 따른 운전면허 결격사유에 해당하는 사람으로서 같은 항 각 호의 구분에 따른 기간이 지나지 아니한 사람은 제1항에도 불구하고 자동차등을 운전하여서는 아니된다.〈전문개정 2011.6.8〉

제97조 【자동차등의 운전 금지】 ① 제96조에 따라 국제운전면허증을 가지고 국내에서 자동차등을 운전하는 사람이 다음 각 호의 어느 하나에 해당하는 경우에는 그 사람의 주소지를 관할하는 지방경찰청장은 행정안전부령으로 정한 기준에 따라 1년을 넘지 아니하는 범위에서 국제운전면허증에 의한 자동차등의 운전을 금지할 수 있다.

   1. 제88조제1항에 따른 적성검사를 받지 아니하였거나 적성검사에 불합격한 경우

   2. 운전 중 고의 또는 과실로 교통사고를 일으킨 경우

   3. 대한민국 국적을 가진 사람이 제93조제1항 또는 제2항에 따라 운전면허가 취소되거나 효력이 정지된 후 제82조제2항 각 호에 규정된 기간이 지나지 아니한 경우

   4. 자동차등의 운전에 관하여 이 법이나 이 법에 따른 명령 또는 처분을 위반한 경우

② 제1항에 따라 자동차등의 운전이 금지된 사람은 지체 없이 국제운전면허증에 의한 운전을 금지한 지방경찰청장에게 그 국제운전면허증을 제출하여야 한다.

③ 지방경찰청장은 제1항에 따른 금지기간이 끝난 경우 또는 금지처분을 받은 사람이 그 금지기간 중에 출국하는 경우에는 그 사람의 반환청구가 있으면 지체 없이 보관 중인 국제운전면허증을 돌려주어야 한다. 〈전문개정 2011.6.8〉

제98조 【국제운전면허증의 발급 등】 ① 제80조에 따라 운전면허를 받은 사람이 국외에서 운전을 하기 위하여 제96조제1항제1호의 「도로교통에 관한 협약」에 따른 국제운전면허증을 발급받으려면 지방경찰청장에게 신청하여야 한다.

② 제1항에 따른 국제운전면허증의 유효기간은 발급받은 날부터 1년으로 한다.

③ 제1항에 따른 국제운전면허증은 이를 발급받은 사람의 국내운전면허의 효력이 없어지거나 취소된 때에는 그 효력을 잃는다.

④ 제1항에 따른 국제운전면허증을 발급받은 사람의 국내운전면허의 효력이 정지된 때에는 그 정지기간 동안 그 효력이 정지된다.

⑤ 제1항에 따른 국제운전면허증의 발급에 필요한 사항은 행정안전부령으로 정한다.

제 10 장   자동차운전학원

〈본장전문개정 2011.6.8〉

제99조 【자동차운전학원의 등록】 자동차운전학원(이하 "학원"이라 한다)을 설립·운영하려는 자는 제101조에 따른 시설 및 설비 등과 제103조에 따른 강사의 정원(定員) 및 배치

기준 등 필요한 조건을 갖추어 대통령령으로 정하는 바에 따라 지방경찰청장에게 등록하여야 한다. 대통령령으로 정하는 등록사항을 변경하려는 경우에도 또한 같다.

제100조【학원의 조건부 등록】 ① 지방경찰청장은 제99조에 따라 학원 등록을 할 경우 대통령령으로 정하는 기간에 제101조에 따른 시설 및 설비 등을 갖출 것을 조건으로 하여 학원의 등록을 받을 수 있다.

② 지방경찰청장은 제1항에 따라 등록을 한 자가 정당한 사유 없이 같은 항에 따른 기간에 시설 및 설비 등을 갖추지 아니하면 그 등록을 취소하여야 한다.

제101조【학원의 시설기준 등】 학원에는 대통령령으로 정하는 기준에 따라 강의실·기능교육장·부대시설 등 교육에 필요한 시설(장애인을 위한 교육 및 부대시설을 포함한다) 및 설비 등을 갖추어야 한다.

제102조【학원 등록 등의 결격사유】 ① 다음 각 호의 어느 하나에 해당하는 사람은 제99조에 따른 학원의 등록을 할 수 없다.

1. 금치산자 또는 한정치산자
2. 파산선고를 받고 복권되지 아니한 사람
3. 금고 이상의 형을 선고받고 그 집행이 끝나거나 집행을 받지 아니하기로 확정된 후 3년이 지나지 아니한 사람 또는 금고 이상의 형을 선고받고 그 집행유예기간 중에 있는 사람
4. 법원의 판결에 의하여 자격이 정지 또는 상실된 사람
5. 제113조제1항제1호, 제5호부터 제12호까지, 같은 조 제2항 및 제4항에 따라 그 등록이 취소된 날부터 1년이 지나지 아니한 학원의 설립·운영자 또는 학원의 등록이 취소된 날부터 1년 이내에 같은 장소에서 학원을 설립·운영하려는 사람6. 임원 중에 제1호부터 제5호까지 중 어느 하나에 해당하는 사람이 있는 법인

② 학원을 설립·운영하는 자가 제1항 각 호의 어느 하나에 해당하게 된 경우에는 그 등록은 효력을 잃는다. 다만, 제1항제6호에 해당하는 경우로서 법인의 임원 중에 그 사유에 해당하는 사람이 있더라도 그 사유가 발생한 날부터 3개월 이내에 그 임원을 해임하거나 다른 사람으로 바꾸어 임명한 경우에는 그러하지 아니하다.

제103조【학원의 강사 및 교육과정 등】 ① 학원에서 교육을 담당하는 강사(자동차등의 운전에 필요한 도로교통에 관한 법령·지식 및 기능교육을 하는 사람을 말한다. 이하 같다)의 자격요건·정원 및 배치기준 등에 관하여 필요한 사항은 대통령령으로 정한다.

② 학원의 교육과정, 교육방법 및 운영기준 등에 관하여 필요한 사항은 대통령령으로 정

한다.

제104조【자동차운전 전문학원의 지정 등】 ① 지방경찰청장은 자동차운전에 관한 교육 수준을 높이고 운전자의 자질을 향상시키기 위하여 제99조에 따라 등록된 학원으로서 다음 각 호의 기준에 적합한 학원을 대통령령으로 정하는 바에 따라 자동차운전 전문학원(이하 "전문학원"이라 한다)으로 지정할 수 있다.

1. 제105조에 따른 자격요건을 갖춘 학감(學監): 전문학원의 학과 및 기능에 관한 교육과 학사운영을 담당하는 사람을 말한다. 이하 같다)을 둘 것. 다만, 학원을 설립·운영하는 자가 자격요건을 갖춘 경우에는 학감을 겸임할 수 있으며 이 경우에는 학감을 보좌하는 부학감을 두어야 한다.
2. 대통령령으로 정하는 기준에 따라 제106조에 따른 강사 및 제107조에 따른 기능검정원[(技能檢定員): 제108조에 따른 기능검정을 하는 사람을 말한다. 이하 같다)을 둘 것
3. 대통령령으로 정하는 기준에 적합한 시설·설비 및 제74조제2항에 따른 교통안전교육기관의 지정에 필요한 시설·설비 등을 갖출 것
4. 교육방법 및 졸업자의 운전 능력 등 해당 전문학원의 운영이 대통령령으로 정하는 기준에 적합할 것

② 지방경찰청장은 다음 각 호의 어느 하나에 해당하는 학원은 전문학원으로 지정할 수 없다.

1. 제113조(제1항제2호부터 제4호까지는 제외한다)에 따라 등록이 취소된 학원 또는 전문학원(이하 "학원등"이라 한다)을 설립·운영하는 자(이하 "학원등 설립·운영자"라 한다) 또는 학감이나 부학감이었던 사람이 등록이 취소된 날부터 3년 이내에 설립·운영하는 학원
2. 제113조(제1항제2호부터 제4호까지는 제외한다)에 따라 등록이 취소된 경우 취소된 날부터 3년 이내에 같은 장소에서 설립·운영되는 학원

③ 제1항에 따라 지정받은 전문학원이 대통령령으로 정하는 중요사항을 변경하려면 소재지를 관할하는 지방경찰청장의 승인을 받아야 한다.

제105조【전문학원의 학감 등】 학감이나 부학감은 다음 각 호의 요건을 모두 갖추고 있는 사람으로 한다.

1. 30세 이상 65세 이하인 사람
2. 도로교통에 관한 업무에 3년 이상 근무한 경력(관리직 경력만 해당한다)이 있는 사람 또는 학원등의 운영·관리에 관한 업무에 3년 이상 근무한 경력이 있는 사람으로

서 다음 각 목의 어느 하나에 해당되지 아니하는 사람가. 미성년자, 금치산자 또는 한
정치산자나. 파산선고를 받고 복권되지 아니한 사람다. 이 법 또는 다른 법의 규정을
위반하여 금고 이상의 실형을 선고받고 그 형의 집행이 끝나거나(끝난 것으로 보는
경우를 포함한다) 집행을 받지 아니하기로 확정된 날부터 2년(제150조 각 호의 어느
하나를 위반한 경우에는 3년)이 지나지 아니한 사람라. 제150조 각 호의 어느 하나를
위반하여 벌금형을 선고받고 3년이 지나지 아니한 사람마. 금고 이상의 형을 선고받
고 그 집행유예기간 중에 있는 사람바. 금고 이상의 형의 선고유예를 받고 그 유예기
간 중에 있는 사람사. 법률 또는 판결에 의하여 자격이 상실되거나 정지된 사람아.
「국가공무원법」또는「경찰공무원법」등 관련 법률에 따라 징계면직처분을 받은 날부
터 2년이 지나지 아니한 사람

   3. 제113조제1항제1호, 제5호부터 제12호까지,같은 조 제2항 및 제4항에 따라 등록이
취소된 학원등을 설립·운영한 자, 학감 또는 부학감이었던 경우에는 등록이 취소된
날부터 3년이 지난 사람

제106조【전문학원의 강사】 ① 전문학원의 강사가 되려는 사람은 행정안전부령으로 정하
는 강사자격시험에 합격하고 경찰청장이 지정하는 전문기관에서 자동차운전교육에 관한
연수교육을 수료하여야 한다.
② 경찰청장은 제1항에 따른 자격을 갖춘 사람에게 행정안전부령으로 정하는 바에 따라
강사자격증을 발급하여야 한다.
③ 다음 각 호의 어느 하나에 해당하는 사람은 전문학원의 강사가 될 수 없다.

   1. 제76조제3항제1호부터 제3호까지의 규정에 해당하는 사람

   2. 제4항에 따라 강사자격증이 취소된 날부터 3년이 지나지 아니한 사람

   3. 제83조제1항제4호 및 같은 조 제2항에 따른 자동차등의 운전에 필요한 기능과 도로
에서의 운전 능력을 익히기 위한 교육(이하 "기능교육"이라 한다)에 사용되는 자동
차등을 운전할 수 있는 운전면허를 받지 아니한 사람

   4. 기능교육에 사용되는 자동차를 운전할 수 있는 운전면허를 받은 날부터 2년이 지나
지 아니한 사람

④ 지방경찰청장은 제2항에 따라 강사자격증을 발급받은 사람이 다음 각 호의 어느 하나
에 해당하면 행정안전부령으로 정하는 기준에 따라 그 강사의 자격을 취소하거나 1년 이
내의 범위에서 기간을 정하여 그 자격의 효력을 정지시킬 수 있다. 다만, 제1호부터 제5호
까지의 어느 하나에 해당하는 경우에는 그 자격을 취소하여야 하며, 제5호 및 제6호는 제

83조제1항제2호 및 제3호에 따른 자동차등의 운전에 필요한 지식 등을 얻기 위한 교육을 담당하는 강사에게는 적용하지 아니한다.

1. 거짓이나 그 밖의 부정한 방법으로 강사자격증을 발급받은 경우
2. 「교통사고처리 특례법」 제3조제1항 또는 「특정범죄 가중처벌 등에 관한 법률」 제5조의3을 위반하여 금고 이상의 형(집행유예를 포함한다)을 선고받은 경우
3. 강사의 자격정지 기간 중에 교육을 한 경우
4. 강사의 자격증을 다른 사람에게 빌려 준 경우
5. 기능교육에 사용되는 자동차를 운전할 수 있는 운전면허가 취소된 경우
6. 기능교육에 사용되는 자동차를 운전할 수 있는 운전면허의 효력이 정지된 경우
7. 강사의 업무에 관하여 부정한 행위를 한 경우
8. 제116조를 위반하여 대가를 받고 자동차운전교육을 한 경우
9. 그 밖에 이 법이나 이 법에 따른 명령 또는 처분을 위반한 경우

⑤ 전문학원의 학감은 강사가 아닌 사람으로 하여금 자동차운전에 관한 학과교육 또는 기능교육을 하게 하여서는 아니 된다.

제107조 【기능검정원】 ① 기능검정원이 되려는 사람은 행정안전부령으로 정하는 기능검정원 자격시험에 합격하고 경찰청장이 지정하는 전문기관에서 자동차운전 기능검정에 관한 연수교육을 수료하여야 한다.

② 경찰청장은 제1항에 따른 연수교육을 수료한 사람에게 행정안전부령으로 정하는 바에 따라 기능검정원 자격증을 발급하여야 한다.

③ 다음 각 호의 어느 하나에 해당하는 사람은 기능검정원이 될 수 없다.

1. 27세 미만인 사람
2. 제76조제3항제2호 또는 제3호에 해당하는 사람
3. 제4항에 따라 기능검정원의 자격이 취소된 경우에는 그 자격이 취소된 날부터 3년이 지나지 아니한 사람4. 기능검정에 사용되는 자동차를 운전할 수 있는 운전면허를 받지 아니하거나 운전면허를 받은 날부터 3년이 지나지 아니한 사람

④ 지방경찰청장은 기능검정원이 다음 각 호의 어느 하나에 해당하면 행정안전부령으로 정하는 기준에 따라 그 기능검정원의 자격을 취소하거나 1년 이내의 범위에서 기간을 정하여 그 자격의 효력을 정지시킬 수 있다. 다만, 제1호부터 제6호까지의 어느 하나에 해당하는 경우에는 그 자격을 취소하여야 한다.

1. 거짓으로 제108조제4항에 따른 기능검정의 합격 사실을 증명한 경우

2. 거짓이나 그 밖의 부정한 방법으로 기능검정원자격증을 발급받은 경우

3. 「교통사고처리 특례법」 제3조제1항 또는 「특정범죄 가중처벌 등에 관한 법률」 제5조의3을 위반하여 금고 이상의 형(집행유예를 포함한다)을 선고받은 경우

4. 기능검정원의 자격정지 기간 중에 기능검정을 한 경우

5. 기능검정원의 자격증을 다른 사람에게 빌려 준 경우

6. 기능검정에 사용되는 자동차를 운전할 수 있는 운전면허가 취소된 경우

7. 기능검정에 사용되는 자동차를 운전할 수 있는 운전면허의 효력이 정지된 경우

8. 기능검정원의 업무에 관하여 부정한 행위를 한 경우

9. 그 밖에 이 법이나 이 법에 따른 명령 또는 처분을 위반한 경우〈전문개정 2011.6.8〉

제108조【기능검정】 ① 지방경찰청장은 전문학원의 학감으로 하여금 대통령령으로 정하는 바에 따라 해당 전문학원의 교육생을 대상으로 제83조제1항제4호 및 같은 조 제2항에 따른 운전기능 또는 도로에서 운전하는 능력이 있는지에 관한 검정(이하 "기능검정"이라 한다)을 하게 할 수 있다.

② 전문학원의 학감은 기능검정원으로 하여금 다음 각 호의 어느 하나에 해당하는 사람을 대상으로 행정안전부령으로 정하는 바에 따라 기능검정을 하게 하여야 한다.

1. 학과교육과 제83조제1항제4호에 따른 자동차등의 운전에 관하여 필요한 기능을 익히기 위한 기능교육(이하 "장내기능교육"이라 한다)을 수료한 사람

2. 제83조제2항에 따른 도로에서 운전하는 능력을 익히기 위한 기능교육(이하 "도로주행교육"이라 한다)을 수료한 사람

③ 전문학원의 학감은 기능검정원이 아닌 사람으로 하여금 기능검정을 하게 하여서는 아니 된다.

④ 기능검정원은 자기가 실시한 기능검정에 합격한 사람에게 그 합격 사실을 행정안전부령으로 정하는 바에 따라 서면(書面)으로 증명하여야 한다.

⑤ 전문학원의 학감은 제4항에 따라 기능검정원이 합격 사실을 서면으로 증명한 사람에게는 기능검정의 종류별로 행정안전부령으로 정하는 바에 따라 수료증 또는 졸업증을 발급하여야 한다.

제109조【강사 등에 대한 연수교육 등】 ① 지방경찰청장은 다음 각 호의 사람을 대상으로 그 자질을 향상시키기 위하여 필요한 경우에는 대통령령으로 정하는 바에 따라 연수교육을 할 수 있다. 이 경우 연수교육의 통보를 받은 학원등 설립·운영자는 특별한 사유가 없으면 그 교육을 받아야 하며, 또한 제2호 및 제3호의 사람이 연수교육을 받을 수 있도록 조치

하여야 한다.

　1. 학원등 설립 · 운영자

　2. 학원등의 강사

　3. 기능검정원

② 학원등 설립 · 운영자는 학원등에 강사의 성명 · 연령 · 경력 등 인적 사항과 교육 과목을 행정안전부령으로 정하는 바에 따라 게시하여야 한다.

제110조【수강료 등】① 학원등 설립 · 운영자는 교육생으로부터 수강료나 제108조에 따른 기능검정에 드는 경비 또는 이용료 등(이하 "수강료등"이라 한다)을 받을 수 있다.

② 학원등 설립 · 운영자는 교육 내용 및 교육 시간 등을 고려하여 수강료등을 정하고 행정안전부령으로 정하는 바에 따라 학원등에 그 내용을 게시하여야 한다.

③ 학원등 설립 · 운영자는 제2항에 따라 게시한 수강료등을 초과한 금액을 받아서는 아니 된다.

④ 지방경찰청장은 수강료등의 과도한 인하 등으로 인하여 학원교육의 부실화가 우려된다고 인정하는 경우에는 대통령령으로 정하는 바에 따라 이를 조정할 것을 명할 수 있다.

제111조【수강료등의 반환 등】① 학원등 설립 · 운영자는 교육생이 수강을 계속할 수 없는 경우와 학원등의 등록취소 · 이전 · 운영정지 또는 지정취소 등으로 교육을 계속할 수 없는 경우에는 교육생으로부터 받은 수강료등을 반환하거나 교육생이 다른 학원등에 편입할 수 있도록 하는 등 교육생의 보호를 위하여 필요한 조치를 하여야 한다.

② 제1항에 따른 수강료등의 반환 사유 및 반환 금액과 교육생 편입조치 등에 필요한 사항은 대통령령으로 정한다.

③ 제1항에 따라 교육생이 다른 학원등에 편입한 경우에 종전의 학원등에서 이수한 교육 시간은 편입한 학원등에서 이수한 것으로 본다.

제112조【휴원 · 폐원의 신고】학원등 설립 · 운영자가 해당 학원을 폐원(閉院)하거나 1개월 이상 휴원(休院)하는 경우에는 행정안전부령으로 정하는 바에 따라 휴원 또는 폐원한 날부터 7일 이내에 지방경찰청장에게 그 사실을 신고하여야 한다.

제113조【학원등에 대한 행정처분】① 지방경찰청장은 학원등이 다음 각 호의 어느 하나에 해당하면 행정안전부령으로 정하는 기준에 따라 등록을 취소하거나 1년 이내의 기간을 정하여 운영의 정지를 명할 수 있다. 다만, 제1호에 해당하는 경우에는 등록을 취소하여야 한다.

　1. 거짓이나 그 밖의 부정한 방법으로 제99조에 따른 등록을 하거나 제104조제1항에 따

른 지정을 받은 경우

2. 제101조에 따른 시설기준에 미달하게 된 경우

3. 정당한 사유 없이 개원(開院) 예정일부터 2개월이 지날 때까지 개원하지 아니한 경우

4. 정당한 사유 없이 계속하여 2개월 이상 휴원한 경우

5. 등록한 사항에 관하여 변경등록을 하지 아니하고 이를 변경하는 등 부정한 방법으로 학원을 운영한 경우

6. 제103조제1항에 따른 강사의 배치기준 또는 제104조제1항제2호에 따른 기능검정원 및 강사의 배치기준을 위반한 경우

7. 제103조제2항 또는 제104조제1항제4호에 따른 교육과정, 교육방법 및 운영기준 등을 위반하여 교육을 하거나 교육 사실을 거짓으로 증명한 경우

8. 제109조제1항 후단을 위반하여 학원등 설립·운영자가 연수교육을 받지 아니하거나 학원등의 강사 및 기능검정원이 연수교육을 받을 수 있도록 조치하지 아니한 경우

9. 제141조제2항에 따른 자료제출 또는 보고를 하지 아니하거나 거짓으로 자료제출 또는 보고한 경우

10. 제141조제2항에 따른 관계 공무원의 출입·검사를 거부·방해 또는 기피한 경우

11. 제141조제2항에 따른 시설·설비의 개선이나 그 밖에 필요한 사항에 대한 명령을 따르지 아니한 경우

12. 이 법이나 이 법에 따른 명령 또는 처분을 위반한 경우

② 지방경찰청장은 전문학원이 다음 각 호의 어느 하나에 해당하면 행정안전부령으로 정하는 기준에 따라 학원의 등록을 취소하거나 1년 이내의 기간을 정하여 운영의 정지를 명할 수 있다.

1. 제74조제1항에 따른 교통안전교육을 하지 아니하는 경우

2. 제79조의 교통안전교육기관 지정취소 또는 운영의 정지처분 사유에 해당하는 경우

3. 전문학원의 운영이 제104조제1항제4호에 따른 기준에 적합하지 아니한 경우

4. 제104조제3항을 위반하여 중요사항의 변경에 대한 승인을 받지 아니한 경우

5. 제106조제5항을 위반하여 학감이 강사가 아닌 사람으로 하여금 학과교육 또는 기능교육을 하게 한 경우

6. 제108조제2항을 위반하여 자동차운전에 관한 학과 및 기능교육을 수료하지 아니한 사람 또는 도로주행교육을 수료하지 아니한 사람에게 기능검정을 받게 한 경우

7. 제108조제3항을 위반하여 학감이 기능검정원이 아닌 사람으로 하여금 기능검정을

하도록 한 경우

8. 제108조제4항을 위반하여 기능검정원이 거짓으로 기능검정시험의 합격사실을 증명한 경우

9. 제108조제5항을 위반하여 학감이 기능검정에 합격하지 아니한 사람에게 수료증 또는 졸업증을 발급한 경우

③ 지방경찰청장은 전문학원이 다음 각 호의 어느 하나에 해당하는 경우에는 행정안전부령으로 정하는 기준에 따라 지정을 취소할 수 있다.

1. 제104조제1항제1호부터 제3호까지의 지정기준에 적합하지 아니하게 된 경우

2. 제1항과 제2항에 따라 전문학원의 운영이 정지된 경우

④ 지방경찰청장은 학원등이 제1항이나 제2항에 따른 운영정지 명령을 위반하여 계속 운영 행위를 하는 경우에는 행정안전부령으로 정하는 기준에 따라 등록을 취소하거나 1년 이내의 기간을 정하여 추가로 운영의 정지를 명할 수 있다.

제114조 【청문】 지방경찰청장은 제113조에 따라 학원등의 등록 또는 지정을 취소하려면 청문을 하여야 한다.

제115조 【학원등에 대한 조치】 ① 지방경찰청장은 제99조에 따른 등록을 하지 아니하거나 제104조제1항에 따른 지정을 받지 아니하고 학원등을 설립·운영하는 경우 또는 제113조에 따라 등록이 취소되거나 운영 정지처분을 받은 학원등이 계속하여 자동차운전교육을 하는 경우에는 해당 학원등을 폐쇄하거나 운영을 중지시키기 위하여 다음 각 호의 조치를 할 수 있다.

1. 해당 학원등의 간판이나 그 밖의 표지물을 제거하거나 교육생의 출입을 제한하기 위한 시설물의 설치

2. 해당 학원등이 등록 또는 지정을 받지 아니한 시설이거나 제113조에 따른 행정처분을 받은 시설임을 알리는 게시문 부착

② 제1항에 따른 조치는 그 목적을 달성하기 위하여 필요한 최소한의 범위에서 하여야 한다.

③ 제1항에 따라 조치를 하는 관계 공무원은 그 권한을 나타내는 증표를 지니고 이를 관계인에게 보여주어야 한다.

제116조 【무등록 유상 운전교육의 금지】 제99조에 따른 학원의 등록을 하지 아니한 사람은 대가를 받고 다음 각 호의 어느 하나에 해당하는 행위를 하여서는 아니 된다.

1. 학원등의 밖에서 하거나 학원등의 명의를 빌려서 학원등의 안에서 하는 자동차등의 운전교육

2. 자동차등의 운전연습을 할 수 있는 시설을 갖추고 그 시설을 이용하게 하는 행위

제117조【유사명칭 등의 사용금지】① 제99조에 따른 학원의 등록을 하지 아니한 자는 학원 등과 유사한 명칭을 사용하여 상호를 게시하거나 광고를 하여서는 아니 된다.

② 제99조에 따른 학원의 등록을 하지 아니한 자는 그가 소유하거나 임차한 자동차에 학원등의 도로주행교육용 자동차와 비슷한 표시를 하지 못한다.

③ 이 법에 따른 전문학원이 아닌 학원은 그 명칭 중에 전문학원 또는 이와 비슷한 용어를 사용하지 못한다.

제118조【전문학원 학감 등의 공무원 의제】전문학원의 학감·부학감은 기능검정 및 수강사실 확인업무에 관하여, 기능검정원은 기능검정업무에 관하여, 강사는 수강사실 확인업무에 관하여 「형법」이나 그 밖의 법률에 따른 벌칙을 적용할 때에는 각각 공무원으로 본다.

제119조【자동차운전 전문학원연합회】① 전문학원의 설립자는 전문학원의 건전한 육성발전과 전문학원 간의 상호협조 및 공동이익의 증진을 위하여 자동차운전 전문학원연합회(이하 "연합회"라 한다)를 설립할 수 있다.

② 연합회는 법인으로 한다.

③ 연합회의 정관에는 다음 각 호의 사항이 포함되어야 한다.

  1. 목적

  2. 명칭

  3. 주된 사무소의 소재지

  4. 이사회 및 회원에 관한 사항

  5. 임원 및 직원에 관한 사항

  6. 사업에 관한 사항

  7. 재산 및 회계에 관한 사항

  8. 정관의 변경에 관한 사항

④ 제3항에 따른 정관은 경찰청장의 인가를 받아야 한다. 정관을 변경하는 경우에도 또한 같다.

⑤ 연합회는 다음 각 호의 사업을 한다.

  1. 전문학원 제도의 발전을 위한 연구

  2. 전문학원의 교육시설 및 교재의 개발

  3. 전문학원에서 하는 교육 및 기능검정 방법의 연구개발

4. 전문학원의 학감 · 부학감, 기능검정원 및 강사의 교육훈련과 복지증진 사업

5. 경찰청장으로부터 위탁받은 사항6. 그 밖에 연합회의 목적달성에 필요한 사업

⑥ 경찰청장은 대통령령으로 정하는 바에 따라 연합회를 감독하며, 연합회의 건전한 운영을 위하여 필요한 명령을 할 수 있다.

⑦ 연합회에 관하여 이 법에서 규정한 사항을 제외하고는 「민법」중 사단법인에 관한 규정을 준용한다.

제11장 도로교통공단
⟨본장제목개정 2007.12.21⟩

제120조 【도로교통공단의 설립】 ① 도로에서의 교통안전에 관한 교육 · 홍보 · 연구 · 기술개발과 운전면허시험의 관리 등을 통하여 교통질서를 확립하고 교통의 안전성을 높임으로써 도로에서 일어나는 교통상의 위험과 장해를 예방하는 데에 이바지하기 위하여 도로교통공단(이하 "공단" 이라 한다)을 설립한다.

② 공단은 법인으로 한다.

③ 공단의 설립과 등기에 필요한 사항은 대통령령으로 정한다.⟨전문개정 2011.6.8⟩

제121조 【지부 등의 설치】 공단은 정관으로 정하는 바에 따라 지부 또는 지소와 연구원, 교통사고 분석센터, 교육기관, 교통방송국 및 운전면허시험장 등을 둘 수 있다.⟨전문개정 2011.6.8⟩

제122조 【정관】 ① 공단의 정관에는 다음 각 호의 사항이 포함되어야 한다.

1. 목적

2. 명칭

3. 주된 사무소의 소재지

4. 사업에 관한 사항

5. 이사회에 관한 사항

6. 임원 및 직원에 관한 사항

7. 재산 및 회계에 관한 사항

8. 운영자금에 관한 사항

9. 공고에 관한 사항

10. 정관의 변경에 관한 사항

② 공단은 정관을 변경하려면 경찰청장의 인가를 받아야 한다.[전문개정 2011.6.8]

제123조【사업】 공단은 다음 각 호의 사업을 한다.

1. 도로교통안전 대책에 관한 조사 및 연구
2. 도로교통안전 기술의 연구 · 개발 · 보급 및 기술용역
3. 도로교통안전에 관한 홍보 및 방송
4. 도로교통안전에 관한 교육 · 훈련 및 자격증의 발급 · 관리
5. 교통안전시설 및 교통단속용 장비의 시험 · 검사 · 교정(矯正) · 운영 · 관리 및 기술 지원
6. 도로교통안전에 관한 자료의 수집과 출판 및 배포
7. 도로교통 관계 법령의 시행상 문제점에 대한 개선방안 등의 건의
8. 도로교통안전에 관한 외국의 기술도입 및 도로교통안전 관계 단체와의 국제협력
9. 도로교통안전 행정업무에 관한 기술지원 및 도로교통행정 관계 공무원에 대한 교육 훈련 지원
10. 도로 교통사고의 조사 · 분석 및 그 지원에 관한 업무
11. 운전면허시험의 관리
12. 운전면허를 받은 사람에 대한 정기 적성검사 및 수시 적성검사
13. 국가나 지방자치단체가 위탁하는 도로교통안전에 관한 업무
14. 제1호부터 제13호까지에 규정된 사업의 부대사업
15. 그 밖에 공단의 목적을 달성하기 위하여 필요한 사업〈전문개정 2011.6.8〉

제124조【비용 등의 부담】 공단은 법인 · 단체 또는 개인으로부터 제123조에 따른 사업과 관련된 업무를 의뢰받은 경우에는 의뢰한 자로부터 업무 수행에 필요한 비용을 받을 수 있다.〈전문개정 2011.6.8〉

제125조【임원】 공단에 이사장 1명을 포함한 11명 이내의 이사와 감사 1명을 둔다.〈전문개정 2010.7.23〉

제126조 · 제127조 · 삭제〈2010.7.23〉

제129조【직원】 공단의 직원은 정관으로 정하는 바에 따라 이사장이 임명하거나 해임한다.〈전문개정 2011.6.8〉

제129조의2【공단 임직원의 공무원 의제】 공단의 임직원은 제123조제11호부터 제13호까지의 업무 및 제147조제5항 · 제6항에 따라 공단이 대행하게 된 업무에 관하여 「형법」이나

그 밖의 법률에 따른 벌칙을 적용할 때에는 공무원으로 본다.〈본조신설 2010.7.23〉

제129조의3 【비밀누설 등의 금지】 공단의 임직원이거나 임직원이었던 사람은 그 직무상 알게 된 비밀을 누설하거나 도용하여서는 아니 된다.〈전문개정 2011.6.8〉

제130조 【운영자금 등】 ① 공단의 운영 및 도로교통안전에 관한 사업에 필요한 자금은 다음 각 호의 재원(財源)으로 충당한다.

　1. 정부 및 지방자치단체 또는 그 밖의 자의 출연금(出捐金) 또는 기부금

　2. 제123조에 따른 사업과 제147조에 따른 위탁 또는 대행 업무의 수행으로 인한 수입금

　3. 자산의 관리 · 운용에 따른 수익금

　4. 보조금 · 융자금 또는 차입금(외국으로부터 차입한 자금과 도입한 물자를 포함한다)

　5. 그 밖의 수입금

② 공단은 제123조에 따른 사업을 수행하기 위하여 필요하다고 인정하면 경찰청장의 승인을 받아 자금(국제기구, 외국정부 또는 외국인으로부터 차입한 자금과 도입한 물자를 포함한다)을 보조 또는 융자받거나 차입할 수 있다.

③ 공단은 매 사업연도 말의 결산 결과 잉여금이 있는 경우에는 이월 손실을 보전(補塡)하고 그 나머지는 다음 연도의 세입에 이입(移入)한다.

④ 제1항제4호에 따른 보조금 · 융자금 또는 차입금의 사용용도 및 사용절차 등에 관하여 필요한 사항은 대통령령으로 정한다.〈전문개정 2011.6.8〉

제131조 【출자 등】 ① 공단은 사업을 효율적으로 수행하기 위하여 필요한 경우에는 제123조에 따른 사업과 관련된 사업에 출자하거나 출연할 수 있다.

② 공단이 제1항에 따라 출자 또는 출연하려면 대통령령으로 정하는 바에 따라 경찰청장의 승인을 받아야 한다.〈전문개정 2011.6.8〉

제132조 【국유재산 등의 무상 대부】 국가나 지방자치단체는 공단의 시설과 운영을 위하여 필요한 경우에는 공단에 국유재산이나 공유재산을 무상(無償)으로 대부하거나 사용 · 수익하게 할 수 있다.〈전문개정 2011.6.8〉

제133조 삭제〈2010.7.23〉

제134조 【예산의 편성 및 승인】 공단은 다음 회계연도의 예산안을 편성하고 이사회 의결을 거쳐 다음 회계연도가 시작되기 전까지 경찰청장의 승인을 받아 확정한다. 이를 변경할 때에도 또한 같다.〈전문개정 2011.6.8〉

제135조 삭제〈2010.7.23〉

제136조 【「민법」의 준용】 공단에 관하여 이 법에서 규정한 사항을 제외하고는 「민법」중 재

단법인에 관한 규정을 준용한다. 〈전문개정 2011.6.8〉

제12장 보 칙

제137조【운전자에 관한 정보의 관리 및 제공 등】 ① 경찰청장은 운전자의 운전면허·교통 사고 및 교통법규 위반에 관한 정보를 통합적으로 유지·관리할 수 있도록 전산시스템을 구축·운영하여야 한다.

② 지방경찰청장 및 경찰서장은 운전자의 운전면허·교통사고 및 교통법규 위반에 관한 정보를, 공단은 운전면허에 관한 정보를 각각 제1항에 따른 전산시스템에 등록·관리하여 야 한다.

③ 운전자 본인 또는 그 대리인은 행정안전부령으로 정하는 바에 따라 지방경찰청장, 경 찰서장 또는 공단에 제1항에 따른 정보를 확인하는 증명을 신청할 수 있다.

④ 지방경찰청장, 경찰서장 또는 공단은 제3항에 따른 신청을 받으면 행정안전부령으로 정하는 바에 따라 운전자에 관한 정보를 확인하는 서류로써 증명하여 주어야 한다. 〈전문 개정 2011.6.8〉

제138조【운전면허증등의 보관】 ① 경찰공무원은 자동차등의 운전자가 다음 각 호의 어느 하나에 해당하는 경우에는 현장에서 제164조에 따른 범칙금 납부통고서 또는 출석지시서 를 발급하고, 운전면허증등의 제출을 요구하여 이를 보관할 수 있다. 이 경우 그 범칙금 납 부통고서 또는 출석지시서에 운전면허증등의 보관 사실을 기록하여야 한다.

  1. 교통사고를 일으킨 경우
  2. 제93조에 따른 운전면허의 취소처분 또는 정지처분의 대상이 된다고 인정되는 경우
  3. 제96조에 따라 외국에서 발급한 국제운전면허증을 가진 사람으로서 제162조제1항에 따른 범칙행위를 한 경우

② 제1항의 범칙금 납부통고서 또는 출석지시서는 범칙금의 납부기일이나 출석기일까지 운전면허증등(연습운전면허증은 제외한다)과 같은 효력이 있다.

③ 자치경찰공무원이 제1항에 따라 운전면허증등을 보관한 경우에는 지체 없이 관할 경찰 서장에게 운전면허증등을 첨부하여 그 사실을 통보하여야 한다. 〈전문개정 2011.6.8〉

제138조의2【국고 보조】 국가는 예산의 범위에서 지방자치단체에 대하여 제12조에 따른 어린이 보호구역 및 제12조의2에 따른 노인 및 장애인 보호구역의 설치 및 관리에 필요한

비용의 전부 또는 일부를 보조할 수 있다. 〈본조신설 2010.7.23〉

제139조 【수수료】 ① 다음 각 호의 어느 하나에 해당하는 사람은 행정안전부령으로 정하는 바에 따라 수수료를 내야 한다. 다만, 경찰청장 또는 지방경찰청장이 제147조에 따라 업무를 대행하게 한 경우에는 그 업무를 대행하는 공단이 경찰청장의 승인을 받아 결정·공고하는 수수료를 공단에 내야 한다.

   1. 제2조제22호에 따른 긴급자동차의 지정을 신청하는 사람

   2. 제14조제3항에 따라 차로의 너비를 초과하는 차의 통행허가를 신청하는 사람

   3. 제39조에 따라 안전기준을 초과한 승차 허가 또는 적재 허가를 신청하는 사람

   4. 제74조에 따라 교통안전교육기관의 지정을 신청(지정증 재발급 신청을 포함한다)하는 사람

   5. 제85조 부터 제87조까지의 규정에 따라 운전면허증을 발급 또는 재발급받으려고 신청하는 사람

   6. 제91조에 따른 임시운전증명서 발급을 신청하는 사람

   7. 제98조에 따른 국제운전면허증 발급을 신청하는 사람

   8. 제104조에 따라 전문학원의 지정을 신청(지정증 재발급 신청을 포함한다)하는 사람

   9. 제106조 및 제107조에 따른 강사 또는 기능검정원의 자격시험에 응시하거나 그 자격증의 발급(재발급을 포함한다)을 신청하는 사람

   10. 제108조에 따라 기능검정을 신청하는 사람

   11. 제137조제3항에 따라 운전자에 관한 정보의 증명을 신청하는 사람

② 다음 각 호의 어느 하나에 해당하는 사람은 공단이 경찰청장의 승인을 받아 결정·공고하는 수수료를 내야 한다.

   1. 제83조에 따른 운전면허시험의 응시를 신청하는 사람

   2. 제87조와 제88조에 따른 정기 적성검사 또는 수시 적성검사를 신청하거나 적성검사 연기를 신청하는 사 〈전문개정 2011.6.8〉

제140조 【교통안전교육기관의 수강료 등】 제73조제1항에 따른 교통안전교육과 같은 조 제2항에 따른 특별한 교통안전교육을 하는 자는 교육생으로부터 수강료를 받을 수 있다. 〈전문개정 2011.6.8〉

제141조 【지도 및 감독 등】 ① 지방경찰청장은 교통안전교육기관 또는 학원등의 건전한 육성·발전을 위하여 적절한 지도·감독을 하여야 한다.

② 지방경찰청장은 필요하다고 인정하면 다음 각 호의 자에 대하여 시설·설비 및 교육에

관한 사항이나 각종 통계자료를 제출 또는 보고하게 하거나 관계 공무원으로 하여금 해당 시설에 출입하여 시설·설비, 장부와 그 밖의 관계 서류를 검사하게 할 수 있다. 이 경우 지방경찰청장은 시설·설비의 개선과 그 밖에 필요하다고 판단하는 사항에 대하여 명령을 할 수 있다.

1. 교통안전교육기관의 장
2. 학원등 설립·운영자
3. 제104조제1항제1호에 따른 전문학원의 학감

③ 제2항에 따라 교통안전교육기관 또는 학원등에 출입·검사하는 관계 공무원은 그 권한을 나타내는 증표를 지니고 이를 관계인에게 보여주어야 한다.

④ 경찰청장은 업무 중 다음 각 호의 사항에 대하여 지도·감독하고, 공단의 설립목적 달성에 필요한 명령을 할 수 있다.

1. 조직관리에 관한 사항
2. 운전면허시험의 관리 및 정기·수시 적성검사 사업 수행에 관한 사항
3. 경찰청장이 위탁·승인 또는 대행하게 한 사업과 지방경찰청장이 위탁 또는 대행하게 한 사업의 수행에 관한 사항
4. 그 밖에 관계 법령에서 정하는 사항 〈전문개정 2011.6.8〉

제142조【행정소송과의 관계】 이 법에 따른 처분으로서 해당 처분에 대한 행정소송은 행정심판의 재결(裁決)을 거치지 아니하면 제기할 수 없다. 〈전문개정 2011.6.8〉

제143조【전용차로 운행 등에 대한 시·군공무원의 단속】 ① 시·군공무원은 제15조제3항에 따른 전용차로 통행 금지 의무, 제29조제4항·제5항에 따른 긴급자동차에 대한 진로양보 의무 또는 제32조 부터 제34조까지의 규정에 따른 정차 및 주차 금지 의무를 위반한 운전자가 있으면 행정안전부령으로 정하는 바에 따라 현장에서 위반행위의 요지와 경찰서장(제주특별자치도의 경우 제주특별자치도지사로 한다. 이하 이 조에서 같다)에게 출석할 기일 및 장소 등을 구체적으로 밝힌 고지서를 발급하고, 운전면허증의 제출을 요구하여 이를 보관할 수 있다. 이 경우 그 고지서는 출석기일까지 운전면허증과 같은 효력이 있다.

② 시·군공무원은 제1항에 따라 고지서를 발급한 때에는 지체 없이 관할 경찰서장에게 운전면허증을 첨부하여 통보하여야 한다.

③ 경찰서장은 제2항에 따른 통보를 받으면 위반행위를 확인하여야 한다.

④ 시·군공무원은 제1항에 따라 고지서를 발급하거나 조치를 할 때에는 본래의 목적에서 벗어나 직무상 권한을 남용하여서는 아니 된다. 〈전문개정 2011.6.8〉

제144조【교통안전수칙과 교통안전에 관한 교육지침의 제정 등】 ① 경찰청장은 다음 각 호의 사항이 포함된 교통안전수칙을 제정하여 보급하여야 한다.

　1. 도로교통의 안전에 관한 법령의 규정

　2. 자동차등의 취급방법, 안전운전 및 친환경 경제운전에 필요한 지식

　3. 그 밖에 도로에서 일어나는 교통상의 위험과 장해를 방지·제거하여 교통의 안전과 원활한 소통을 확보하기 위하여 필요한 사항

② 경찰청장은 도로를 통행하는 사람을 대상으로 교통안전에 관한 교육을 하는 자가 효과적이고 체계적으로 교육을 할 수 있도록 하기 위하여 다음 각 호의 사항이 포함된 교통안전교육에 관한 지침을 제정하여 공표하여야 한다.

　1. 자동차등의 안전운전 및 친환경 경제운전에 관한 사항

　2. 교통사고의 예방과 처리에 관한 사항

　3. 보행자의 안전한 통행에 관한 사항

　4. 어린이·장애인 및 노인의 교통사고 예방에 관한 사항

　5. 그 밖에 교통안전에 관한 교육을 효과적으로 하기 위하여 필요한 사항〈전문개정 2011.6.8〉

제145조【교통정보의 제공】 경찰청장은 교통의 안전과 원활한 소통을 확보하기 위하여 필요한 정보를 수집하여 분석하고 그 결과를 신속하게 일반에게 제공하여야 한다.〈개정 2008.1.17〉

제145조의2【광역 교통정보 사업】 경찰청장은 각 지방경찰청장으로 하여금 광역 교통정보를 수집하고, 이를 다른 지역의 교통정보와 연계하여 분석한 결과를 일반에게 제공하는 사업을 시장등과 협의하여 추진하게 할 수 있다.〈본조신설 2008.1.17〉

제146조 (무사고 또는 유공운전자의 표시장】 ① 경찰청장은 운전면허를 받은 사람으로서 운전에 종사하면서 일정 기간 교통사고를 일으키지 아니한 사람과 정부의 표창에 관한 법령에 따라 경찰 기관의 장의 표창을 받은 사람에게 무사고운전자 또는 유공운전자의 표시장을 수여할 수 있다.

② 제1항에 따른 표시장의 종류, 표시장 수여의 대상, 그 밖에 표시장 수여에 필요한 사항은 행정안전부령으로 정한다.〈전문개정 2011.6.8〉

제147조【위임 및 위탁 등】 ① 시장등은 이 법에 따른 권한 또는 사무의 일부를 대통령령으로 정하는 바에 따라 지방경찰청장이나 경찰서장에게 위임 또는 위탁할 수 있다.

② 특별시장 및 광역시장은 이 법에 따른 권한의 일부를 대통령령으로 정하는 바에 따라

관할구역의 구청장(자치구의 구청장을 말한다)과 군수에게 위임할 수 있다.

③ 지방경찰청장은 이 법에 따른 권한 또는 사무의 일부를 대통령령으로 정하는 바에 따라 관할 경찰서장에게 위임하거나 교통 관련 전문교육기관 또는 전문연구기관 등에 위탁할 수 있다.

④ 지방경찰청장 또는 경찰서장은 제1항에 따라 시장등으로부터 위임받거나 위탁받은 사무의 일부를 대통령령으로 정하는 바에 따라 교통 관련 전문교육기관 또는 전문연구기관에 위탁할 수 있다.

⑤ 지방경찰청장은 이 법에 따른 운전면허와 관련된 업무의 일부를 대통령령으로 정하는 바에 따라 공단으로 하여금 대행하게 할 수 있다.

⑥ 경찰청장은 제106조와 제107조에 따른 강사 및 기능검정원에 대한 자격시험과 자격증 발급 업무를 공단으로 하여금 대행하게 할 수 있다.〈전문개정 2011.6.8〉

제13장 벌 칙

제148조 【벌칙】 제54조제1항에 따른 교통사고 발생 시의 조치를 하지 아니한 사람은 5년 이하의 징역이나 1천500만원 이하의 벌금에 처한다.

제148조의2 【벌칙】 ① 다음 각 호의 어느 하나에 해당하는 사람은 1년 이상 3년 이하의 징역이나 500만원 이상 1천만원 이하의 벌금에 처한다.

1. 제44조제1항을 2회 이상 위반한 사람으로서 다시 같은 조 제1항을 위반하여 술에 취한 상태에서 자동차등을 운전한 사람

2. 술에 취한 상태에 있다고 인정할 만한 상당한 이유가 있는 사람으로서 제44조제2항에 따른 경찰공무원의 측정에 응하지 아니한 사람

② 제44조제1항을 위반하여 술에 취한 상태에서 자동차등을 운전한 사람은 다음 각 호의 구분에 따라 처벌한다.

1. 혈중알콜농도가 0.2퍼센트 이상인 사람은 1년 이상 3년 이하의 징역이나 500만원 이상 1천만원 이하의 벌금

2. 혈중알콜농도가 0.1퍼센트 이상 0.2퍼센트 미만인 사람은 6개월 이상 1년 이하의 징역이나 300만원 이상 500만원 이하의 벌금

3. 혈중알콜농도가 0.05퍼센트 이상 0.1퍼센트 미만인 사람은 6개월 이하의 징역이나

300만원 이하의 벌금

③ 제45조를 위반하여 약물로 인하여 정상적으로 운전하지 못할 우려가 있는 상태에서 자동차등을 운전한 사람은 3년 이하의 징역이나 1천만원 이하의 벌금에 처한다.〈전문개정 2011.6.8〉

제149조【벌칙】① 제68조제1항을 위반하여 함부로 신호기를 조작하거나 교통안전시설을 철거·이전하거나 손괴한 사람은 3년 이하의 징역이나 700만원 이하의 벌금에 처한다.

② 제1항에 따른 행위로 인하여 도로에서 교통위험을 일으키게 한 사람은 5년 이하의 징역이나 1천500만원 이하의 벌금에 처한다.〈전문개정 2011.6.8〉

제150조【벌칙】다음 각 호의 어느 하나에 해당하는 사람은 2년 이하의 징역이나 500만원 이하의 벌금에 처한다.

1. 제46조제1항 또는 제2항을 위반하여 공동 위험행위를 하거나 주도한 사람
2. 제77조제1항에 따른 수강 결과를 거짓으로 보고한 교통안전교육강사
3. 제77조제2항을 위반하여 교통안전교육을 받지 아니하거나 기준에 미치지 못하는 사람에게 교육확인증을 발급한 교통안전교육기관의 장
4. 거짓이나 그 밖의 부정한 방법으로 제99조에 따른 학원의 등록을 하거나 제104조제1항에 따른 전문학원의 지정을 받은 사람
5. 제104조제1항에 따른 전문학원의 지정을 받지 아니하고 제108조제5항에 따른 수료증 또는 졸업증을 발급한 사람
6. 제116조를 위반하여 대가를 받고 자동차등의 운전교육을 한 사람
7. 제129조의3을 위반하여 비밀을 누설하거나 도용한 사람〈전문개정 2011.6.8〉

제151조【벌칙】차의 운전자가 업무상 필요한 주의를 게을리하거나 중대한 과실로 다른 사람의 건조물이나 그 밖의 재물을 손괴한 경우에는 2년 이하의 금고나 500만원 이하의 벌금에 처한다.〈전문개정 2011.6.8〉

제152조【벌칙】다음 각 호의 어느 하나에 해당하는 사람은 1년 이하의 징역이나 300만원 이하의 벌금에 처한다.

1. 제43조를 위반하여 제80조에 따른 운전면허(원동기장치자전거면허는 제외한다. 이하 이 조에서 같다)를 받지 아니하거나(운전면허의 효력이 정지된 경우를 포함한다) 또는 제96조에 따른 국제운전면허증을 받지 아니하고(운전이 금지된 경우와 유효기간이 지난 경우를 포함한다) 자동차를 운전한 사람
2. 제56조제2항을 위반하여 운전면허를 받지 아니한 사람(운전면허의 효력이 정지된

사람을 포함한다)에게 자동차를 운전하도록 시킨 고용주등

3. 거짓이나 그 밖의 부정한 수단으로 운전면허를 받거나 운전면허증 또는 운전면허증을 갈음하는 증명서를 발급받은 사람

4. 제68조제2항을 위반하여 교통에 방해가 될 만한 물건을 함부로 도로에 내버려둔 사람

5. 제76조제4항을 위반하여 교통안전교육강사가 아닌 사람으로 하여금 교통안전교육을 하게 한 교통안전교육기관의 장

6. 제117조를 위반하여 유사명칭 등을 사용한 사람〈전문개정 2011.6.8〉

제152조의2 삭제〈2010.7.23〉

제153조【벌칙】다음 각 호의 어느 하나에 해당하는 사람은 6개월 이하의 징역이나 200만원 이하의 벌금 또는 구류에 처한다.

1. 제40조를 위반하여 정비불량차를 운전하도록 시키거나 운전한 사람

2. 제41조, 제47조 또는 제58조에 따른 경찰공무원의 요구·조치 또는 명령에 따르지 아니하거나 이를 거부 또는 방해한 사람

3. 제46조의2를 위반하여 교통단속을 회피할 목적으로 교통단속용 장비의 기능을 방해하는 장치를 제작·수입·판매 또는 장착한 사람

4. 제49조제1항제4호를 위반하여 교통단속용 장비의 기능을 방해하는 장치를 한 차를 운전한 사람

5. 제55조를 위반하여 교통사고 발생 시의 조치 또는 신고 행위를 방해한 사람

6. 제68조제1항을 위반하여 함부로 교통안전시설이나 그 밖에 그와 비슷한 인공구조물을 설치한 사람

7. 제80조제3항 또는 제4항에 따른 조건을 위반하여 운전한 사람〈전문개정 2011.6.8〉

제154조【벌칙】다음 각 호의 어느 하나에 해당하는 사람은 30만원 이하의 벌금이나 구류에 처한다.

1. 제42조를 위반하여 자동차등에 도색·표지 등을 하거나 그러한 자동차등을 운전한 사람

2. 제43조를 위반하여 제80조에 따른 원동기장치자전거면허를 받지 아니하고 원동기장치자전거를 운전한 사람

3. 제45조를 위반하여 과로·질병으로 인하여 정상적으로 운전하지 못할 우려가 있는 상태에서 자동차등을 운전한 사람

4. 제54조제2항에 따른 사고발생 시 조치상황 등의 신고를 하지 아니한 사람

5. 제56조제2항을 위반하여 원동기장치자전거의 면허를 받지 아니한 사람에게 원동기
   장치자전거를 운전하도록 시킨 고용주
6. 제63조를 위반하여 고속도로등을 통행하거나 횡단한 사람
7. 제69조제1항에 따른 도로공사의 신고를 하지 아니하거나 같은 조 제2항에 따른 조치
   를 위반한 사람 또는 같은 조 제3항을 위반하여 교통안전시설을 설치하지 아니하거
   나 같은 조 제4항을 위반하여 교통안전시설을 원상회복하지 아니한 사람8. 제71조제
   1항에 따른 경찰서장의 명령을 위반한 사람〈전문개정 2011.6.8〉

제155조 【벌칙】 제92조제2항을 위반하여 경찰공무원의 운전면허증등의 제시 요구나 운전
자 확인을 위한 진술 요구에 따르지 아니한 사람은 20만원 이하의 벌금 또는 구류에 처한
다.〈전문개정 2011.6.8〉

제156조 【벌칙】 다음 각 호의 어느 하나에 해당하는 사람은 20만원 이하의 벌금이나 구류
또는 과료(科料)에 처한다.

1. 제5조, 제13조제1항부터 제3항까지 및 제5항, 제14조제2항부터 제4항까지, 제15조제
   3항(제61조제2항에서 준용하는 경우를 포함한다), 제15조의2제3항, 제17조제3항, 제
   18조, 제19조제1항·제3항 및 제4항, 제21조제1항·제3항 및 제4항, 제24조, 제25조
   부터 제28조까지, 제32조, 제33조, 제37조(제1항제2호는 제외한다), 제38조제1항, 제
   39조제1항부터 제4항까지, 제48조제1항, 제49조(같은 조 제1항제1호·제3호 및 제
   11호를 위반하여 차를 운전한 사람과 같은 항 제4호의 위반행위 중 교통단속용 장비
   의 기능을 방해하는 장치를 한 차를 운전한 사람은 제외한다), 제50조제5항부터 제7
   항까지, 제51조, 제53조제1항 및 제2항, 제62조 또는 제73조제2항(같은 항 제2호 및
   제3호만 해당한다)을 위반한 차마의 운전자
2. 제6조제1항·제2항·제4항 또는 제7조에 따른 금지·제한 또는 조치를 위반한 차의
   운전자
3. 제22조, 제23조, 제29조제4항·제5항, 제53조제3항, 제53조의2, 제60조, 제64조, 제
   65조 또는 제66조를 위반한 사람
4. 제31조, 제34조 또는 제52조제4항을 위반하거나 제35조제1항에 따른 명령을 위반한
   사람
5. 제39조제5항에 따른 지방경찰청장의 제한을 위반한 사람
6. 제50조제1항 및 제3항을 위반하여 좌석안전띠를 매지 아니하거나 인명보호 장구를
   착용하지 아니한 운전자

7. 제95조제2항에 따른 경찰공무원의 운전면허증 회수를 거부하거나 방해한 사람〈전문개정 2011.6.8〉

제157조 【벌칙】 다음 각 호의 어느 하나에 해당하는 사람은 20만원 이하의 벌금이나 구류 또는 과료에 처한다. 1. 제5조, 제8조제1항, 제10조제2항부터 제5항까지의 규정을 위반한 보행자 2. 제6조제1항·제2항·제4항 또는 제7조에 따른 금지·제한 또는 조치를 위반한 보행자 3. 제9조제1항을 위반하거나 같은 조 제3항에 따른 경찰공무원의 조치를 위반한 행렬등의 보행자나 지휘자 4. 제68조제3항을 위반하여 도로에서의 금지행위를 한 사람〈전문개정 2011.6.8〉

제158조 【형의 병과】 이 장의 죄를 범한 사람에 대하여는 정상(情狀)에 따라 벌금 또는 과료와 구류의 형을 병과(並科)할 수 있다.〈전문개정 2011.6.8〉

제159조 (양벌규정) 법인의 대표자나 법인 또는 개인의 대리인, 사용인, 그 밖의 종업원이 법인 또는 개인의 업무에 관하여 제148조, 제148조의2, 제149조 부터 제157조까지의 어느 하나에 해당하는 위반행위를 하면 그 행위자를 벌하는 외에 그 법인 또는 개인에게도 해당 조문의 벌금 또는 과료의 형을 과(科)한다. 다만, 법인 또는 개인이 그 위반행위를 방지하기 위하여 해당 업무에 관하여 상당한 주의와 감독을 게을리하지 아니한 경우에는 그러하지 아니하다.〈전문개정 2011.6.8〉

제160조 【과태료】 ① 다음 각 호의 어느 하나에 해당하는 사람에게는 500만원 이하의 과태료를 부과한다.

1. 제78조를 위반하여 교통안전교육기관 운영의 정지 또는 폐지 신고를 하지 아니한 사람
2. 제109조제2항을 위반하여 강사의 인적 사항과 교육 과목을 게시하지 아니한 사람
3. 제110조제2항을 위반하여 수강료등을 게시하지 아니하거나 같은 조 제3항을 위반하여 게시된 수강료등을 초과한 금액을 받은 사람
4. 제111조를 위반하여 수강료등의 반환 등 교육생 보호를 위하여 필요한 조치를 하지 아니한 사람
5. 제112조를 위반하여 학원이나 전문학원의 휴원 또는 폐원 신고를 하지 아니한 사람
6. 제115조제1항에 따른 간판이나 그 밖의 표지물 제거, 시설물의 설치 또는 게시문의 부착을 거부·방해 또는 기피하거나 게시문이나 설치한 시설물을 임의로 제거하거나 못쓰게 만든 사람

② 다음 각 호의 어느 하나에 해당하는 사람에게는 20만원 이하의 과태료를 부과한다.

1. 제49조제1항(같은 항 제1호 및 제3호만 해당한다)을 위반한 차의 운전자

2. 제50조제1항·제2항 또는 제67조제1항을 위반하여 동승자에게 좌석안전띠를 매도록 하지 아니한 운전자
3. 제50조제3항을 위반하여 동승자에게 인명보호 장구를 착용하도록 하지 아니한 운전자
4. 제52조제2항을 위반하여 어린이통학버스 안에 신고증명서를 갖추어 두지 아니한 어린이통학버스의 운영자
5. 제67조제2항에 따른 고속도로등에서의 준수사항을 위반한 운전자
6. 제87조제1항을 위반하여 운전면허증 갱신기간에 운전면허를 갱신하지 아니한 사람
7. 제87조제2항 또는 제88조제1항을 위반하여 정기 적성검사 또는 수시 적성검사를 받지 아니한 사람

③ 차가 제5조, 제13조제3항, 제15조제3항(제61조제2항에서 준용하는 경우를 포함한다), 제17조제3항, 제29조제4항·제5항, 제32조 부터 제34조까지 또는 제60조제1항을 위반한 사실이 사진, 비디오테이프나 그 밖의 영상기록매체에 의하여 입증되고 다음 각 호의 어느 하나에 해당하는 경우에는 제56조제1항에 따른 고용주등에게 20만원 이하의 과태료를 부과한다.

1. 위반행위를 한 운전자를 확인할 수 없어 제143조제1항에 따른 고지서를 발급할 수 없는 경우(제15조제3항, 제29조제4항·제5항, 제32조, 제33조 또는 제34조를 위반한 경우만 해당한다)
2. 제163조에 따라 범칙금 통고처분을 할 수 없는 경우

④ 제3항에도 불구하고 다음 각 호의 어느 하나에 해당하는 경우에는 과태료처분을 할 수 없다.

1. 차를 도난당하였거나 그 밖의 부득이한 사유가 있는 경우
2. 운전자가 해당 위반행위로 제156조에 따라 처벌된 경우(제163조에 따라 범칙금 통고처분을 받은 경우를 포함한다)
3. 「질서위반행위규제법」 제20조제1항에 따른 이의제기의 결과 위반행위를 한 운전자가 밝혀진 경우4. 자동차가 「여객자동차 운수사업법」에 따른 자동차대여사업자 또는 「여신전문금융업법」에 따른 시설대여업자가 대여한 자동차로서 그 자동차만 임대한 것이 명백한 경우〈전문개정 2011.6.8〉

제161조【과태료의 부과·징수】 제160조제1항부터 제3항까지의 규정에 따른 과태료는 대통령령으로 정하는 바에 따라 다음 각 호의 자가 부과·징수한다.

1. 제160조제1항부터 제3항까지(제15조제3항에 따른 전용차로 통행, 제32조 부터 제34

조까지의 규정에 따른 정차 또는 주차 규정을 위반한 경우는 제외한다)의 과태료: 지방경찰청장

2. 제160조의2항(제49조제1항제1호·제3호, 제50조제1항부터 제3항까지 및 제52조제2항을 위반한 경우만 해당한다) 및 제3항(제5조, 제13조제3항, 제15조제3항, 제17조제3항, 제29조제4항·제5항, 제32조 부터 제34조까지의 규정을 위반한 경우만 해당한다)의 과태료: 제주특별자치도지사

3. 제160조제3항(제15조제3항, 제29조제4항·제5항, 제32조 부터 제34조까지의 규정을 위반한 경우만 해당한다)의 과태료: 시장등〈전문개정 2011.6.8〉

제161조의2【과태료 납부방법 등】 ① 과태료 납부금액이 대통령령으로 정하는 금액 이하인 경우에는 대통령령으로 정하는 과태료 납부대행기관을 통하여 신용카드, 직불카드 등(이하 "신용카드등"이라 한다)으로 낼 수 있다. 이 경우 "과태료 납부대행기관"이란 정보통신망을 이용하여 신용카드등에 의한 결제를 수행하는 기관으로서 대통령령으로 정하는 바에 따라 과태료 납부대행기관으로 지정받은 자를 말한다.

② 제1항에 따라 신용카드등으로 내는 경우에는 과태료 납부대행기관의 승인일을 납부일로 본다.

③ 과태료 납부 대행기관은 납부자로부터 신용카드등에 의한 과태료 납부대행 용역의 대가로 대통령령으로 정하는 바에 따라 납부대행 수수료를 받을 수 있다.

④ 과태료 납부대행기관의 지정 및 운영, 납부대행 수수료 등에 관하여 필요한 사항은 대통령령으로 정한다.〈전문개정 2011.6.8〉

제 14 장 범칙행위의 처리에 관한 특례
〈본장전문개정 2011.6.8〉

제162조【통칙】 ① 이 장에서 "범칙행위"란 제156조 각 호 또는 제157조 각 호의 죄에 해당하는 위반행위를 말하며, 그 구체적인 범위는 대통령령으로 정한다.

② 이 장에서 "범칙자"란 범칙행위를 한 사람으로서 다음 각 호의 어느 하나에 해당하지 아니하는 사람을 말한다.

1. 범칙행위 당시 제92조제1항에 따른 운전면허증등 또는 이를 갈음하는 증명서를 제시하지 못하거나 경찰공무원의 운전자 신원 및 운전면허 확인을 위한 질문에 응하지

아니한 운전자

2. 범칙행위로 교통사고를 일으킨 사람. 다만, 「교통사고처리 특례법」 제3조제2항 및 제4조에 따라 업무상과실치상죄·중과실치상죄 또는 이 법 제151조의 죄에 대한 벌을 받지 아니하게 된 사람은 제외한다.

③ 이 장에서 "범칙금" 이란 범칙자가 제163조에 따른 통고처분에 따라 국고(國庫) 또는 제주특별자치도의 금고에 내야 할 금전을 말하며, 범칙금의 액수는 범칙행위의 종류 및 차종(車種) 등에 따라 대통령령으로 정한다.

제163조 【통고처분】 ① 경찰서장이나 제주특별자치도지사(제주특별자치도지사의 경우에는 제6조제1항·제2항, 제61조제2항에 따라 준용되는 제15조제3항, 제39조제5항, 제60조, 제62조, 제64조 부터 제66조까지, 제73조제2항제2호·제3호 및 제95조제1항의 위반행위는 제외한다)는 범칙자로 인정하는 사람에 대하여는 이유를 분명하게 밝힌 범칙금 납부통고서로 범칙금을 낼 것을 통고할 수 있다. 다만, 다음 각 호의 어느 하나에 해당하는 사람에 대하여는 그러하지 아니하다.

1. 성명이나 주소가 확실하지 아니한 사람
2. 달아날 우려가 있는 사람
3. 범칙금 납부통고서 받기를 거부한 사람

② 제주특별자치도지사가 제1항에 따라 통고처분을 한 경우에는 관할 경찰서장에게 그 사실을 통보하여야 한다.

제164조 【범칙금의 납부】 ① 제163조에 따라 범칙금 납부통고서를 받은 사람은 10일 이내에 경찰청장이 지정하는 국고은행, 지점, 대리점, 우체국 또는 제주특별자치도지사가 지정하는 금융회사 등이나 그 지점에 범칙금을 내야 한다. 다만, 천재지변이나 그 밖의 부득이한 사유로 말미암아 그 기간에 범칙금을 낼 수 없는 경우에는 부득이한 사유가 없어지게 된 날부터 5일 이내에 내야 한다.

② 제1항에 따른 납부기간에 범칙금을 내지 아니한 사람은 납부기간이 끝나는 날의 다음 날부터 20일 이내에 통고받은 범칙금에 100분의 20을 더한 금액을 내야 한다.

③ 제1항이나 제2항에 따라 범칙금을 낸 사람은 범칙행위에 대하여 다시 벌 받지 아니한다.

제165조 【통고처분 불이행자 등의 처리】 ① 경찰서장은 다음 각 호의 어느 하나에 해당하는 사람에 대하여는 지체 없이 즉결심판을 청구하여야 한다. 다만, 제2호에 해당하는 사람으로서 즉결심판이 청구되기 전까지 통고받은 범칙금액에 100분의 50을 더한 금액을 납부한 사람에 대하여는 그러하지 아니하다.

1. 제163조제1항 각 호의 어느 하나에 해당하는 사람
2. 제164조제2항에 따른 납부기간에 범칙금을 납부하지 아니한 사람

② 제1항제2호에 따라 즉결심판이 청구된 피고인이 즉결심판의 선고 전까지 통고받은 범칙금액에 100분의 50을 더한 금액을 내고 납부를 증명하는 서류를 제출하면 경찰서장은 피고인에 대한 즉결심판 청구를 취소하여야 한다.

③ 제1항 각 호 외의 부분 단서 또는 제2항에 따라 범칙금을 납부한 사람은 그 범칙행위에 대하여 다시 벌 받지 아니한다.

④ 제주특별자치도지사는 제1항 각 호의 어느 하나에 해당하는 사람이 있는 경우에는 즉시 관할 경찰서장에게 그 사실을 통보하고 관련 서류를 보내야 한다. 이 경우 통보를 받은 경찰서장은 제1항부터 제3항까지의 규정에 따라 이를 처리하여야 한다.

제166조 【직권 남용의 금지】 이 장의 규정에 따른 통고처분을 할 때에 교통을 단속하는 경찰공무원은 본래의 목적에서 벗어나 직무상의 권한을 함부로 남용하여서는 아니 된다.

부 칙 생략

부 칙 〈2007.12.21〉

제1조 【시행일】 이 법은 공포 후 6개월이 경과한 날부터 시행한다.

제2조 【도로의 점용허가 등에 관한 적용례】 제70조의 개정규정은 이 법 시행 후 최초로 행하는 도로점용허가 및 통행의 금지 또는 제한부터 적용한다.

제3조 【공단의 명칭변경에 따른 경과조치】 ①이 법 시행 당시 도로교통안전관리공단은 이 법에 따른 도로교통공단으로 본다. 이 경우 도로교통공단은 이 법 시행 후 3개월 이내에 이 법의 개정규정에 따라 정관을 변경하여 경찰청장의 인가를 받아야 한다.

②이 법 시행 당시 도로교통안전관리공단 이사장 · 이사 · 감사 및 직원은 각각 이 법에 따라 도로교통공단의 이사장 · 이사 · 감사 및 직원으로 임명된 것으로 본다. 이 경우 임원의 임기는 종전의 규정에 따른 임기의 남은 임기로 한다.

③이 법 시행 당시 도로교통안전관리공단에 속하였던 모든 재산과 권리 · 의무는 도로교통공단이 이를 승계한다.

④제3항에 따라 도로교통공단에 승계될 재산의 가액은 재단 설립등기일 전일의 장부가액으로 한다.

제4조【벌칙 적용에 관한 경과조치】 이 법 시행 전의 행위에 대한 벌칙 적용에 있어서는 제152조의2의 개정규정에도 불구하고 종전의 규정에 따른다.

부 칙 〈2008.1.17〉

① 【시행일】 이 법은 공포 후 3개월이 경과한 날부터 시행한다.
② 【교통안전교육에 관한 적용례】 제73조제1항 및 제83조제4항제1호의 개정규정은 이 법 시행 후 제83조제1항제2호 및 제3호의 시험에 응시하는 것부터 적용한다.

부 칙 〈2008.6.13〉

이 법은 공포한 날부터 시행한다.

부 칙 〈2009.4.1〉

① 【시행일】 이 법은 공포 후 6개월이 경과한 날부터 시행한다. 다만, 제160조제4항제4호의 개정규정은 공포 후 3개월이 경과한 날부터 시행한다.
② 【벌칙에 관한 경과조치】 이 법 시행 전의 행위에 관한 벌칙의 적용에 있어서는 종전의 규정에 따른다.
③ 【과태료 부과에 관한 경과조치】 이 법 시행 당시 종전의 규정에 따라 부과하였거나 부과하여야 할 과태료에 대하여는 종전의 규정에 따른다.

부 칙 〈2009.12.29〉

① 【시행일】 이 법은 공포 후 6개월이 경과한 날부터 시행한다.
② 【벌칙에 관한 경과조치】 이 법 시행 전의 행위에 대한 벌칙의 적용에 있어서는 종전의 규정에 따른다.

부 칙 ⟨2010.7.23⟩

제1조 【시행일】 이 법은 2011년 1월 1일부터 시행한다. 다만, 제3조 · 제4조의2 · 제8조 · 제44조 · 제73조제1항 · 제126조 · 제127조 · 제128조 · 제132조 · 제133조 · 제134조 · 제135조 · 제138조의2 · 제144조 · 제148조의2 · 제157조 · 제159조 및 제161조제2항부터 제4항까지의 개정규정은 공포한 날부터 시행하고, 제2조(제24호를 제외한다) · 제35조 · 제80조 · 제82조 · 제83조제4항의 개정규정은 공포 후 3개월이 경과한 날부터 시행하며, 제2조제24호 · 제12조 · 제12조의2 · 제37조 · 제46조 · 제46조의2 · 제49조 · 제54조 · 제73조제2항 · 제79조 · 제92조 · 제93조 · 제95조 · 제113조 · 제129조의3 · 제150조 · 제152조의2 · 제153조 · 제155조 · 제156조 · 제160조제2항 · 제161조제1항 · 제161조의2 · 제162조 및 제163조의 개정규정은 공포 후 6개월이 경과한 날부터 시행한다.

제2조 【운전면허 취득 결격기간에 관한 적용례】 ① 제82조제2항제1호의 개정규정은 이 법 시행 전에 제43조 또는 제96조제3항을 위반하여 운전면허 취득 결격기간 중에 있거나 운전면허의 효력이 정지된 기간 중 운전으로 취소처분절차가 진행 중인 사람에 대하여도 적용한다.

② 제82조제2항제1호의2의 개정규정은 이 법 시행 후 최초로 발생하는 위반행위부터 적용한다. 이 경우 이 법 시행 후 최초로 발생하는 위반행위를 그 첫 번째 위반행위로 본다.

제3조 【운전면허시험 실시에 관한 적용례】 제83조제4항의 개정규정은 이 법 시행 전에 운전면허시험에 응시한 사람에 대하여도 적용한다.

제4조 【운전면허시험기관의 변경에 따른 권리 · 의무의 승계】 이 법 시행 당시 종전의 규정에 따라 운전면허를 관리하는 책임운영기관 또는 그 소속 운전면허시험기관(이하 "운전면허시험관리단"이라 한다)이 행한 행위와 그에 대하여 행하여진 행위는 공단이 행한 행위 또는 그에 대하여 행한 행위로 본다.

제5조 【공무원의 파견】 ① 경찰청장은 공단의 요청이 있는 경우에는 이 법 시행 당시 공무원 신분을 유지하는 자 중 일부를 이 법 시행 후 1년 미만의 범위에서 공단에 파견근무하게 할 수 있다. 다만, 공단의 운전면허시험의 원활한 수행을 위하여 특별한 사정이 있는 경우에는 공단의 요청에 따라 행정안전부장관과의 협의를 거쳐 파견기간을 연장할 수 있다.

② 제1항에 따라 공단에 파견된 공무원의 복무에 대한 지휘 · 감독은 공단 이사장이, 근무성과 평가 · 승진 및 전보 임용 · 징계 등 인사관리는 경찰청장이 행한다.

③ 제1항에 따라 공단에 파견된 공무원의 인사관리를 위하여 경찰청장이 요구하는 경우

공단 이사장은 파견 공무원에 대한 복무 관련사항을 경찰청장에게 보고하여야 한다.

제6조【도로교통공단 직원의 임용특례 등】 ① 경찰청장은 이 법 시행 당시 운전면허시험관리단 소속 공무원 중 이 법 시행과 동시에 공단의 직원으로 신분이 전환될 자 및 부칙 제5조제1항에 따른 파견기간 종료 후 공무원 신분을 계속 유지하고자 하는 자와 파견기간 종료 후 공단의 직원으로 신분이 전환될 자를 각각 구분하여 확정하여야 하며, 공단의 직원으로 신분이 전환될 자는 공단이 직원을 임용할 수 있도록 조치하여야 한다.

② 제1항에 따라 공단의 직원으로 신분이 전환되는 자는 공단의 직원으로 임용한다.

③ 제2항에 따라 공단의 직원으로 임용된 때에는 공무원 신분에서 퇴직한 것으로 본다.

④ 제2항에 따라 공무원이었던 자가 공단의 직원으로 임용된 자의 정년은 그 직원의 공무원 퇴직 당시의 직급에 적용되던「국가공무원법」상의 정년에 따른다. 다만, 공단의 직원 정년이「국가공무원법」상의 정년보다 장기인 때에는 그러하지 아니하다.

제7조【경찰청에서 퇴직하고 공단의 직원으로 임용된 자에 대한「공무원연금법」의 적용에 관한 특례】 ① 이 법 시행 이전에 운전면허시험관리단 소속 공무원으로 재직(휴직 중인 자를 포함한다)한 자가 부칙 제6조제2항에 따라 공무원에서 퇴직하고 공단의 직원으로 임용되는 경우「공무원연금법」(이하 이 조에서 "연금법"이라 한다)에 따른 재직기간이 연금법 제46조제1항에서 정한 최소 재직기간 미만인 자는 공단의 직원으로 임용된 날부터 2개월 이내에 연금법 제4조에 따라 설립된 공무원연금공단(이하 이 조에서 "연금공단"이라 한다)에 연금법의 적용신청을 한 때에는 연금법에 따라 재직기간이 연금법 제46조제1항에서 정한 최소 재직기간이 될 때까지 연금법 제3조제1항제1호에 따른 공무원으로 보되, 연금법 제42조에 따른 장기급여 중 퇴직급여·유족급여(유족보상금은 제외한다) 및 퇴직수당에 한하여 지급한다.

② 제1항에 따른 연금법의 적용신청을 하여 연금법 제3조제1항제1호에 따른 공무원으로 의제되는 공단의 직원(이하 이 조에서 "연금법적용대상직원"이라 한다)은 연금법에 따른 재직기간이 연금법 제46조제1항에서 정한 최소 재직기간에 도달하는 달의 말일에 공무원에서 퇴직한 것으로 본다. 다만, 재직기간이 연금법 제46조제1항에서 정한 최소 재직기간에 도달하기 전에 공단에서 퇴직하거나 사망한 경우에는 그 퇴직한 날의 전날 또는 사망한 날까지 공무원으로 재직한 것으로 본다.

③ 연금법적용대상직원의 연금법 제3조제1항제5호에 따른 기준소득월액은 공단의 직원으로 임용되기 전날의 공무원의 직급·호봉에서 계속 승급한 것으로 보아 확정한 호봉에 따라 산정한 기준소득월액의 상당액으로 한다. 다만, 연봉을 받는 공무원이었던 연금법적

용대상직원의 기준소득월액은 행정안전부장관이 별도로 정하는 바에 따른다.

④ 연금법적용대상직원에 대하여는 공단 이사장을 연금법 제3조제1항제7호에 따른 기관장으로, 공단의 직원으로서 「소득세법」에 따른 원천징수의무자를 연금법 제3조제1항제8호에 따른 기여금징수의무자로 본다.

⑤ 연금법에 따른 재직기간이 연금법 제46조제1항에서 정한 최소 재직기간에 도달한 연금법적용대상직원에 대하여는 연금법 제46조제1항에도 불구하고 다음 각 호의 어느 하나에 해당하는 때부터 퇴직연금을 지급한다.

　1. 연금법 제46조제1항제1호 또는 제5호에 해당한 때

　2. 공단의 정년에 도달한 때

　3. 법률 제6328호 공무원연금법중개정법률 부칙 제10조제2항에 해당한 때

⑥ 제5항에도 불구하고 연금법에 따른 재직기간이 연금법 제46조제1항에서 정한 최소 재직기간에 도달한 연금법적용대상직원이 제5항제1호(연금법 제46조제1항제1호에 해당한 때를 말한다) 및 제2호에 따른 연령에 도달하지 아니하고 제2항에 따른 공무원에서 퇴직한 때에는 본인이 원하는 경우에는 그가 사망할 때까지 연금법 제46조제2항 각 호에 따라 조기퇴직연금을 지급할 수 있다.

⑦ 연금법적용대상직원에 대하여 연금법 제64조를 적용함에 있어서 같은 조 제1항제1호 및 같은 조 제2항 전단에 따른 "재직 중의 사유"는 "재직 중의 사유(공무원으로 의제되는 기간 중의 사유를 포함한다)"로, 같은 조 제1항제2호에 따른 "탄핵 또는 징계에 의하여 파면된 경우"는 "공무원으로 의제되는 기간 중의 사유로 공단에서 징계에 의하여 파면된 경우"로, 같은 조 제1항제3호에 따른 "금품 및 향응수수, 공금의 횡령·유용으로 징계 해임된 경우"는 "공무원으로 의제되는 기간 중의 사유로 공단에서 금품 및 향응수수, 공금의 횡령·유용으로 징계 해임된 경우"로 본다.

⑧ 연금법적용대상직원에 대한 퇴직수당의 지급에 소요되는 비용은 연금법 제65조제3항에도 불구하고 공단이 부담·관리한다. 다만, 연금법적용대상직원이 부칙 제6조제3항에 따라 운전면허시험관리단 소속 공무원에서 퇴직한 때에 지급하여야 할 퇴직수당에 상당하는 금액은 연금법적용대상직원이 공단의 직원으로 임용된 때에 연금법 제31조의2제5호와 제6호에 따른 미상환 원리금을 공제한 후 연금공단에서 공단으로 이체한다.

⑨ 연금법적용대상직원에 대한 연금법 제69조제1항에 따른 연금부담금 및 보전금은 공단이 부담한다.

⑩ 연금법적용대상직원은 제1항에 따라 공무원으로 의제되는 기간까지 「국민연금법」 제6

조에 따른 국민연금의 가입대상에서 제외한다.

⑪ 연금법적용대상직원이 제1항에 따라 공무원으로 의제되는 기간은 「근로기준법」 제34조에 따른 퇴직금 산정을 위한 계속근로연수에서 제외한다.

⑫ 연금법적용대상직원에 대한 퇴직급여·유족급여(유족보상금은 제외한다) 및 퇴직수당의 산정·지급, 그 비용의 징수 등에 관하여 이 조에서 특별히 정하지 아니한 사항에 대하여는 연금법을 적용한다.

제8조【책임운영기관특별회계에 관한 경과조치) 이 법 시행 당시 「책임운영기관의 설치·운영에 관한 법률」 제29조의2에 따라 책임운영기관특별회계(자동차운전면허계정)에 귀속되어 운전면허시험관리단이 점유·사용 또는 관리하는 국유재산 및 물품은 일반회계로 환원한다.

제9조【벌칙에 관한 경과조치】 이 법 시행 전의 행위에 대한 벌칙의 적용에 있어서는 종전의 규정에 따른다.

부 칙〈2011.6.8〉

제1조【시행일】 이 법은 공포 후 6개월이 경과한 날부터 시행한다.

제2조【운전면허 결격사유에 관한 적용례】 제46조 위반행위에 관한 제82조제2항제1호·제6호 및 제7호의 개정규정은 이 법 시행 후 최초로 발생하는 위반행위부터 적용한다.

제3조【운전면허 시험면제에 관한 경과조치】 제84조제1항제5호의 개정규정에도 불구하고 이 법 시행 전에 운전면허증 갱신을 하지 아니하여 운전면허가 취소된 사람에 대하여는 종전의 규정에 따라 운전면허시험의 일부를 면제한다.

제4조【운전면허증 갱신 및 정기 적성검사 기간에 관한 경과조치】 제87조제1항 및 제2항의 개정규정에도 불구하고 이 법 시행 전에 운전면허를 받은 사람이 이 법 시행 후 처음 받아야 하는 운전면허증 갱신 또는 정기 적성검사의 기간은 종전의 규정에 따른다.

제5조【벌칙 또는 과태료에 관한 경과조치】 이 법 시행 전의 행위에 대한 벌칙 또는 과태료의 적용에 있어서는 종전의 규정에 따른다.

제6조【다른 법률의 개정】 해당법령에 정리

부 칙 〈2012.3.21〉

제1조 【시행일】 이 법은 공포 후 6개월이 경과한 날부터 시행한다.

제2조 【경과조치】 이 법 시행 당시 「민법」 제32조에 따라 설립된 사단법인 모범운전자연합회는 이 법에 따라 설립된 모범운전자연합회로 본다.

3. 교통사고처리 특례법

(1981년 12월 31일
법 률 제3490호)

개정

1984.8. 4 법 3744호(도로교통법)

1995.1. 5 법 4872호(도로교통법)

1997.8.30 법 6891호(화물자동차 운수사업법)

2003.5.29 법 5408호(보험업법)

2005.5.31 법 7545호(도로교통법)

2008.3.21 법 8979호(화물자동차 운수사업법)

2010.1.25 법 9941호

2011.6. 8 법 10790호(도로교통법)

1993. 6.11 법 4548호

1996. 8.14 법 5157호

2007.12.21 법 8718호

2011. 4.12 법 10575호

제1조 【목적】 이 법은 업무상과실(業務上過失) 또는 중대한 과실로 교통사고를 일으킨 운전자에 관한 형사처벌 등의 특례를 정함으로써 교통사고로 인한 피해의 신속한 회복을 촉진하고 국민생활의 편익을 증진함을 목적으로 한다. 〈전문개정 2011.4.12〉

제2조 【정의】 이 법에서 사용하는 용어의 뜻은 다음과 같다.

  1. "차"란 「도로교통법」 제2조제16호가목에 따른 차(車)와 「건설기계관리법」 제2조제1항제1호에 따른 건설기계를 말한다.

  2. "교통사고"란 차의 교통으로 인하여 사람을 사상(死傷)하거나 물건을 손괴(損壞)하는 것을 말한다. 〈전문개정 2011.4.12, 개정 2011.6.8〉

제3조 【처벌의 특례】 ① 차의 운전자가 교통사고로 인하여 「형법」 제268조의 죄를 범한 경우에는 5년 이하의 금고 또는 2천만원 이하의 벌금에 처한다.

② 차의 교통으로 제1항의 죄 중 업무상과실치상죄(業務上過失致傷罪) 또는 중과실치상죄(重過失致傷罪)와 「도로교통법」 제151조의 죄를 범한 운전자에 대하여는 피해자의 명

시적인 의사에 반하여 공소(公訴)를 제기할 수 없다. 다만, 차의 운전자가 제1항의 죄 중 업무상과실치상죄 또는 중과실치상죄를 범하고도 피해자를 구호(救護)하는 등「도로교통법」제54조제1항에 따른 조치를 하지 아니하고 도주하거나 피해자를 사고 장소로부터 옮겨 유기(遺棄)하고 도주한 경우, 같은 죄를 범하고「도로교통법」제44조제2항을 위반하여 음주측정 요구에 따르지 아니한 경우(운전자가 채혈 측정을 요청하거나 동의한 경우는 제외한다)와 다음 각 호의 어느 하나에 해당하는 행위로 인하여 같은 죄를 범한 경우에는 그러하지 아니하다.

1. 「도로교통법」제5조에 따른 신호기가 표시하는 신호 또는 교통정리를 하는 경찰공무원등의 신호를 위반하거나 통행금지 또는 일시정지를 내용으로 하는 안전표지가 표시하는 지시를 위반하여 운전한 경우

2. 「도로교통법」제13조제3항을 위반하여 중앙선을 침범하거나 같은 법 제62조를 위반하여 횡단, 유턴 또는 후진한 경우

3. 「도로교통법」제17조제1항 또는 제2항에 따른 제한속도를 시속 20킬로미터 초과하여 운전한 경우

4. 「도로교통법」제21조제1항, 제22조, 제23조에 따른 앞지르기의 방법·금지시기·금지장소 또는 끼어들기의 금지를 위반하거나 같은 법 제60조제2항에 따른 고속도로에서의 앞지르기 방법을 위반하여 운전한 경우

5. 「도로교통법」제24조에 따른 철길건널목 통과방법을 위반하여 운전한 경우

6. 「도로교통법」제27조제1항에 따른 횡단보도에서의 보행자 보호의무를 위반하여 운전한 경우

7. 「도로교통법」제43조, 「건설기계관리법」제26조 또는 「도로교통법」제96조를 위반하여 운전면허 또는 건설기계조종사면허를 받지 아니하거나 국제운전면허증을 소지하지 아니하고 운전한 경우. 이 경우 운전면허 또는 건설기계조종사면허의 효력이 정지 중이거나 운전의 금지 중인 때에는 운전면허 또는 건설기계조종사면허를 받지 아니하거나 국제운전면허증을 소지하지 아니한 것으로 본다.

8. 「도로교통법」제44조제1항을 위반하여 술에 취한 상태에서 운전을 하거나 같은 법 제45조를 위반하여 약물의 영향으로 정상적으로 운전하지 못할 우려가 있는 상태에서 운전한 경우

9. 「도로교통법」제13조제1항을 위반하여 보도(步道)가 설치된 도로의 보도를 침범하거나 같은 법 제13조제2항에 따른 보도 횡단방법을 위반하여 운전한 경우

10. 「도로교통법」 제39조제2항에 따른 승객의 추락 방지의무를 위반하여 운전한 경우

11. 「도로교통법」 제12조제3항에 따른 어린이 보호구역에서 같은 조 제1항에 따른 조치를 준수하고 어린이의 안전에 유의하면서 운전하여야 할 의무를 위반하여 어린이의 신체를 상해(傷害)에 이르게 한 경우〈전문개정 2011.4.12〉

제4조【보험 등에 가입된 경우의 특례】 ① 교통사고를 일으킨 차가 「보험업법」 제4조, 제126조, 제127조 및 제128조, 「여객자동차 운수사업법」 제60조, 제61조 또는 「화물자동차 운수사업법」 제51조에 따른 보험 또는 공제에 가입된 경우에는 제3조제2항 본문에 규정된 죄를 범한 차의 운전자에 대하여 공소를 제기할 수 없다. 다만, 다음 각 호의 어느 하나에 해당하는 경우에는 그러하지 아니하다.

1. 제3조제2항 단서에 해당하는 경우

2. 피해자가 신체의 상해로 인하여 생명에 대한 위험이 발생하거나 불구(不具)가 되거나 불치(不治) 또는 난치(難治)의 질병이 생긴 경우

3. 보험계약 또는 공제계약이 무효로 되거나 해지되거나 계약상의 면책 규정 등으로 인하여 보험회사, 공제조합 또는 공제사업자의 보험금 또는 공제금 지급의무가 없어진 경우

② 제1항에서 "보험 또는 공제"란 교통사고의 경우 「보험업법」에 따른 보험회사나 「여객자동차 운수사업법」또는 「화물자동차 운수사업법」에 따른 공제조합 또는 공제사업자가 인가된 보험약관 또는 승인된 공제약관에 따라 피보험자와 피해자 간 또는 공제조합원과 피해자 간의 손해배상에 관한 합의 여부와 상관없이 피보험자나 공제조합원을 갈음하여 피해자의 치료비에 관하여는 통상비용의 전액을, 그 밖의 손해에 관하여는 보험약관이나 공제약관으로 정한 지급기준금액을 대통령령으로 정하는 바에 따라 우선 지급하되, 종국적으로는 확정판결이나 그 밖에 이에 준하는 집행권원(執行權原)상 피보험자 또는 공제조합원의 교통사고로 인한 손해배상금 전액을 보상하는 보험 또는 공제를 말한다.

③ 제1항의 보험 또는 공제에 가입된 사실은 보험회사, 공제조합 또는 공제사업자가 제2항의 취지를 적은 서면에 의하여 증명되어야 한다.〈전문개정 2011.4.12〉

제5조【벌칙】 ① 보험회사, 공제조합 또는 공제사업자의 사무를 처리하는 사람이 제4조제3항의 서면을 거짓으로 작성한 경우에는 3년 이하의 징역 또는 1천만원 이하의 벌금에 처한다.

② 제1항의 거짓으로 작성된 문서를 그 정황을 알고 행사한 사람도 제1항의 형과 같은 형

에 처한다.

③ 보험회사, 공제조합 또는 공제사업자가 정당한 사유 없이 제4조제3항의 서면을 발급하지 아니한 경우에는 1년 이하의 징역 또는 300만원 이하의 벌금에 처한다.〈전문개정 2011.4.12〉

제6조 【양벌규정】 법인의 대표자, 대리인, 사용인, 그 밖의 종업원이 그 법인의 업무에 관하여 제5조의 위반행위를 하면 그 행위자를 벌하는 외에 그 법인에도 해당 조문의 벌금형을 과(科)한다. 다만, 법인이 그 위반행위를 방지하기 위하여 해당 업무에 관하여 상당한 주의와 감독을 게을리하지 아니한 경우에는 그러하지 아니하다.〈전문개정 2010.1.25〉

부 칙〈생략〉

부 칙〈2007.12.21〉

이 법은 공포 후 2년이 경과한 날부터 시행한다.

부 칙〈2010.1.25〉

① 【시행일】 이 법은 공포한 날부터 시행한다.
② 【적용례】 제3조제2항의 개정규정은 이 법 시행 후 최초로 발생한 교통사고부터 적용한다.

부 칙〈2011.4.12〉

이 법은 공포한 날부터 시행한다.

4. 자동차손해배상 보장법

$$\binom{2008년\quad 3월\quad 28일}{법\ \ 률\ \ 제9065호\ \ 전문개정}$$

개정

2009. 2. 6 법 9446(자동차관리법)

2009. 5. 27 법 9738호

2009. 2. 6 법 9450호

2012. 2. 22 법 11369호

제1장 총 칙

제1조【목적】 이 법은 자동차의 운행으로 사람이 사망 또는 부상하거나 재물이 멸실 또는 훼손된 경우에 손해배상을 보장하는 제도를 확립하여 피해자를 보호하고 자동차운송의 건전한 발전을 촉진함을 목적으로 한다.

제2조【정의】 이 법에서 사용하는 용어의 뜻은 다음과 같다.

1. "자동차"란「자동차관리법」의 적용을 받는 자동차와「건설기계관리법」의 적용을 받는 건설기계 중 대통령령으로 정하는 것을 말한다.

2. "운행"이란 사람 또는 물건의 운송 여부와 관계없이 자동차를 그 용법에 따라 사용하거나 관리하는 것을 말한다.

3. "자동차보유자"란 자동차의 소유자나 자동차를 사용할 권리가 있는 자로서 자기를 위하여 자동차를 운행하는 자를 말한다.

4. "운전자"란 다른 사람을 위하여 자동차를 운전하거나 운전을 보조하는 일에 종사하는 자를 말한다.

5. "책임보험"이란 자동차보유자와「보험업법」에 따라 허가를 받아 보험업을 영위하는 자(이하 "보험회사"라 한다)가 자동차의 운행으로 다른 사람이 사망하거나 부상한 경우 이 법에 따른 손해배상책임을 보장하는 내용을 약정하는 보험을 말한다.

6. "책임공제(責任共濟)"란 사업용 자동차의 보유자와「여객자동차 운수사업법」,「화물자동차 운수사업법」,「건설기계관리법」에 따라 공제사업을 하는 자(이하 "공제사업자"라 한다)가 자동차의 운행으로 다른 사람이 사망하거나 부상한 경우 이 법에 따른 손해배상책임을 보장하는 내용을 약정하는 공제를 말한다.

7. "자동차보험진료수가(診療酬價)"란 자동차의 운행으로 사고를 당한 자(이하 "교통사고환자"라 한다)가「의료법」에 따른 의료기관(이하 "의료기관"이라 한다)에서 진료를 받음으로써 발생하는 비용으로서 다음 각 목의 어느 하나의 경우에 적용되는 금액을 말한다.

   가. 보험회사(공제사업자를 포함한다. 이하 "보험회사등"이라 한다)의 보험금(공제금을 포함한다. 이하 "보험금등"이라 한다)으로 해당 비용을 지급하는 경우

   나. 제30조에 따른 자동차손해배상 보장사업의 보상금으로 해당 비용을 지급하는 경우

   다. 교통사고환자에 대한 배상(제30조에 따른 보상을 포함한다)이 종결된 후 해당 교통사고로 발생한 치료비를 교통사고환자가 의료기관에 지급하는 경우〈개정

2009.2.6〉

제3조【자동차손해배상책임】 자기를 위하여 자동차를 운행하는 자는 그 운행으로 다른 사람을 사망하게 하거나 부상하게 한 경우에는 그 손해를 배상할 책임을 진다. 다만, 다음 각 호의 어느 하나에 해당하면 그러하지 아니하다.

1. 승객이 아닌 자가 사망하거나 부상한 경우에 자기와 운전자가 자동차의 운행에 주의를 게을리 하지 아니하였고, 피해자 또는 자기 및 운전자 외의 제3자에게 고의 또는 과실이 있으며, 자동차의 구조상의 결함이나 기능상의 장해가 없었다는 것을 증명한 경우

2. 승객이 고의나 자살행위로 사망하거나 부상한 경우제4조 (「민법」의 적용) 자기를 위하여 자동차를 운행하는 자의 손해배상책임에 대하여는 제3조에 따른 경우 외에는 「민법」에 따른다.

제 2 장   손해배상을 위한 보험 가입 등

제5조【보험 등의 가입 의무】 ① 자동차보유자는 자동차의 운행으로 다른 사람이 사망하거나 부상한 경우에 피해자(피해자가 사망한 경우에는 손해배상을 받을 권리를 가진 자를 말한다. 이하 같다)에게 대통령령으로 정하는 금액을 지급할 책임을 지는 책임보험이나 책임공제(이하 "책임보험등" 이라 한다)에 가입하여야 한다.

② 자동차보유자는 책임보험등에 가입하는 것 외에 자동차의 운행으로 다른 사람의 재물이 멸실되거나 훼손된 경우에 피해자에게 대통령령으로 정하는 금액을 지급할 책임을 지는 「보험업법」에 따른 보험이나 「여객자동차 운수사업법」, 「화물자동차 운수사업법」 및 「건설기계관리법」에 따른 공제에 가입하여야 한다.

③ 다음 각 호의 어느 하나에 해당하는 자는 책임보험등에 가입하는 것 외에 자동차 운행으로 인하여 다른 사람이 사망하거나 부상한 경우에 피해자에게 책임보험등의 배상책임 한도를 초과하여 대통령령으로 정하는 금액을 지급할 책임을 지는 「보험업법」에 따른 보험이나 「여객자동차 운수사업법」, 「화물자동차 운수사업법」 및 「건설기계관리법」에 따른 공제에 가입하여야 한다.

1. 「여객자동차 운수사업법」 제4조제1항에 따라 면허를 받거나 등록한 여객자동차 운송사업자

2. 「여객자동차 운수사업법」 제28조제1항에 따라 등록한 자동차 대여사업자

3. 「화물자동차 운수사업법」 제3조 및 제29조에 따라 허가를 받은 화물자동차 운송사업자 및 화물자동차 운송가맹사업자

4. 「건설기계관리법」 제21조제1항에 따라 등록한 건설기계 대여업자

④ 제1항 및 제2항은 대통령령으로 정하는 자동차와 도로(「도로교통법」 제2조제1호에 따른 도로를 말한다. 이하 같다)가 아닌 장소에서만 운행하는 자동차에 대하여는 적용하지 아니한다.

⑤ 제1항의 책임보험등과 제2항 및 제3항의 보험 또는 공제에는 각 자동차별로 가입하여야 한다.

제5조의2 【보험 등의 가입 의무 면제】 ① 자동차보유자는 보유한 자동차(제5조제3항 각 호의 자가 면허 등을 받은 사업에 사용하는 자동차는 제외한다)를 해외체류 등으로 6개월 이상 2년 이하의 범위에서 장기간 운행할 수 없는 경우로서 대통령령으로 정하는 경우에는 그 자동차의 등록업무를 관할하는 특별시장·광역시장·도지사·특별자치도지사(자동차의 등록업무가 시장·군수·구청장에게 위임된 경우에는 시장·군수·구청장을 말한다. 이하 "시·도지사"라 한다)의 승인을 받아 그 운행중지기간에 한하여 제5조제1항 및 제2항에 따른 보험 또는 공제에의 가입 의무를 면제받을 수 있다. 이 경우 자동차보유자는 해당 자동차등록증 및 자동차등록번호판을 시·도지사에게 보관하여야 한다.

② 제1항에 따라 보험 또는 공제에의 가입 의무를 면제받은 자는 면제기간 중에는 해당 자동차를 도로에서 운행하여서는 아니 된다.

③ 제1항에 따른 보험 또는 공제에의 가입 의무를 면제받을 수 있는 승인 기준 및 신청 절차 등 필요한 사항은 국토해양부령으로 정한다. 〈본조신설 2012.2.22〉

제6조 【의무보험 미가입자에 대한 조치 등】 ① 보험회사등은 자기와 제5조제1항부터 제3항까지의 규정에 따라 자동차보유자가 가입하여야 하는 보험 또는 공제(이하 "의무보험"이라 한다)의 계약을 체결하고 있는 자동차보유자에게 그 계약 종료일의 75일 전부터 30일 전까지의 기간 및 30일 전부터 10일 전까지의 기간에 각각 그 계약이 끝난다는 사실을 알려야 한다. 다만, 보험회사등은 보험기간이 1개월 이내인 계약인 경우와 자동차보유자가 자기와 다시 계약을 체결하거나 다른 보험회사등과 새로운 계약을 체결한 사실을 안 경우에는 통지를 생략할 수 있다. 〈개정 2009.2.6, 시행일 2010.2.7〉

② 보험회사등은 의무보험에 가입하여야 할 자가 다음 각 호의 어느 하나에 해당하면 그 사실을 국토해양부령으로 정하는 기간 내에 특별자치도지사·시장·군수 또는 구청장(자

치구의 구청장을 말하며, 이하 "시장 · 군수 · 구청장"이라 한다)에게 알려야 한다.

  1. 자기와 의무보험 계약을 체결한 경우

  2. 자기와 의무보험 계약을 체결한 후 계약 기간이 끝나기 전에 그 계약을 해지한 경우

  3. 자기와 의무보험 계약을 체결한 자가 그 계약 기간이 끝난 후 자기와 다시 계약을 체결하지 아니한 경우

③ 제2항에 따른 통지를 받은 시장 · 군수 · 구청장은 의무보험에 가입하지 아니한 자동차보유자에게 지체 없이 10일 이상 15일 이하의 기간을 정하여 의무보험에 가입하고 그 사실을 증명할 수 있는 서류를 제출할 것을 명하여야 한다.

④ 시장 · 군수 · 구청장은 의무보험에 가입되지 아니한 자동차의 등록번호판(이륜자동차 번호판 및 건설기계의 등록번호표를 포함한다. 이하 같다)을 영치할 수 있다.

⑤ 시장 · 군수 · 구청장은 제4항에 따라 의무보험에 가입되지 아니한 자동차의 등록번호판을 영치하기 위하여 필요하면 경찰서장에게 협조를 요청할 수 있다. 이 경우 협조를 요청받은 경찰서장은 특별한 사유가 없으면 이에 따라야 한다.

⑥ 시장 · 군수 · 구청장은 제4항에 따라 의무보험에 가입되지 아니한 자동차의 등록번호판을 영치하면 「자동차관리법」이나 「건설기계관리법」에 따라 그 자동차의 등록업무를 관할하는 시 · 도지사와 그 자동차보유자에게 그 사실을 통보하여야 한다.

⑦ 제1항과 제2항에 따른 통지의 방법과 절차에 관하여 필요한 사항, 제4항에 따른 자동차 등록번호판의 영치 및 영치 해제의 방법 · 절차 등에 관하여 필요한 사항은 국토해양부령으로 정한다. 〈개정 2009. 2. 6, 2012. 2. 22〉

제7조 【의무보험 가입관리전산망의 구성 · 운영 등】 ① 국토해양부장관은 의무보험에 가입하지 아니한 자동차보유자를 효율적으로 관리하기 위하여 「자동차관리법」 제69조제1항에 따른 전산정보처리조직과 「보험업법」 제176조에 따른 보험요율산출기관(이하 "보험요율산출기관"이라 한다)이 관리 · 운영하는 전산정보처리조직을 연계하여 의무보험 가입관리전산망(이하 "가입관리전산망"이라 한다)을 구성하여 운영할 수 있다.

② 국토해양부장관은 지방자치단체의 장, 보험회사 및 보험 관련 단체의 장에게 가입관리전산망을 구성 · 운영하기 위하여 대통령령으로 정하는 정보의 제공을 요청할 수 있다. 이 경우 관련 정보의 제공을 요청받은 자는 특별한 사유가 없으면 요청에 따라야 한다.

③ 삭제 〈2009. 2. 6〉

④ 가입관리전산망의 운영에 필요한 사항은 대통령령으로 정한다. 〈개정 2009. 2. 6〉

제8조 【운행의 금지】 의무보험에 가입되어 있지 아니한 자동차는 도로에서 운행하여서는

아니 된다. 다만, 제5조제4항에 따라 대통령령으로 정하는 자동차는 운행할 수 있다.

제9조 【의무보험의 가입증명서 발급 청구】 의무보험에 가입한 자와 그 의무보험 계약의 피보험자(이하 "보험가입자등"이라 한다) 및 이해관계인은 권리의무 또는 사실관계를 증명하기 위하여 필요하면 보험회사등에게 의무보험에 가입한 사실을 증명하는 서류의 발급을 청구할 수 있다.

제10조 【보험금등의 청구】 ① 보험가입자등에게 제3조에 따른 손해배상책임이 발생하면 그 피해자는 대통령령으로 정하는 바에 따라 보험회사등에게 「상법」 제724조제2항에 따라 보험금등을 자기에게 직접 지급할 것을 청구할 수 있다. 이 경우 피해자는 자동차보험진료수가에 해당하는 금액은 진료한 의료기관에 직접 지급하여 줄 것을 청구할 수 있다.

② 보험가입자등은 보험회사등이 보험금등을 지급하기 전에 피해자에게 손해에 대한 배상금을 지급한 경우에는 보험회사등에게 보험금등의 보상한도에서 그가 피해자에게 지급한 금액의 지급을 청구할 수 있다.

제11조 【피해자에 대한 가불금】 ① 보험가입자등이 자동차의 운행으로 다른 사람을 사망하게 하거나 부상하게 한 경우에는 피해자는 대통령령으로 정하는 바에 따라 보험회사등에게 자동차보험진료수가에 대하여는 그 전액을, 그 외의 보험금등에 대하여는 대통령령으로 정한 금액을 제10조에 따른 보험금등을 지급하기 위한 가불금(假拂金)으로 지급할 것을 청구할 수 있다.

② 보험회사등은 제1항에 따른 청구를 받으면 국토해양부령으로 정하는 기간에 그 청구받은 가불금을 지급하여야 한다.

③ 보험회사등은 제2항에 따라 지급한 가불금이 지급하여야 할 보험금등을 초과하면 가불금을 지급받은 자에게 그 초과액의 반환을 청구할 수 있다.

④ 보험회사등은 제2항에 따라 가불금을 지급한 후 보험가입자등에게 손해배상책임이 없는 것으로 판명된 경우에는 가불금을 지급받은 자에게 그 지급액의 반환을 청구할 수 있다.

⑤ 보험회사등은 제3항 및 제4항에 따른 반환 청구에도 불구하고 가불금을 반환받지 못하는 경우로서 분담금 재원 등 대통령령으로 정하는 요건을 갖추면 반환받지 못한 가불금의 보상을 정부에 청구할 수 있다. 〈개정 2009.2.6〉

제12조 【자동차보험진료수가의 청구 및 지급】 ① 보험회사등은 보험가입자등 또는 제10조제1항 후단에 따른 피해자가 청구하거나 그 밖의 원인으로 교통사고환자가 발생한 것을 안 경우에는 지체 없이 그 교통사고환자를 진료하는 의료기관에 해당 진료에 따른 자동차보험진료수가의 지급 의사 유무와 지급 한도를 알려야 한다.

② 제1항에 따라 보험회사등으로부터 자동차보험진료수가의 지급 의사와 지급 한도를 통지받은 의료기관은 그 보험회사등에게 제15조에 따라 국토해양부장관이 고시한 기준에 따라 자동차보험진료수가를 청구할 수 있다.

③ 의료기관이 제2항에 따라 보험회사등에게 자동차보험진료수가를 청구하는 경우에는 「의료법」 제22조에 따른 진료기록부의 진료기록에 따라 청구하여야 한다.

④ 제2항에 따라 의료기관이 자동차보험진료수가를 청구하면 보험회사등은 30일 이내에 그 청구액을 지급하여야 한다. 다만, 제19조제1항에 따라 심사 청구를 하는 경우에는 그러하지 아니하다.

⑤ 의료기관은 제2항에 따라 보험회사등에게 자동차보험진료수가를 청구할 수 있는 경우에는 교통사고환자(환자의 보호자를 포함한다)에게 이에 해당하는 진료비를 청구하여서는 아니 된다. 다만, 다음 각 호의 어느 하나에 해당하는 경우에는 해당 진료비를 청구할 수 있다.

1. 보험회사등이 지급 의사가 없다는 사실을 알리거나 지급 의사를 철회한 경우
2. 보험회사등이 보상하여야 할 대상이 아닌 비용의 경우
3. 제1항에 따라 보험회사등이 알린 지급 한도를 초과한 진료비의 경우
4. 제10조제1항 또는 제11조제1항에 따라 피해자가 보험회사등에게 자동차보험진료수가를 자기에게 직접 지급할 것을 청구한 경우

5. 그 밖에 국토해양부령으로 정하는 사유에 해당하는 경우〈개정 2009.2.6〉

제12조의2【업무의 위탁】 ① 보험회사등은 제12조제4항에 따라 의료기관이 청구하는 자동차보험진료수가의 심사·조정 업무 등을 대통령령으로 정하는 전문심사기관(이하 "전문심사기관"이라 한다)에 위탁할 수 있다.

② 전문심사기관은 제1항에 따라 의료기관이 청구한 자동차보험진료수가가 제15조에 따른 자동차보험진료수가에 관한 기준에 적합한지를 심사한다.

③ 보험회사등은 전문심사기관의 심사결과에 따라 자동차보험진료수가를 지급하여야 한다.

④ 제1항에 따라 전문심사기관에 위탁한 경우 청구, 심사, 지급, 이의제기 등의 방법 및 절차 등은 국토해양부령으로 정한다.〈본조신설 2012.2.22〉

제13조【입원환자의 관리 등】 ① 제12조제2항에 따라 보험회사등에 자동차보험진료수가를 청구할 수 있는 의료기관은 교통사고로 입원한 환자(이하 "입원환자"라 한다)의 외출이나 외박에 관한 사항을 기록·관리하여야 한다.

② 입원환자는 외출하거나 외박하려면 의료기관의 허락을 받아야 한다.

③ 제12조제1항에 따라 자동차보험진료수가의 지급 의사 유무 및 지급 한도를 통지한 보험회사등은 입원환자의 외출이나 외박에 관한 기록의 열람을 청구할 수 있다. 이 경우 의료기관은 정당한 사유가 없으면 청구에 따라야 한다.

제13조의2【교통사고환자의 퇴원 · 전원 지시】 ① 의료기관은 입원 중인 교통사고환자가 수술 · 처치 등의 진료를 받은 후 상태가 호전되어 더 이상 입원진료가 필요하지 아니한 경우에는 그 환자에게 퇴원하도록 지시할 수 있고, 생활근거지에서 진료할 필요가 있는 경우 등 대통령령으로 정하는 경우에는 대통령령으로 정하는 다른 의료기관으로 전원(轉院)하도록 지시할 수 있다. 이 경우 의료기관은 해당 환자와 제12조제1항에 따라 자동차보험진료수가의 지급 의사를 통지한 해당 보험회사등에게 그 사유와 일자를 지체없이 통보하여야 한다.

② 제1항에 따라 교통사고환자에게 다른 의료기관으로 전원하도록 지시한 의료기관이 다른 의료기관이나 담당의사로부터 진료기록, 임상소견서 및 치료경위서의 열람이나 송부 등 진료에 관한 정보의 제공을 요청받으면 지체 없이 이에 따라야 한다.〈본조신설 2009.2.6〉

제14조【진료기록의 열람 등】 ① 보험회사등은 의료기관으로부터 제12조제2항에 따라 자동차보험진료수가를 청구받으면 그 의료기관에 대하여 관계 진료기록의 열람을 청구할 수 있다.

② 제12조의2에 따라 심사 등을 위탁받은 전문심사기관은 심사 등에 필요한 자료를 의료기관에 요청할 수 있다.

③ 제1항 또는 제2항의 경우 의료기관은 정당한 사유가 없는 한 이에 응하여야 한다.

④ 보험회사등은 보험금 지급 청구를 받은 경우 대통령령으로 정하는 바에 따라 경찰청 등 교통사고 조사기관에 대하여 교통사고 관련 조사기록의 열람을 청구할 수 있다. 이 경우 경찰청 등 교통사고 조사기관은 특별한 사정이 없는 한 열람하게 하여야 한다.

⑤ 보험회사등 또는 전문심사기관에 종사하거나 종사한 자는 제1항부터 제4항까지에 따른 진료기록 또는 교통사고 관련 조사기록의 열람으로 알게 된 다른 사람의 비밀을 누설하여서는 아니 된다.〈개정 2012.2.22〉

제14조의2【책임보험등의 보상한도를 초과하는 경우에의 준용】 자동차보유자가 책임보험등의 보상한도를 초과하는 손해를 보상하는 보험 또는 공제에 가입한 경우 피해자가 책임보험등의 보상한도 및 이를 초과하는 손해를 보상하는 보험 또는 공제의 보상한도의 범위에서 자동차보험진료수가를 청구할 경우에도 제10조부터 제13조까지, 제13조의2 및 제14조

를 준용한다. 〈본조신설 2009.2.6〉

제 3 장 자동차보험진료수가 기준 및 분쟁 조정

제15조 【자동차보험진료수가 등】 ① 국토해양부장관은 교통사고환자에 대한 적절한 진료를 보장하고 보험회사등, 의료기관 및 교통사고환자 간의 진료비에 관한 분쟁을 방지하기 위하여 자동차보험진료수가에 관한 기준(이하 "자동차보험진료수가기준" 이라 한다)을 정하여 고시할 수 있다.

② 자동차보험진료수가기준에는 자동차보험진료수가의 인정범위 · 청구절차 및 지급절차, 그 밖에 국토해양부령으로 정하는 사항이 포함되어야 한다.

③ 국토해양부장관은 자동차보험진료수가기준을 정하거나 변경하는 경우 제17조에 따른 자동차보험진료수가분쟁심의회의 의견을 들을 수 있다. 〈개정 2009.2.6, 2012.2.22〉

제16조 【정비요금에 대한 조사 · 연구】 ① 국토해양부장관은 보험회사등과 자동차 정비업자 간의 정비요금에 대한 분쟁을 예방하기 위하여 적절한 정비요금(표준 작업시간과 공임 등을 포함한다)에 대하여 조사 · 연구하여 그 결과를 공표한다.

② 제1항에 따른 조사 · 연구의 범위 및 절차 등에 필요한 사항은 대통령령으로 정한다.

제17조 【자동차보험진료수가분쟁심의회】 ① 보험회사등과 의료기관은 서로 협의하여 자동차보험진료수가와 관련된 분쟁의 예방 및 신속한 해결을 위한 다음 각 호의 업무를 수행하기 위하여 자동차보험진료수가분쟁심의회(이하 "심의회"라 한다)를 구성하여야 한다.

　1. 자동차보험진료수가에 관한 분쟁의 심사 · 조정

　2. 자동차보험진료수가기준 조정에 대한 건의

　3. 제1호 및 제2호의 업무와 관련된 조사 · 연구

② 심의회는 위원장을 포함한 18명의 위원으로 구성한다.

③ 위원은 국토해양부장관이 위촉하되, 6명은 보험회사등의 단체가 추천한 자 중에서, 6명은 의료사업자단체가 추천한 자 중에서, 6명은 대통령령으로 정하는 요건을 갖춘 자 중에서 각각 위촉한다. 이 중 대통령령으로 정하는 요건을 갖추어 국토해양부장관이 위촉한 위원은 보험회사등 및 의료기관의 자문위원 등 심의회 업무의 공정성을 해칠 수 있는 직을 겸하여서는 아니 된다.

④ 위원장은 위원 중에서 호선한다.

⑤ 위원의 임기는 2년으로 하되, 연임할 수 있다. 다만, 보궐위원의 임기는 전임자의 남은 임기로 한다.

⑥ 심의회의 구성 · 운영 등에 필요한 세부사항은 대통령령으로 정한다. [개정 2012.2.22]

제18조 【운영비용】 심의회의 운영을 위하여 필요한 운영비용은 보험회사등과 의료기관이 부담한다.

제19조 【자동차보험진료수가의 심사 청구 등】 ① 보험회사등은 제12조제2항에 따른 지급 청구가 자동차보험진료수가기준을 부당하게 적용한 것으로 판단되면 그 지급 청구일부터 60일 이내에 심의회에 그 심사를 청구할 수 있다.

② 보험회사등은 제1항에 따라 심사를 청구하는 경우에는 해당 의료기관에 대통령령으로 정하는 금액을 미리 지급하고 나머지 금액은 심의회의 심사 결과에 따라 이자를 더하여 지급하여야 한다. 이 경우 미리 지급한 금액이 심사 결과에 따른 자동차보험진료수가를 초과하면 이를 받은 의료기관은 그 초과한 금액에 이자를 더하여 반환하여야 한다.

③ 제12조제2항에 따른 자동차보험진료수가의 지급 청구를 받은 보험회사등이 제1항의 기간에 심사를 청구하지 아니하면 그 기간이 끝나는 날에 의료기관이 지급 청구한 내용에 합의한 것으로 본다.

④ 보험회사등은 제1항에 따른 심사를 청구하지 아니하고서는 제12조제2항에 따른 의료기관의 지급 청구액을 삭감하여서는 아니 된다.

⑤ 제2항에 따른 이자율은 대통령령으로 정한다.

제20조 【심사 · 결정 절차 등】 ① 심의회는 제19조제1항에 따른 심사청구가 있으면 자동차보험진료수가기준에 따라 이를 심사 · 결정하여야 한다. 다만, 그 심사 청구 사건이 자동차보험진료수가기준에 따라 심사 · 결정할 수 없는 경우에는 당사자에게 합의를 권고할 수 있다.

② 심의회의 심사 · 결정 절차 등에 필요한 사항은 심의회가 정하여 국토해양부장관의 승인을 받아야 한다.

제21조 【심사와 결정의 효력 등】 ① 심의회는 제19조제1항의 심사청구에 대하여 결정한 때에는 지체 없이 그 결과를 당사자에게 알려야 한다.

② 제1항에 따라 통지를 받은 당사자가 심의회의 결정 내용을 받아들인 경우에는 그 수락 의사를 표시한 날에, 통지를 받은 날부터 30일 이내에 소(訴)를 제기하지 아니한 경우에는 그 30일이 지난 날의 다음 날에 당사자 간에 결정내용과 같은 내용의 합의가 성립된 것으로 본다.

제22조【심의회의 권한】심의회는 제20조제1항에 따른 심사·결정을 위하여 필요하다고 인정하면 보험회사등·의료기관·보험사업자단체 또는 의료사업자단체에 필요한 서류를 제출하게 하거나 의견을 진술 또는 보고하게 하거나 관계 전문가에게 진단 또는 검안 등을 하게 할 수 있다.

제23조【위법 사실의 통보 등】심의회는 심사 청구 사건의 심사나 그 밖의 업무를 처리할 때 당사자 또는 관계인이 법령을 위반한 사실이 확인되면 관계 기관에 이를 통보하여야 한다.

제23조의2【심의회 운영에 대한 점검】① 국토해양부장관은 필요한 경우 심의회의 운영 및 심사기준의 운용과 관련한 자료를 제출받아 이를 점검할 수 있다.

② 심의회는 제1항에 따라 자료의 제출 또는 보고를 요구받은 때에는 특별한 사유가 없는 한 이에 응하여야 한다.〈본조신설 2012.2.22〉

제 4 장 책임보험등 사업

제24조【계약의 체결 의무】① 보험회사등은 자동차보유자가 제5조제1항부터 제3항까지의 규정에 따른 보험 또는 공제에 가입하려는 때에는 대통령령으로 정하는 사유가 있는 경우 외에는 계약의 체결을 거부할 수 없다.

② 자동차보유자가 교통사고를 발생시킬 개연성이 높은 경우 등 국토해양부령으로 정하는 사유에 해당하면 제1항에도 불구하고 다수의 보험회사가 공동으로 제5조제1항부터 제3항까지의 규정에 따른 보험 또는 공제의 계약을 체결할 수 있다. 이 경우 보험회사는 자동차보유자에게 공동계약체결의 절차 및 보험료료에 대한 안내를 하여야 한다.

제25조【보험 계약의 해제 등】보험가입자와 보험회사등은 다음 각 호의 어느 하나에 해당하는 경우 외에는 의무보험의 계약을 해제하거나 해지하여서는 아니 된다.

 1.「자동차관리법」제13조 또는「건설기계관리법」제6조에 따라 자동차의 말소등록(抹消登錄)을 한 경우
 2. 해당 자동차가 제5조제4항의 자동차로 된 경우
 3. 해당 자동차가 다른 의무보험에 이중으로 가입되어 하나의 가입 계약을 해제하거나 해지하려는 경우
 4. 해당 자동차를 양도한 경우

5. 천재지변·교통사고·화재·도난, 그 밖의 사유로 자동차를 더 이상 운행할 수 없게 된 사실을 증명한 경우

6. 그 밖에 국토해양부령으로 정하는 경우

제26조【의무보험 계약의 승계】 ① 의무보험에 가입된 자동차가 양도된 경우에 그 자동차의 양도일(양수인이 매매대금을 지급하고 현실적으로 자동차의 점유를 이전받은 날을 말한다)부터「자동차관리법」제12조에 따른 자동차소유권 이전등록 신청기간이 끝나는 날(자동차소유권 이전등록 신청기간이 끝나기 전에 양수인이 새로운 책임보험등의 계약을 체결한 경우에는 그 계약 체결일)까지의 기간은「상법」제726조의4에도 불구하고 자동차의 양수인이 의무보험의 계약에 관한 양도인의 권리의무를 승계한다.

② 제1항의 경우 양도인은 양수인에게 그 승계기간에 해당하는 의무보험의 보험료(공제계약의 경우에는 공제분담금을 말한다. 이하 같다)의 반환을 청구할 수 있다.

③ 제2항에 따라 양수인이 의무보험의 승계기간에 해당하는 보험료를 양도인에게 반환한 경우에는 그 금액의 범위에서 양수인은 보험회사등에게 보험료의 지급의무를 지지 아니한다.

제27조【의무보험 사업의 구분경리】 보험회사등은 의무보험에 따른 사업에 대하여는 다른 보험사업·공제사업이나 그 밖의 다른 사업과 구분하여 경리하여야 한다.

제28조【사전협의】 금융위원회는「보험업법」제127조제2항에 따라 금융위원회가 정하는 기준(같은 법 제4조제1항제2호다목에 따른 자동차보험의 보험약관에 대한 기준으로서 책임보험에만 적용되는 것에 한정한다)을 변경하려는 경우에는 국토해양부장관과 미리 협의하여야 한다.〈전문개정 2009.2.6〉

제29조【보험금등의 지급 등】 ①「도로교통법」제44조제1항에 따른 술에 취한 상태에서 운전금지 위반 등 대통령령으로 정하는 사유로 다른 사람이 사망 또는 부상하거나 다른 사람의 재물이 멸실되거나 훼손되어 보험회사등이 피해자에게 보험금등을 지급한 경우에는 보험회사등은 법률상 손해배상책임이 있는 자에게 국토해양부령으로 정하는 금액을 구상(求償)할 수 있다.

② 제5조제1항에 따른 책임보험등의 보험금등을 변경하는 것을 내용으로 하는 대통령령을 개정할 때 그 변경 내용이 보험가입자등에게 유리하게 되는 경우에는 그 변경 전에 체결된 계약 내용에도 불구하고 보험회사등에게 변경된 보험금등을 지급하도록 하는 다음 각 호의 사항을 규정할 수 있다.

1. 종전의 계약을 새로운 계약으로 갱신하지 아니하더라도 이미 계약된 종전의 보험금

등을 변경된 보험금등으로 볼 수 있도록 하는 사항
2. 그 밖에 보험금등의 변경에 필요한 사항이나 변경된 보험금등의 지급에 필요한 사항

제 5 장   자동차손해배상 보장사업

제30조【자동차손해배상 보장사업】 ① 정부는 다음 각 호의 어느 하나에 해당하는 경우에는 피해자의 청구에 따라 책임보험의 보험금 한도에서 그가 입은 피해를 보상한다. 다만, 정부는 피해자가 청구하지 아니한 경우에도 직권으로 조사하여 책임보험의 보험금 한도에서 그가 입은 피해를 보상할 수 있다.

1. 자동차보유자를 알 수 없는 자동차의 운행으로 사망하거나 부상한 경우
2. 보험가입자등이 아닌 자가 제3조에 따라 손해배상의 책임을 지게 되는 경우. 다만, 제5조제4항에 따른 자동차의 운행으로 인한 경우는 제외한다.

② 정부는 자동차의 운행으로 인한 사망자나 대통령령으로 정하는 중증 후유장애인(중증 후유장애인)의 유자녀(幼子女) 및 피부양가족이 경제적으로 어려워 생계가 곤란하거나 학업을 중단하여야 하는 문제 등을 해결하고 중증 후유장애인이 재활할 수 있도록 지원할 수 있다.

③ 국토해양부장관은 제1항에 따른 업무를 수행하기 위하여 다음 각 호의 기관에 대통령령에 따른 정보의 제공을 요청하고 수집·이용할 수 있으며, 요청받은 기관은 특별한 사유가 없으면 관련 정보를 제공하여야 한다.

1. 경찰청장
2. 특별시장·광역시장·도지사·특별자치도지사·시장·군수·구청장

④ 정부는 제11조제5항에 따른 보험회사등의 청구에 따라 보상을 실시한다.

⑤ 제1항·제2항 및 제4항에 따른 정부의 보상 또는 지원의 대상·기준·금액·방법 및 절차 등에 필요한 사항은 대통령령으로 정한다.

⑥ 제1항·제2항 및 제4항에 따른 정부의 보상사업(이하 "자동차손해배상 보장사업"이라 한다)에 관한 업무는 국토해양부장관이 행한다.〈개정 2012.2.22〉

제31조【후유장애인의 재활 지원】 ① 국토해양부장관은 자동차사고 후유장애인의 재활을 지원하기 위한 의료재활시설 및 직업재활시설(이하 "재활시설"이라 한다)을 설치하여 그 재활에 필요한 다음 각 호의 사업(이하 "재활사업"이라 한다)을 수행할 수 있다.

1. 의료재활사업 및 그에 딸린 사업으로서 대통령령으로 정하는 사업
2. 직업재활사업(직업재활상담을 포함한다) 및 그에 딸린 사업으로서 대통령령으로 정하는 사업

② 재활시설의 설치와 제32조제1항에 따른 재활시설 및 재활사업의 관리·운영 등에 필요한 재원은 제37조에 따른 자동차손해배상 보장사업 분담금 중에서 대통령령으로 정하는 금액으로 한다.

③ 재활시설의 용도로 건설되거나 조성되는 건축물, 토지, 그 밖의 시설물 등은 국가에 귀속된다.

④ 국토해양부장관이 재활시설을 설치하는 경우에는 그 규모와 설계 등에 관한 중요 사항에 대하여 자동차사고 후유장애인단체의 의견을 들어야 한다.

제32조 【재활시설운영자의 지정】 ① 국토해양부장관은 다음 각 호의 구분에 따라 그 요건을 갖춘 자 중 국토해양부장관의 지정을 받은 자에게 재활시설이나 재활사업의 관리·운영을 위탁할 수 있다.

1. 의료재활시설 및 제31조제1항제1호에 따른 재활사업: 「의료법」 제33조에 따라 의료기관의 개설허가를 받고 재활 관련 진료과목을 개설한 자로서 같은 법 제3조제3항에 따른 종합병원을 운영하고 있는 자
2. 직업재활시설 및 제31조제1항제2호에 따른 재활사업: 자동차사고 후유장애인단체 중에서 「민법」 제32조 및 「공익법인의 설립·운영에 관한 법률」에 따라 국토해양부장관의 허가를 받은 법인으로서 대통령령으로 정하는 요건을 갖춘 법인

② 제1항에 따라 지정을 받으려는 자는 대통령령으로 정하는 바에 따라 국토해양부장관에게 신청하여야 한다.

③ 제1항에 따라 지정을 받은 자로서 재활시설이나 재활사업의 관리·운영을 위탁받은 자(이하 "재활시설운영자"라 한다)는 재활시설이나 재활사업의 관리·운영에 관한 업무를 수행할 때에는 별도의 회계를 설치하고 다른 사업과 구분하여 경리하여야 한다.

④ 재활시설운영자의 지정 절차 및 그에 대한 감독 등에 관해 필요한 사항은 대통령령으로 정한다. 〈개정 2009.5.27〉

제33조 【재활시설운영자의 지정 취소】 ① 국토해양부장관은 재활시설운영자가 다음 각 호의 어느 하나에 해당하면 그 지정을 취소할 수 있다. 다만, 제1호 또는 제2호에 해당하면 그 지정을 취소하여야 한다.

1. 거짓이나 그 밖의 부정한 방법으로 지정을 받은 경우

2. 제32조제1항 각 호의 요건에 맞지 아니하게 된 경우

3. 제32조제3항을 위반하여 다른 사업과 구분하여 경리하지 아니한 경우

4. 정당한 사유 없이 제43조제4항에 따른 시정명령을 3회 이상 이행하지 아니한 경우

5. 법인의 해산 등 사정의 변경으로 재활시설이나 재활사업의 관리 · 운영에 관한 업무를 계속 수행하는 것이 불가능하게 된 경우

② 국토해양부장관은 제1항에 따라 재활시설운영자의 지정을 취소한 경우로서 다음 각 호에 모두 해당하는 경우에는 새로운 재활시설운영자가 지정될 때까지 그 기간 및 관리 · 운영조건을 정하여 지정이 취소된 자에게 재활시설이나 재활사업의 관리 · 운영업무를 계속하게 할 수 있다. 이 경우 지정이 취소된 자는 그 계속하는 업무의 범위에서 재활시설운영자로 본다.

1. 지정취소일부터 새로운 재활시설운영자를 정할 수 없는 경우

2. 계속하여 재활시설이나 재활사업의 관리 · 운영이 필요한 경우

③ 제1항에 따라 지정이 취소된 자는 그 지정이 취소된 날(제2항에 따라 업무를 계속한 경우에는 그 계속된 업무가 끝난 날을 말한다)부터 2년 이내에는 재활시설운영자로 다시 지정받을 수 없다.

제34조【재활시설운영심의위원회】 ① 재활시설의 설치 및 재활사업의 운영 등에 관한 다음 각 호의 사항을 심의하기 위하여 국토해양부장관 소속으로 재활시설운영심의위원회(이하 "심의위원회"라 한다)를 둔다.

1. 재활시설의 설치와 관리에 관한 사항

2. 재활사업의 운영에 관한 사항

3. 재활시설운영자의 지정과 지정 취소에 관한 사항

4. 재활시설운영자의 사업계획과 예산에 관한 사항

5. 그 밖에 재활시설과 재활사업의 관리 · 운영에 관한 사항으로서 대통령령으로 정하는 사항

② 심의위원회의 구성 · 운영 등에 대하여 필요한 사항은 대통령령으로 정한다.

제35조【준용】 ① 제30조제1항에 따른 피해자의 보상금 청구에 관하여는 제10조부터 제13조까지, 제13조의2 및 제14조를 준용한다. 이 경우 "보험회사등"은 "자동차손해배상 보장사업을 하는 자"로, "보험금등"은 "보상금"으로 본다.

② 제30조제1항에 따른 보상금 중 피해자의 진료수가에 대한 심사청구 등에 관하여는 제19조 및 제20조를 준용한다. 이 경우 "보험회사등"은 "자동차손해배상 보장사업을 하는

자"로 본다. 〈개정 2009.2.6〉

제36조【다른 법률에 따른 배상 등과의 조정】 ① 정부는 피해자가 「국가배상법」, 「산업재해보상보험법」, 그 밖에 대통령령으로 정하는 법률에 따라 제30조제1항의 손해에 대하여 배상 또는 보상을 받으면 그가 배상 또는 보상받는 금액의 범위에서 제30조제1항에 따른 보상 책임을 지지 아니한다.

② 정부는 피해자가 제3조의 손해배상책임이 있는 자로부터 제30조제1항의 손해에 대하여 배상을 받으면 그가 배상받는 금액의 범위에서 제30조제1항에 따른 보상 책임을 지지 아니한다.

③ 정부는 제30조제2항에 따라 지원받을 자가 다른 법률에 따라 같은 사유로 지원을 받으면 그 지원을 받는 범위에서 제30조제2항에 따른 지원을 하지 아니할 수 있다.

제37조【자동차손해배상 보장사업 분담금】 ① 제5조제1항에 따라 책임보험등에 가입하여야 하는 자와 제5조제4항에 따른 자동차 중 대통령령으로 정하는 자동차보유자는 자동차손해배상 보장사업을 위한 분담금을 정부에 내야 한다.

② 제1항에 따라 분담금을 내야 할 자 중 제5조제1항에 따라 책임보험등에 가입하여야 하는 자의 분담금은 책임보험등의 계약을 체결하는 보험회사등이 해당 납부 의무자와 계약을 체결할 때에 징수하여 정부에 내야 한다.

③ 제1항에 따른 분담금은 정부의 세입세출예산 외로 운용하며, 그 금액과 납부 방법 및 관리 등에 필요한 사항은 대통령령으로 정한다.

제38조【분담금의 체납처분】 ① 국토해양부장관은 제37조에 따른 분담금을 납부기간에 내지 아니한 자에 대하여는 10일 이상의 기간을 정하여 분담금을 낼 것을 독촉하여야 한다.

② 국토해양부장관은 제1항에 따라 분담금 납부를 독촉받은 자가 그 기한까지 분담금을 내지 아니하면 국세 체납처분의 예에 따라 징수한다.

제39조【청구권 등의 대위】 ① 정부는 제30조제1항에 따라 피해를 보상한 경우에는 그 보상금액의 한도에서 제3조에 따른 손해배상책임이 있는 자에 대한 피해자의 손해배상 청구권을 대위행사(代位行使)할 수 있다.

② 정부는 제30조제4항에 따라 보험회사등에게 보상을 한 경우에는 제11조제3항 및 제4항에 따른 가불금을 지급받은 자에 대한 보험회사등의 반환청구권을 대위행사할 수 있다.

③ 정부는 다음 각 호의 어느 하나에 해당하는 때에는 제39조의2에 따른 자동차손해배상 보장사업 채권정리위원회의 의결에 따라 제1항 및 제2항에 따른 청구권의 대위행사를 중지할 수 있으며, 구상금 또는 미반환가불금 등의 채권을 결손처분할 수 있다.

1. 해당 권리에 대한 소멸시효가 완성된 때
2. 그 밖에 채권을 회수할 가능성이 없다고 인정되는 경우로서 대통령령으로 정하는 경우〈개정 2009.2.6, 2012.2.22〉

제39조의2【자동차손해배상보장사업 채권정리위원회】 ① 제39조제1항 및 제2항에 따른 채권의 결손처분과 관련된 사항을 의결하기 위하여 국토해양부장관 소속으로 자동차손해배상보장사업 채권정리위원회(이하 "채권정리위원회"라 한다)를 둔다.

② 채권정리위원회의 구성·운영 등에 필요한 사항은 대통령령으로 정한다.〈본조신설 2009.2.6〉

제6장 보 칙

제40조【압류 등의 금지】 제10조제1항, 제11조제1항 또는 제30조제1항에 따른 청구권은 압류하거나 양도할 수 없다.

제41조【시효】 제10조, 제11조제1항, 제29조제1항 또는 제30조제1항에 따른 청구권은 3년간 행사하지 아니하면 시효로 소멸한다.〈개정 2009.2.6〉

제42조【의무보험 미가입자에 대한 등록 등 처분의 금지】 ① 제5조제1항부터 제3항까지의 규정에 따라 의무보험 가입이 의무화된 자동차가 다음 각 호의 어느 하나에 해당하는 경우에는 관할 관청(해당 업무를 위탁받은 자를 포함한다. 이하 같다)은 그 자동차가 의무보험에 가입하였는지를 확인하여 의무보험에 가입된 경우에만 등록·허가·검사·해제를 하거나 신고를 받아야 한다.

1. 「자동차관리법」 제8조, 제12조, 제27조, 제43조제1항제2호, 제43조의2제1항, 제48조제1항부터 제3항까지 또는 「건설기계관리법」 제3조 및 제13조제1항제2호에 따라 등록·허가·검사의 신청 또는 신고가 있는 경우
2. 「자동차관리법」 제37조제3항 또는 「지방세법」 제131조에 따라 영치(領置)된 자동차 등록번호판을 해제하는 경우

② 제1항제1호를 적용하는 경우 「자동차관리법」 제8조에 따라 자동차를 신규로 등록할 때에는 해당 자동차가 같은 법 제27조에 따른 임시운행허가 기간이 만료된 이후에 발생한 손해배상책임을 보장하는 의무보험에 가입된 경우에만 의무보험에 가입된 것으로 본다.

③ 제1항 및 제2항에 따른 의무보험 가입의 확인 방법 및 절차 등에 관하여 필요한 사항은

국토해양부령으로 정한다. 〈전문개정 2012.2.22〉

제43조【검사·질문 등】 ① 국토해양부장관은 필요하다고 인정하면 소속 공무원에게 재활시설, 자동차보험진료수가를 청구하는 의료기관 또는 제45조제1항부터 제4항까지의 규정에 따라 권한을 위탁받은 자의 사무소 등에 출입하여 다음 각 호의 행위를 하게 할 수 있다. 다만, 자동차보험진료수가를 청구한 의료기관에 대하여는 제1호 및 제3호의 행위에 한한다.

1. 이 법에 규정된 업무의 처리 상황에 관한 장부 등 서류의 검사
2. 그 업무·회계 및 재산에 관한 사항을 보고받는 행위
3. 관계인에 대한 질문

② 국토해양부장관은 이 법에 규정된 보험사업에 관한 업무의 처리 상황을 파악하거나 자동차손해배상 보장사업을 효율적으로 운영하기 위하여 필요하면 관계 중앙행정기관, 지방자치단체, 금융감독원 등에 필요한 자료의 제출을 요청할 수 있다. 이 경우 자료 제출을 요청받은 중앙행정기관, 지방자치단체, 금융감독원 등은 정당한 사유가 없으면 요청에 따라야 한다.

③ 제1항에 따라 검사 또는 질문을 하는 공무원은 그 권한을 표시하는 증표를 지니고 이를 관계인에게 내보여야 한다.

④ 국토해양부장관은 제1항에 따라 검사를 하거나 보고를 받은 결과 법령을 위반한 사실이나 부당한 사실이 있으면 재활시설운영자나 권한을 위탁받은 자에게 시정하도록 명할 수 있다. 〈개정 2009.5.27〉

제43조의2【포상금】 ① 국토해양부장관은 자동차보유자를 알 수 없는 자동차의 운행으로 다른 사람을 사망하게 하거나 부상하게 한 자동차 또는 운전자를 목격하고 대통령령으로 정하는 관계 행정기관이나 수사기관에 신고 또는 고발한 사람에 대하여 그 신고되거나 고발된 운전자가 검거될 경우 1백만원의 범위에서 포상금을 지급할 수 있다.

② 제1항의 포상금은 같은 항에 따라 신고되거나 고발된 운전자가 검거됨으로써 제30조제1항제1호에 따라 지급하여야 할 보상금이 절약된 금액의 범위에서 제37조제1항에 따른 분담금으로 지급할 수 있다.

③ 제1항에 따른 포상금 지급의 대상·기준·금액·방법 및 절차 등은 대통령령으로 정한다. 〈본조신설 2012.2.22〉

제44조【권한의 위임】 국토해양부장관은 이 법에 따른 권한의 일부를 대통령령으로 정하는 바에 따라 특별시장·광역시장·도지사·특별자치도지사·시장·군수 또는 구청장에게

위임할 수 있다.

제45조 【권한의 위탁 등】 ① 국토해양부장관은 대통령령으로 정하는 바에 따라 다음 각 호의 업무를 보험회사등 또는 보험 관련 단체에 위탁할 수 있다. 이 경우 금융위원회와 협의하여야 한다.

　　1. 제30조제1항에 따른 보상에 관한 업무

　　2. 제35조에 따라 자동차손해배상 보장사업을 하는 자를 보험회사등으로 보게 됨으로써 자동차손해배상 보장사업을 하는 자가 가지는 권리와 의무의 이행을 위한 업무

　　3. 제37조에 따른 분담금의 수납·관리·운용에 관한 업무

　　4. 제39조제1항에 따른 손해배상 청구권의 대위행사에 관한 업무

　　5. 채권정리위원회의 안건심의에 필요한 전문적인 자료의 조사·검증 등의 업무

　　6. 제43조의2제1항에 따른 포상금의 지급에 관한 업무

② 국토해양부장관은 대통령령으로 정하는 바에 따라 제30조제2항에 따른 지원에 관한 업무 및 재활시설의 설치에 관한 업무를 「교통안전공단법」에 따라 설립된 교통안전공단에 위탁할 수 있다.

③ 국토해양부장관은 제7조에 따른 가입관리전산망의 구성·운영에 관한 업무를 보험요율산출기관에 위탁할 수 있다.

④ 국토해양부장관은 제30조제4항에 따른 보상 업무와 제39조제2항에 따른 반환 청구에 관한 업무를 보험 관련 단체 또는 특별법에 따라 설립된 특수법인에 위탁할 수 있다. ⑤ 정부는 제1항 또는 제2항에 따라 권한을 위탁받은 자에게 그가 지급할 보상금 또는 지원금에 충당하기 위하여 예산의 범위에서 보조금을 지급할 수 있다.

⑥ 제1항부터 제4항까지의 규정에 따라 권한을 위탁받은 자는 「형법」 제129조부터 제132조까지의 규정을 적용할 때에는 공무원으로 본다.

⑦ 정부는 제1항부터 제4항까지의 규정에 따라 업무를 위탁받은 자에게 제37조에 따른 분담금을 그 위탁업무를 수행하기 위하여 필요한 경비로 지원할 수 있다.

⑧ 제7항에 따른 분담금의 지원 범위 및 대상 등에 관하여 필요한 사항은 대통령령으로 정한다. 〈개정 2009. 2. 6, 2012. 2. 22〉

제45조의2 【정보의 제공 및 관리】 ① 제45조제3항에 따라 업무를 위탁받은 보험요율산출기관은 같은 조 제1항에 따라 업무를 위탁받은 자의 요청이 있는 경우 제공할 정보의 내용 등 대통령령으로 정하는 범위에서 가입관리전산망에서 관리되는 정보를 제공할 수 있다.

② 제1항에 따라 정보를 제공하는 경우 제45조제3항에 따라 업무를 위탁받은 보험요율산

출기관은 정보제공 대상자, 제공한 정보의 내용, 정보를 요청한 자, 제공 목적을 기록한 자료를 3년간 보관하여야 한다. 〈본조신설 2009.2.6〉

제45조의3 【정보 이용자의 의무】 제45조제3항에 따라 업무를 위탁받은 보험요율산출기관과 제45조의2제1항에 따라 정보를 제공받은 자는 그 직무상 알게 된 정보를 누설하거나 다른 사람의 이용에 제공하는 등 부당한 목적을 위하여 사용하여서는 아니 된다. 〈본조신설 2009.2.6〉

제 7 장 벌 칙

제46조 【벌칙】 ① 다음 각 호의 어느 하나에 해당하는 자는 3년 이하의 징역 또는 1천만원 이하의 벌금에 처한다. 다만, 제1호에 해당하는 자에 대하여는 비밀누설로 피해를 받은 자의 고소가 있어야 공소를 제기할 수 있다.

1. 제14조제5항을 위반하여 진료기록 또는 교통사고 관련 조사기록의 열람으로 알게 된 다른 사람의 비밀을 누설한 자
2. 제27조를 위반하여 의무보험 사업을 구분 경리하지 아니한 보험회사등
3. 제32조제3항을 위반하여 다른 사업과 구분하여 경리하지 아니한 재활시설운영자
4. 제45조의3을 위반하여 정보를 누설하거나 다른 사람의 이용에 제공한 자

② 다음 각 호의 어느 하나에 해당하는 자는 1년 이하의 징역 또는 500만원 이하의 벌금에 처한다.

1. 제5조의2제2항을 위반하여 가입 의무 면제기간 중에 자동차를 운행한 자동차보유자
2. 제8조 본문을 위반하여 의무보험에 가입되어 있지 아니한 자동차를 운행한 자동차보유자

③ 제12조제3항을 위반하여 진료기록부의 진료기록과 다르게 자동차보험진료수가를 청구하거나 이를 청구할 목적으로 거짓의 진료기록을 작성한 의료기관에 대하여는 5천만원 이하의 벌금에 처한다. 〈개정 2009.2.6, 2012.2.22〉

제47조 【양벌규정】 법인의 대표자나 법인 또는 개인의 대리인, 사용인, 그 밖의 종업원이 그 법인 또는 개인의 업무에 관하여 제46조의 위반행위를 하면 그 행위자를 벌하는 외에 그 법인 또는 개인에게도 해당 조문의 벌금형을 과(科)한다. 다만, 법인 또는 개인이 그 위반행위를 방지하기 위하여 해당 업무에 관하여 상당한 주의와 감독을 게을리하지 아니한

경우에는 그러하지 아니하다. 〈전문개정 2009.2.6〉

제48조【과태료】① 제19조제4항을 위반하여 같은 조 제1항에 따른 심사를 청구하지 아니하고 제12조제2항에 따른 의료기관의 지급 청구액을 삭감한 보험회사등에는 5천만원 이하의 과태료를 부과한다.

② 다음 각 호의 어느 하나에 해당하는 자에게는 2천만원 이하의 과태료를 부과한다.

  1. 제11조제2항을 위반하여 피해자가 청구한 가불금의 지급을 거부한 보험회사등
  2. 제12조제5항을 위반하여 자동차보험진료수가를 교통사고환자(환자의 보호자를 포함한다)에게 청구한 의료기관의 개설자
  3. 제24조제1항을 위반하여 제5조제1항부터 제3항까지의 규정에 따른 보험 또는 공제에 가입하려는 자와의 계약 체결을 거부한 보험회사등
  4. 제25조를 위반하여 의무보험의 계약을 해제하거나 해지한 보험회사등

③ 다음 각 호의 어느 하나에 해당하는 자에게는 300만원 이하의 과태료를 부과한다.

  1. 제5조제1항부터 제3항까지의 규정에 따른 의무보험에 가입하지 아니한 자
  2. 제6조제1항 또는 제2항을 위반하여 통지를 하지 아니한 보험회사등
  3. 제13조제1항을 위반하여 입원환자의 외출이나 외박에 관한 사항을 기록·관리하지 아니하거나 거짓으로 기록·관리한 의료기관의 개설자
  3의2. 제13조제3항을 위반하여 기록의 열람 청구에 따르지 아니한 자
  3의3. 제43조제1항에 따른 검사·보고요구·질문에 정당한 사유 없이 따르지 아니하거나 이를 방해 또는 기피한 자
  4. 제43조제4항에 따른 시정명령을 이행하지 아니한 자

④ 제1항부터 제3항까지의 규정에 따른 과태료는 대통령령으로 정하는 바에 따라 시장·군수·구청장이 부과·징수한다. 〈개정 2009.2.6〉

제49조 삭제 〈2009.2.6〉

제 8 장   범칙행위에 관한 처리의 특례

제50조【통칙】① 이 장에서 "범칙행위"란 제46조제2항의 죄에 해당하는 위반행위(의무보험에 가입되어 있지 아니한 자동차를 운행하다가 교통사고를 일으킨 경우는 제외한다)를 뜻하며, 그 구체적인 범위는 대통령령으로 정한다.

② 이 장에서 "범칙자"란 범칙행위를 한 자로서 다음 각 호의 어느 하나에 해당하지 아니하는 자를 뜻한다.

1. 범칙행위를 상습적으로 하는 자
2. 죄를 범한 동기 · 수단 및 결과 등을 헤아려 통고처분을 하는 것이 상당하지 아니하다고 인정되는 자

③ 이 장에서 "범칙금"이란 범칙자가 제51조에 따른 통고처분에 의하여 국고 또는 특별자치도 · 시 · 군 또는 구(자치구를 말한다)의 금고에 내야 할 금전을 뜻한다.

④ 국토해양부장관은 사법경찰관이 범칙행위에 대한 수사를 원활히 수행할 수 있도록 대통령령으로 정하는 범위에서 가입관리전산망에서 관리하는 정보를 경찰청장에게 제공할 수 있다. 〈개정 2009.2.6, 2012.2.22〉

제51조【통고처분】 ① 시장 · 군수 · 구청장 또는 경찰서장은 범칙자로 인정되는 자에게는 그 이유를 분명하게 밝힌 범칙금 납부통고서로 범칙금을 낼 것을 통고할 수 있다. 다만, 다음 각 호의 어느 하나에 해당하는 자에게는 그러하지 아니하다.

1. 성명이나 주소가 확실하지 아니한 자
2. 범칙금 납부통고서를 받기를 거부한 자

② 제1항에 따라 통고할 범칙금의 액수는 차종과 위반 정도에 따라 제46조제2항에 따른 벌금액의 범위에서 대통령령으로 정한다. 〈개정 2012.2.22〉

제52조【범칙금의 납부】 ① 제51조에 따라 범칙금 납부통고서를 받은 자는 범칙금 납부통고서를 받은 날부터 10일 이내에 시장 · 군수 · 구청장 또는 경찰서장이 지정하는 수납기관에 범칙금을 내야 한다. 다만, 천재지변이나 그 밖의 부득이한 사유로 그 기간에 범칙금을 낼 수 없을 때에는 그 사유가 없어진 날부터 5일 이내에 내야 한다.

② 제1항에 따른 범칙금 납부통고서에 불복하는 자는 그 납부기간에 시장 · 군수 · 구청장 또는 경찰서장에게 이의를 제기할 수 있다. 〈개정 2012.2.22〉

제53조【통고처분의 효과】 ① 제51조제1항에 따라 범칙금을 낸 자는 그 범칙행위에 대하여 다시 벌 받지 아니한다.

② 특별사법경찰관리(「사법경찰관리의 직무를 수행할 자와 그 직무범위에 관한 법률」 제5조제35호에 따라 지명받은 공무원을 말한다) 또는 사법경찰관은 다음 각 호의 어느 하나에 해당하는 경우에는 지체 없이 관할 지방검찰청 또는 지방검찰청 지청에 사건을 송치하여야 한다.

1. 제50조제2항 각 호의 어느 하나에 해당하는 경우

2. 제51조제1항 각 호의 어느 하나에 해당하는 경우

3. 제52조제1항에 따른 납부기간에 범칙금을 내지 아니한 경우

4. 제52조제2항에 따라 이의를 제기한 경우〈개정 2012.2.22〉

부 칙

제1조 【시행일】 이 법은 공포 후 6개월이 경과한 날부터 시행한다.

제2조 【처분 등에 관한 일반적 경과조치】 이 법 시행 당시 종전의 규정에 따른 행정기관의 행위나 행정기관에 대한 행위는 그에 해당하는 이 법에 따른 행정기관의 행위나 행정기관에 대한 행위로 본다.

제3조 【벌칙이나 과태료에 관한 경과조치】 이 법 시행 전의 행위에 대하여 벌칙이나 과태료 규정을 적용할 때에는 종전의 규정에 따른다.

제4조 【다른 법률의 개정】 해당법령에 정리

제5조 【다른 법령과의 관계】 이 법 시행 당시 다른 법령에서 종전의 「자동차손해배상 보장법」의 규정을 인용한 경우에 이 법 가운데 그에 해당하는 규정이 있으면 종전의 규정을 갈음하여 이 법의 해당 규정을 인용한 것으로 본다.

부 칙 〈2009.2.6〉

제1조 【시행일】 이 법은 공포 후 1년이 경과한 날부터 시행한다.

제2조 【자동차보험진료수가에 관한 적용례】 제2조제7호다목의 개정규정은 이 법 시행 후 최초로 교통사고환자가 의료기관에 지급하는 분부터 적용한다.

제3조 【피해자에게 지급한 가불금에 대한 보험회사등의 보상청구에 관한 적용례】 제11조제5항의 개정규정은 이 법 시행 후 최초로 피해자에게 지급한 가불금에 대한 보상 청구분부터 적용한다.

제4조 【보험회사등의 구상권 소멸시효에 관한 적용례】 제41조의 개정규정은 이 법 시행 후 최초로 보험회사등이 피해자에게 보험금등을 지급하는 분부터 적용한다.

부 칙 〈2009.5.27〉

이 법은 공포 후 3개월이 경과한 날부터 시행한다. 다만, 제32조의 개정규정은 공포한 날부터 시행한다.

부 칙 〈2012.2.22〉

제1조【시행일】 이 법은 공포 후 6개월이 경과한 날부터 시행한다. 다만, 제17조제3항의 개정규정은 공포 후 3개월이 경과한 날부터 시행한다.

제2조【자동차등록번호판 영치 해제에 관한 적용례】 제42조제1항제2호의 개정규정은 이 법 시행 후 최초로 「자동차관리법」 또는 「지방세법」에 따라 자동차등록번호판을 영치하는 경우부터 적용한다.